글코를 꿰다

글코를 꿰다

2025년 2월 25일 초판 1쇄 인쇄 발행

지 은 이 ┃ 송대수
펴 낸 이 ┃ 박종래
펴 낸 곳 ┃ 도서출판 명성서림

등록번호 ┃ 301-2014-013
주　　소 ┃ 04625 서울시 중구 필동로 6 (2, 3층)
대표전화 ┃ 02)2277-2800
팩　　스 ┃ 02)2277-8945
이 메 일 ┃ msprint8944@naver.com

값 16,000원
ISBN 979-11-94200-67-3

글코를 꿰다

송대수 수필집

도서 출판 **명성서림**

'수필은 청자 연적이다. 수필은 난蘭이요, 학鶴이요, 청초하고 몸맵시 날렵한 여인이다. 수필은 그 여인이 걸어가는 숲속으로 난 평탄하고 고요한 길이다. …

수필은 한가하면서도 나태하지 아니하고, 속박을 벗어나고서도 산만하지 않으며, 찬란하지 않고 우아하며 날카롭지 않으나 산뜻한 문학이다.'

'수필'하면 가장 먼저 떠오르는 사람이 피천득 선생이다. '이런 것이 수필이다.'라는 것을 글로 보여준 사람이 바로 그다. 나는 그이만큼 간결하면서도 아름다운 수필을 쓰는 사람을 보지 못했다. 그는 내게 "수필은 아무나 쓸 수 있는 글이 아니다."라고 수필에 대한 어떤 외경감을 갖게 해준 사람이었다. 수필이란 나 같은 사람이 쉽게 접근할 수 없는 범주의 장르라고 일찍부터 깨우쳐 준 것이다.

세월이 흐르면서, 어느덧 수필은 수필가 또는 문명文名이 높은 문필가만이 쓸 수 있는 글이 아니라, 사람이 살아가는 여정에서 내가 보고 느끼고 깨닫는 바를 펼쳐내는, 너도 쓸 수 있고, 나도 쓰고 싶은, 그런 국민문학으로 발전되어 온 것이 아닌가 싶다.

문학지 안에서도 가장 많이 실리는 글이 수필이요. 수필만을 골라서 싣는 월간지, 계간지, 동인지 등도 수도 없이 나와 있는 걸로 알고 있다. 그렇지만 우연한 계기에 읽게 되는 이런 수필은 나와 어떤 친연성親緣性이 없는 탓인지 쉽게 읽고 쉽게 잊어버리기 마련이었다.

언제부터인가 학연으로 후배가 되는 송대수가 수필을 쓰기 시작하면서, 이내 문학지에 실린 그의 글을 접하게 되었다. '중년 고개'를 훨씬 넘어서 쓴 그의 글이 때로는 나와 내 주변을 다시 한번 돌아보게 할 때가 많다. 또 나는 그를 꽤 잘 알고 있었다고 생각했었는데, 천만의 말씀이었을 때도 있다. 그에게 이렇게 좋은 품성이 있고 그렇게 훌륭한 재주가 있었나 새삼 깨닫는다.

그는 이번에 내는 그의 수필집의 한 글에서 "삶의 이야기는 체험과 생각으로 이루어진 것이니 실과 바늘로 한 코 한 코 뜨개질하듯 써 보리라. 우리 어머니들이 우릴 위해 한 코 한 코 정성을 다해 뜨개질하듯 그렇게 꿰어 보리라."라고 말한다. 그렇게 그가 남은 세월, 한 코 한 코 글코를 꿰어간다면 그에게 남은 황혼기가 그의 글의 황금기가 될 것임을 나는 믿어 의심치 않는다.

글과 생활이 하나가 된 그의 글코를 다 함께 읽어보자고 권하고 싶다.

2025년 새해
김정남 (청와대 교육문화사회수석비서관 역임)

글을 열면서

늘 새벽에 일어나면 어둠의 정적이 저를 감쌉니다. 언제 그랬냐는 듯 사라진 소음들은 원래 있던 것이 아니었듯 세상 만물도 원래 없었던 거라는 걸 느끼곤 합니다. 언제부턴가 그런 정적으로 빠져든 새벽을 좋아하게 되었습니다.

어둠의 정적 속에서는 밝은 낮에 우리가 채워 넣은 것을 모두 게워내는지, 내 안이 텅 비어 있는 것을 느낍니다. 그 안으로 새벽빛이 찾아들며 다시 하나씩 새롭게 채워집니다. 그 속에 얼마간 있다 보면 새로운 기운이 솟아나는 걸 느낍니다. 저는 그때 번쩍이는 영감을 얻곤 합니다.

보이지 않던 사물들이 새벽빛에 희미하게 윤곽을 드러내더니, 전날과는 같은 듯 다르게 보이기 시작합니다. 정적 속의 어둠이 보랏빛으로 물들다가 서서히 붉은빛을 뿜어내며 밝아오는 것이 금세 변하는 저의 마음과 어찌 그렇게 똑같을까요.

그렇게 변하는 마음이 우리의 감정이고 그런 감정이 쌓여 우리는 조금씩 성숙해갑니다. 이런 감정은 생각을 낳게 하고 그 생각은 행동으로 이어집니다. 이 과정을 한 코 한 코 뜨개질하듯 글로 채워보았습니다. 따뜻하고 포근한 목도리가 되기도 하고, 장갑이 되기도 하고, 어느 때는 뽐내며 입는 옷으로 만들어주던 우리 어머니 같은 심정으로 말입니다. 잘 드러내지 않는 깊은 심해의 감정까지 저는 잘 알지 못하지만 조금은 이해할 수도 있겠다는 심정으로 하나하나 적어보았습니다.

허구가 아닌 사실을 있는 그대로, 그 느낌 그대로 적어나가는 것이 수필입니다. 그래서 다른 글보다 진정성이 있는 깊은 사색의 글이라고 생각합니다. 그래서 수필 쓰기가 더 어려웠습니다.

저는 수필은 자신의 밑천을 들어내는 글이라고 다른 사람들에게 말을 하곤 합니다. 그러면서 수필을 쓰는 사람들은 마음이 따뜻한 사람들이라고 곁들입니다. 저도 따뜻한 사람이길 바라면서 말입니다.

수필에 대한 명문 고전을 모아 건네주시며 격려해 주시던 김정남 선생님, 이 글들을 한 문장 한 문장 짚어주시던 소설가 이철호 선생님, 그리고 늘 곁에서 글에 대한 센스와 논리로 글 고쳐주기를 마다하지 않던 아내 김종선에게 감사의 마음을 전합니다.

2025년 새로운 한 해를 시작하며
송대수

차 례

1 나를 찾아서

4 마음에 남겨진 사람

5 발길 닿는 곳에

• 글 속의 이름을 가명이나 영문 이니셜로 쓴 것에 대해 양해바랍니다.

1부
나를 찾아서

이모티콘

우수, 대동강 물도 풀린다 했던가? 겨우내 쌓였던 눈과 얼음을 녹이고 마음에 켜켜이 쌓인 먼지마저 씻어내는 비가 어제부터 내렸다. 절기에 맞춰 내리는 비로 불어난 시냇물 소리가 제법 크다. 저 깊은 곳에서 뭔가 생명이 꿈틀거리며 울리는 소리다. 그런 소리를 들을 수 있는 봄을 나는 몹시도 기다려 왔다. 이 비는 겨우내 움츠렸던 겨울눈을 깨워 새싹과 꽃을 피워낼 봄을 재촉하는 전령사다.

빗속에 유성장이 섰다. 설날이 지난 직후라서 장꾼들의 노점이 한산하다. 시끌벅적한 명절 대목에 재미를 보기나 했는지 모르겠다. 아침 식사하자마자 식구들이 모두 바쁘게 사라졌다. 나는 혼자 몇 가지 필요한 것을 사러 장으로 나갔다. 사과, 비트, 콩나물을 사고 점심 요기로 먹을 육개장과 족발도 샀다. 장을 보고 집에 오는 데까지 한 시간 정도 걸렸다. 이곳저곳 살필 필요 없이 주로 다니는 단골 가게만 들렀다. 혹시 아내가 오면서 또 사 올지 몰라 카톡으로 장 본 품목을 적어 보냈다. 짝짝짝! 박수로 환호하는 이모티콘과 고맙다고 경례하는 이모티콘이 답장에 실려 왔다.

언젠가부터 우리 사회에는 긴 글을 쓰지 않고도 감정을 표현하고 소통하는 적절한 표현들이 생겨났다. SNS로 편지의 추신이나 마무리 글처럼 '사랑하는 당신에게'라든가 '당신 최고야!' 같은 이모티콘은 애교도 있고 사랑스럽다. 아무 글 없이 이모티콘 하나만으로도 보내는 사람의 감정을 한껏 표현하기도 한다.

사람과의 소통에는 감정이 섞이게 마련이다. 이때 느끼는 희로애락을 공감하고 서로를 어루만지며 자신의 존재를 깨닫기도 하고 위로받기도 한다. 이런 감정을 글로 표현하면 그 순간의 감정은 사라지고 지루한 문자만 남을 때가 많다.

글과 말이 인간이 가진 최고의 표현일지라도 우리는 사진이나 그림을 보는 순간 말보다 먼저 느끼고, 글보다 더 많은 이해와 감상에 빠져든다. 시간이 지나면서 사라질 수 있는 순간의 감정을 젊은이들은 이모티콘으로 표현한다. 다양하고 애교 있는 이모티콘으로 표정을 실어 보낸다는 것이 꽤 신선하고 매력적이다.

서로 공감하며 다양한 표정을 짓는 사람의 얼굴에는 행복함이 묻어난다. 젊은이들 얼굴이 밝은 이유는 그들의 감정을 다양하게 드러낼 수 있기 때문일 것이다.

나는 SNS를 거의 사용하지 않는다. 그러다 보니 휴대전화의 이모티콘을 어떻게 사용하는지, 나타내고자 하는 의미가 무엇인지 정확히 모른다. 문명의 새로운 언어를 사용하지 못하는 현대의 원시인이 돼 버린 것이다.

지금 내 얼굴의 주름 하나 하나는 스스로 내가 만들어온 나의 갖가지 표정들이다. 저 사람은 원래 저런 사람인가? 하고 굳은 표정으로 행복해 보이지 않는 인상만 남아 있을까 두렵다.

나에게 젊은 날의 해맑은 표정이 언제 사라졌는지 모르겠다. 나이가 한 살 한 살 들면서, 한 가지 한 가지 일들을 겪어오면서 내 얼굴에 나의 감정을 표현하는 일이 적어지다 언젠가부터 아예 감정이란 드러낼 수 없는 것이 되어버렸다. 나는 민감했던 일로부터 감정을 감추어 온 것이다. 내면 깊숙이 내 감정을 왜 가둬야 했는지 모르겠다. 내 감정을 그대로 얼굴에 드러내는 것이 나를 있는 그대로 세상에 드러내는 것이라 여겨 감정을 표현해서는 안 된다는 경험이 쌓여가며 내 표정이 하나씩 사라져버린 것 같다. 즐거웠던 일에도 내 표정이 그랬을까? 즐겁고 맑은 표정들은 되돌아오지 않으면 어떡하나? 이모티콘을 보면서 서서히 굳어가는 표정에 나 자신이 부끄러워 고개를 들 수 없다.

즐겁고 행복했던 감정, 슬프고 비참한 감정을 모두 제대로 느끼고 표현한 적이 없었던 듯하다.

세상에는 사람들이 다양한 표정을 지으며 자기감정을 마음껏 표현한다. 나도 그들처럼, 이모티콘의 표정처럼 다양한 감정을 실어봐야겠다.

자연이 나에게 주는 이모티콘에는 얼마나 희망찬 것들이 많은가. 이 봄을 맞이하면서 나에게 보내준 자연의 이모티콘인 우수라는 단어 하나에, 봄비라는 단어 하나에 오만 감정을 실어본다. 우리는 순간의 표정에서 살아가는 동력을 얻는 것인지도 모른다.

봄이 온다.

묵주

　5단 묵주 기도를 세 번째 반복할 무렵 열차는 대구역을 지나고 있었다. 골고다로 향하는 십자가만큼이나 무겁게 눈꺼풀이 내려앉는다. 묵주를 잡은 손끝에 힘이 빠지고 까무룩 정신은 아득해져간다.

　'…… 저희에게 잘못한 이를 …… 용서하시고 ……'

　기도문이 자꾸만 건너뛰고 순서가 뒤죽박죽이다. 정신을 차려 다시 시작하지만 마음대로 되지 않는다. 무의식적으로 계속 외는 반복 기도가 몽롱한 졸음 속으로 깊이 빠져들게 한다. 대전에 도착할 때까지 나머지 2번을 마저 마칠 수 있을지 모르겠다. 앞뒤가 뒤섞이지 않으려 버텨가며 다시 암송하기를 몇 번씩 되풀이하고서야 간신히 끝낼 수 있었다. 부산에서 돌아올 때 KTX 열차를 타지 않고 시간이 좀 걸리는 새마을 열차를 탄 것은 묵주기도를 하기 위해서였다. 여행을 다니거나 무슨 일이 있을 때는 늘 품고 다니는 묵주다.

뭣도 모르고 시작한 첫 사업에 실패하면서 먼저 경제적 곤란을 겪게 되었다. 그다음 파산한다는 것은 물질적으로만 망가지는 것이 아님을 알게 되었다. 자존심이 처참히 무너지고 가라앉았던 갈등들이 한꺼번에 폭발하듯 드러나며 정신적으로 피폐해갔다. 겨우 추스르고 새로 사업을 시작하여 그럭저럭 꾸려가다가 IMF 사태 즈음에 또다시 사업을 접었다.

첫 사업이 실패한 이후 나에게 몸이 떨리는 증상이 나타나기 시작했다. 두 번째 사업마저 접고 나서는 그 증상은 더욱 악화하여 손으로 글씨를 쓸 수 없었으며, 때때로 말할 때도 성대가 떨려 말하기조차 어려웠고, 남들 앞에 서 있을 때는 몸이 떨리고 흔들거리는 민망한 내 모습에 스스로 당황하는 일이 잦아졌다. 시간이 지남에 따라 무엇을 하려 집중할 때는 혼자 있을 때조차도 몸이 덜덜 떨렸다. 심지어 난독증도 생겼는지 책 읽는 것은 고사하고 TV 자막도 읽어내지 못했다. 나는 말을 잃어갔고 자신감도 없어지면서 주변에 내 초라한 모습을 감추려 집안에만 있는 날이 많아졌다. 그러던 중에 어머니가 뇌출혈로 쓰러져 투병생활에 들어갔다. 형제들 간의 묵은 갈등이 심해졌고, 쉽게 상처받고 삭이지 못한 앙금은 쌓여가면서 나는 성격이 날카로워졌다. 가깝게 지내던 사람들마저 피하게 되고, 그나마 조금의 위안을 얻었던 교회에서도 기도하고 성경을 읽어도 마음이 풀리거나 안정되지 않았다. 신앙심 자체에 의구심을 품게 되고 교회 행사나 신자들의 모습이 부정적으로 보였다. 뒤틀린 마음이나 부정적인 태도를 감추어둔 채로 고해성사하거나 하느님께 간구하는 나 자신이 허위와 위선에 차 있었다. 그런 상황에서 스스로 헤쳐 나오지 못하는 자신을 책망하는 마음이 심해지면서 점점 더 힘들어져 갔다. 사회관계를 거의 끊다시피 하고 교회도 멀리하고, 몸과 마음이 지친 상태로 오랜 시간을 혼자만의 늪에서 허우적대고 있었다.

마음 한구석에 지푸라기라도 잡으려는 심정으로 최근 3년이 넘도록 새벽에 홀로 묵주기도를 하고 있다. 간절한 마음이 통했던지 그간 불편했던 심정을 조금씩 덜어낼 수 있었고 많이 안정되었다. 마음이 좀 가벼워져서일까 소원해졌던 사람들과도 다시 연락하게 되고 전보다 진솔하게 이야기도 할 수 있게 되었다.

가톨릭에 귀의할 때 세례명을 지어주었던 수사신부가 부산의 성 베네딕트 수녀원에 있다는 소식을 들었다. 그동안 머뭇거리며 만나지 못해 늘 마음에 걸렸는데 찾아볼 용기가 생겼다. 나를 억누르는 무거운 짐을 하나씩 내려놓고 머뭇거렸던 일부터 하나씩 부닥치기로 했다. 그래서 조용한 성당에서 나 자신을 들여다보며 고해성사하고 묵주기도를 하고 묵상도 하고 싶어졌다.

대전에서 내리던 눈은 영동을 지나자 비로 바뀌면서 하얀 풍경이 얼룩진 세계로 바뀌었다. 세상사에 얼룩지지 않은 것이 어디 있을까만, 작은 일에도 깊이 상처받는 여린 마음과 하루에도 수없이 뒤집히는 변덕으로 얼룩졌을 나의 마음도 이 겨울비에 씻겨가길 바라며 차창을 바라보고 있었다.

부산에도 여전히 비가 내리고 있었지만, 한결 차분해 보였다. 광안리 수녀원에 도착하자 신부가 정문 어귀에서 반갑게 맞아주었다. 신부와 함께 성당에서 낮 예배를 보며 묵주기도를 드리고 사제관에서 식사하였다. 소소한 일상사와 친구들의 안부에 관한 이야기를 나눴지만, 여전히 속마음을 터놓기가 쉽지 않았다. 식사를 끝내고 용기를 내어, 냉담한 지 오래되었으며 그간 짓누르던 무거운 삶으로 신앙을 부정하기도 했었다고 고해했다.

신부는 만남을 정리하며 말했다.

"교회에 한동안 나가지 않았다 해서 신자가 아니라 할 수 없어. 헤쳐 나가야 할 세상일들을 승화시키는 것이 중요한 것이지. 그럼으로써 하나하나 새롭게 태어나는 것, 그것이 부활이야."

평생을 기도하며 수도 생활해온 수사신부의 이 한마디가 내 가슴을 꿰뚫었다.

승화, 깊은 의미까지는 속속들이 이해할 수 없지만 '일상에서 마주하는 모든 것들은 그것대로의 의미와 가치가 있는 것이다. 살아가는 일은 늘 고통이 따르지만 우리는 그것을 승화시켜 새로 고치며 살아가려는 노력이 필요하다'고 나는 받아들였다.

신부의 배웅을 받으며 함께 버스 정류장으로 걸었다. 겨울비 내리는 수녀원 앞으로 뿌연 비안개가 뒤덮여 있다. 보이지 않지만, 그곳에 광안리 바다가 있다. 보이지는 않지만 존재하는 것, 신앙심은 보이지 않는 실체를 찾아 깨달아 가는 것이리라. 수사신부와 함께 깊고 넓은 바다같이 탁 트인 시선으로 구도의 길을 찾을 수 있을 것 같은 희망이 생긴다.

 김천쯤이었을까 옆자리에 부스럭거리며 정장을 입은 여성이 앉는다. 아마도 일상을 바쁘게 정리하고 집으로 돌아가는 워킹맘인 듯싶었다. 먼 길을 통근하는지 지쳐 보였지만 가정으로 돌아가는 행복감에 젖은 그녀의 속삭이듯 나직한 통화 소리가 내 귀로 빨려 들어온다.

 묵주 알을 손끝으로 지그시 누르며 눈을 감는다. 집을 향해 달리는 기차가 어두운 터널을 빠져나오자 구름 사이로 붉은빛이 번지며 하늘이 환해진다. 저물어가는 저녁 빛 속에 세상이 여느 때보다 또렷하고 평화롭게 다가온다.

글코를 꿰다

글쓰기가 쉽지 않다. 매일 매일 일기에 몇 자 적는 것도 벅차다. 이런 저런 이유로 미적거리며 오랫동안 글을 쓰지 못하다가 다시 일기라도 써 야겠다고 마음을 다졌다. 그날 하루의 일을 뒤돌아보고 단 몇 자라도 내 생각을 담아 글을 써보기로 했다. 한 달쯤 지나면서 쓰지 않는 날이 쓰 는 날보다 많아지기 시작했다. 모처럼 마음먹었던 일이 흐지부지 끝날 것 같아 오늘은 온종일 책상에 앉아 전에 썼던 글들을 읽어 보고 고치 고 다듬으며 글과 친해지려 한다.

내게 글 쓰는 소질이 있는 것 같지는 않다. 그런데 우연한 기회에 습작 으로 쓴 글이 괜찮다며 친구가 권하여 문예지에 수필을 싣게 되고, 그것 이 계기가 되어 신인상을 받으며 등단하게 되었다. 수없이 고치고 다듬은 글이 나에게 작은 희망의 싹을 틔울 수 있게 하였다. 등단했다고는 하나 문장력은 물론이고 글의 흐름을 기승전결로 전개하는 것이 어려워 전전긍긍하느라 창의성은 고개도 들지 못했다.

그러다 몇 년 동안 글쓰기를 포기하고 살았다. 그저 책상 앞에 앉아 컴퓨터를 켰다 끄기를 반복할 뿐 글 한 자 쓰지 못했다. 내가 무엇이 필요한지 그리고 무엇을 더 공부하고 생각해야 하는지 알 수가 없었다. 습작마저 손을 놓고 짐이라도 벗은 듯 생각 없이 시간을 보냈다. 그러면서도 글을 쓰고 싶은 희망과 애착을 완전히 끊지는 못했다. 해야 할 일을 하지 않는 것 같은 상태로 그렇게 훌쩍 시간이 흘러갔다.

지금 생각해보면 글은 생각을 풀어내는 예술이다. 생각이 정리되지 않으면 글도 정리되지 않는다. 그런데 생각하는 것이 그렇게 힘들었다.

나를 끌어당기는 어떤 힘이 도서관에 자주 드나들게 했다. 그리고 '이런 주제에 대한 것은 꼭 읽어 봐야 해', '저자의 성향과 글 쓰는 방식은 어떤지 알아봐야 해', '고전은 명작이니 빠트리지 않아야 해'하며 책을 읽었다.

글을 쓰려면 책을 많이 읽어야 한다는 얘기를 예전부터 수없이 들어왔지만 이제야 책 속에서 꿈틀거리는 힘을 조금씩 느끼게 되었다. 어느 때는 조그만 벌레처럼 꼬물거리기도 하고, 어느 지붕 아래에서는 가난한 할머니와 손주가 까르르 웃는 소리가 들리기도 하고, 광풍이 불어대는 벌판에서는 채찍질하며 말을 달리는 영웅이 나타나기도 하고, 어느 햇볕 내리쬐는 처마 밑에서 졸고 있는 고양이가 보이기도 하였다.

그렇게 책 속에는 내가 미처 알지 못했던 수많은 삶과 사건이 존재했고, 그 존재들을 마음에 담기 시작했다. 사실 그게 어디 책뿐이겠는가 사람들의 삶 자체가 요동치는 세상 속에서 치열하게 살아가는 것이니 그들의 움직임을 이제서야 새삼 들여다보고, 다시 나 자신을 보면서 느끼고 알아가고 있다. 나에게도 어떻게든 꿈틀거리지 않을 수 없었던 일들이 얼마나 많았던가. 이제야 그런 일들에 대해 떠오르는 생각을 하나씩 정리하는 중이다.

그러한 꿈틀거림이란 체험과 생각에서 나오는 진정성이라 할 수 있다. 갖은 체험을 해보지 않고, 심연에 갇힌 생각을 드러내지 않는 글에서 무슨 진정성을 찾을 수 있단 말인가. 진정성 없이 글에 대한 동경과 집착만 커지고 허황된 표현으로 자신의 겉모습을 꾸미려 했던 나날이 헛된 일이었음을 이제야 알게 됐다. 또한 그것이 한 자도 써 내려가지 못한 이유라는 것도 깨달았다.

삶의 이야기는 체험과 생각으로 이루어진 것이니, 실과 바늘로 한 코, 한 코 뜨개질하듯 글을 써보리라. 우리 어머니들이 우릴 위해 한 코, 한 코 정성을 다해 뜨개질하듯, 그렇게 코를 꿰어보리라.

옛날부터 할머니는 뜨개질하고, 어부는 어망의 그물코를 손질하면서 그들의 생각과 이야기를 서로 주고받았을 것이다. 이들의 대화는 특별한 삶은 아니어도 이전에 들었던 이야기와 지금 겪는 수많은 체험과 생각으로 가득했을 것이다. 듣고 느끼고 전하는 이야기들이 우리에게 전부 전해지지 않았겠지만 그들의 삶이 우리의 삶에 이어지고 있음을 우리는 느낄 수 있다.

책 속의 수많은 꿈틀거림에서, 조상들이 이룬 삶에서, 내가 외면했던 과거에서 나는 수많은 생각과 이야기의 바다를 본다. 이렇게 많은 생각과 이야기를 실과 바늘 삼아 글코[1]를 하나하나 잡아야겠다.

앞의 글코를 잡아 생각이라는 실을 꿰어 다음 글코를 만들고, 또다시 실을 꿰어 옷을 만들 듯 글을 써나가야겠다. 할머니가 지은 아름다운 옷처럼, 어부의 어망에 걸려든 월척처럼 멋진 글이 되어 나올 수 있기를 바라면서.

---

1) 글코: '글 짓는데 단어나 문맥의 연결을 위해 연속적으로 엮어나갈 수 있게 하는 동기.' (라는 뜻으로 사전에 없는 단어를 바늘코에서 착안하여 새로운 단어를 만들었다. '바늘코'란 뜨개질이나 바느질할 때 바늘의 실을 거는 부분이다.)

자유를 만끽해봐

『빠삐용』과 『쇼생크 탈출』 두 영화 모두 자유를 끝없이 갈구하는 인간을 그린 영화다.

절대 탈출할 수 없다는 죄수들의 섬은 높은 절벽 아래로 늘 조류가 세게 부딪쳐 산산조각이 나버린다. 거친 파도에 감히 조류를 타고 탈출할 엄두를 내지 못하는 곳이다. 남들이 두려워 시도조차 하지 못한 이곳에서도 빠삐용은 자유를 찾아 이 섬을 탈출하려는 마음을 버리지 않는다. 야자수 가지와 열매로 커다란 리스 모양의 탈 것을 만들어 조류의 방향이 바뀔 때를 기다려 바다에 던지고, 까마득하게 높은 절벽에서 뛰어내린다.

『쇼생크 탈출』의 주인공도 감옥의 벽을 조금씩 뚫어내고 천둥 번개가 치는 날 천둥소리에 맞춰 하수관을 뚫고는 그 속을 기어서 기어이 감옥을 탈출한다. 주룩주룩 내리는 빗속에서 두 팔을 하늘 높이 치켜올리고 감격에 겨워하는 장면을 결코 잊을 수 없다.

모두 자유를 얻기 위해 지독하리만큼 끈질긴 투쟁을 한 주인공들의 근성에 감동할 수밖에 없다. 갇히면 벗어나려 하고, 속박할수록 자유를 찾고자 목숨마저 내놓고 모질게 몸부림치는 인간의 모습은 언제나 가슴을 먹먹하게 한다.

"자유를 만끽해봐."

아내가 유럽 여행을 떠나면서 나에게 한 말이다. 함께 가지 못하고 남아 있는 내게 미안함을 그런 식으로 표현한 말일 테다. 일도 가족도 사람들과의 관계가 힘들 때, 아주 잠깐 동안은 모든 것을 떠나 간섭도 구속도 없이 혼자만 있을 수 있는 공간과 시간을 간절히 원한 적도 많았다. 그런데 지금 그 말을 듣고 보니 과연 혼자 있고 간섭도 구속도 없는 상태가 좋은 것인가 하는 생각이 든다.

신체의 자유가 타인에 의해 제약받을 때 저 영화의 주인공들처럼 저렇게 애써 자유를 찾아 나서는 것은 당연하겠지만, 늘그막에 집에 혼자 남겨진다는 것은 아주 잠깐은 간섭과 잔소리가 없는 자유가 좋을지 모르겠다. 짧게 정해진 기간이기에 아주 쿨하게 혼자 잘 있을 테니 잘 갔다 오라고 큰 소리로 대답했지만, 어쩔 수 없이 긴 시간 그런 상태로 살아야 한다면 오히려 더 서글프게 느껴질 것 같다.

아내의 그런 이야기를 들었을 때 나는 선방의 스님이 먼저 생각이 났다. 선방에 홀로 앉은 스님은 자신에게 묻고 또 물어가며 깊은 사유와 깨달음으로 진정한 자유를 얻는다. 세속에서 벗어난 고독 속에서 얻는 자유다. 홀로 있다고 세속과 아주 절연하는 자유는 아닐 것이다. 스님의 자유는 세속의 질서 안에서 자신이 얽매이지 않고 세속과 함께 존재한다는 뜻일 것이다.

자유란 외부의 구속이나 강요 없이 자기 스스로 선택하고 행동할 수 있는 권리와 상태를 의미한다. 특히 외부의 힘으로 신체의 자유가 제한받거나 자신의 의지나 선택이 구속된다면, 누구나 끝없이 자유를 갈구하고 투쟁하며 그 자유를 쟁취하고자 할 것이다. 그래서 영화에서처럼 극적인 투쟁으로 얻은 자유는 더 숭고해 보인다. 또한 그런 의지에 우리는 감동하게 되는 것이다.

자유란 단순히 외부의 압력이나 구속에서 벗어나는 것뿐만 아니라 내면의 해방을 의미하기도 한다. 편견이나 두려움에서 벗어나 자신의 진정한 존재감을 느끼는 것이라 할 수 있다. 자유는 우리에게 많은 것을 가져다주지만 그것을 어떻게 받아들이느냐 하는 것에 따라 그 의미는 달라지기도 한다. 자유는 자기 행동에 대한 책임이 따르기 때문이다. 진정한 자유란 자기 자신을 이해하고, 타인의 자유를 존중하며, 사회적 책임을 다하는 것이다.

은퇴한 사람들에게 가장 어려운 것 중 하나가 부부가 온종일 집에 함께 있는 것이라고 한다. 부부라 해도 매일 24시간 얼굴을 맞대고 있기는 어려운 일이다. 얼굴을 맞대고 함께 있다고 같은 생각, 같은 행동을 고집하는 것은 서로의 자유를 침해하는 것이다. 가볍게 생각되는 이런 일들로 인해 누구보다 먼저 이해하고 서로 보듬어야 할 부부 사이에 소원해지고 돌이킬 수 없는 일마저 일어날 수도 있는 것이다. 나이 들어가는 부부에게도 각자 사유하고 행동할 수 있는 공간이 필요하다는 것을 서로 인정하는 공감 능력이 필요하다. 이런 소소한 일상의 자유에서 삶에 대한 행복을 느낄 수 있는 것이다.

인간의 삶에서 행복이란 가장 기본적인 감정 중 하나다. 행복은 외부의 자극이나 소유에서 오는 것이 아니라 우리 내면에서 우러나오는 것이다. 그래서 우리의 마음가짐에 달려 있다고 할 수 있다. 감사하는 마음, 타인과의 진심 어린 교감, 긍정적인 수용 등이 행복을 키워나가는 요소가 될 것이다.

젊은 시절 많은 일과 사람들에 치여 살 때는 사회관계 속에서 벗어나고 싶어도 그 관계가 깨질까 두려워 포기하던 시절이 있었다. 자유롭지 못했던 지난날을 되돌아보며 지금 혼자만의 시간이 소중하게 느껴진다. 서로를 그리워하며 의지하려 한다고 자유를 포기하는 것은 아닐 것이다. 자유는 행복을 찾아가는 동반자라는 생각이다.

아내와 딸이 7박 9일 유럽 여행을 떠났다. 어쨌든 나에겐 깊은 생각을 할 수 있는 귀중한 선물을 받은 셈이다. 아내가 선물로 주고 간 혼자만의 '자유'를 나는 즐기고 있다.

골방에서

집안이 텅 비어 있는 시간 혼자 하릴없이 소일하는 것이 나는 좋았다. 잔소리하는 사람이 없기 때문이다. 무언가 할 일이 있다고 생각했으나 사실은 거의 없었다. 이 궁리 저 궁리하며 하루를 보내는 일이 어린 시절 일상이었다. 나에게 간섭 좀 했다고 부모에게 까탈스럽게 굴던 때나, 형제들이나 아이들이 서로 잘났다고 으스대는 것을 샘내던 시절에 꿈꾸는 일이란 남들과는 어떻게든 달라 보이는 것이 소원이었다.

그때는 으레 회사 월급쟁이 또는 조그마한 가게 주인 같은 평범한 사람들은 안중에도 없었다. 막연하나마 나폴레옹 같은 장군이나 에디슨 같은 발명가 또는 링컨 같은 정치가가 되어 남들 앞에 자랑하고 싶은 것이 꿈이었다. 시간이 지나면 자연히 이루어질 것 같은 행복감에 젖어 들곤 했다. 위인전을 읽을 때마다 꿈의 대상이 바뀌어 갔다. 병치레를 자주 하여 툭하면 학교를 결석하였고, 그때마다 식구들에게 더 까탈스럽게 굴 었고 그러면서 꿈은 점차 작아졌다. 혼자 생각하는 때가 많았다. 생각이 란 끊임없이 움직이는 것이어서 무언가 상상하고 꿈지락거리게 하는가 보다.

초등학교 시절 우리 집 마루 한쪽 구석에 짐을 쌓아두던 곳이 있었는 데, 그 빈틈에 비밀스러운 내 골방을 마련하고 어둑한 구석에서 몇 가지 공작 작업을 하였다. 친구네 유리 가게에서 얻어온 거울 조각으로 삼면 을 맞추고 종이와 풀로 감아 붙여 만화경을 만들어 잘게 자른 색종이나 작은 꽃잎을 넣어 보느라 정신이 없었다. 만화경 속에 호화찬란하게 펼 쳐지는 데칼코마니의 세계가 몽롱하게 보였다. 사물이 여러 겹으로 보일 수록 내 세계가 무한하게 뻗어갔다.

또 빈틈없는 조그만 종이 상자에 한쪽 면을 잘라내고 습자지를 붙인 다음 반대편 중앙에 바늘구멍을 뚫어 습자지에 상이 거꾸로 맺히는 것 을 볼 수 있었다. 정원과 집들이 바늘구멍으로 들어와 맺힌 상은 밖이 환할수록, 골방이 어두울수록 또렷하게 보였다. 거꾸로 보이는 상이 아 름답고 신기하여 대상을 바꿔가며 주변의 모습을 살펴보느라 바빴다. 나중에 사진사가 찍는 큰 카메라에 거꾸로 보이는 사람을 볼 때면 그때 의 기억이 문득문득 떠올랐다.

비록 학교에서 배운 것을 실습한 것이지만 곳곳에 버려진 재료로 나

스스로 만들었다는 자부심에 기쁨이 넘쳤고, 생각지 못한 신비한 세계가 이 공작물 안에서 펼쳐진다는 사실에 심장이 뛰곤 하였다. 나도 크면 에디슨 같은 인물이 될지도 모른다고 생각하기도 했다. 꿈같은 희망이 가슴속 가득 차오르는 것이었다.

우리 가족은 정원이 큰 집에서 살았다. 그래서 남들은 우릴 풍족하다고 여겼지만 여러 사정으로 어렵게 지내야 했다. 부모님이 콕 찍어 이야기하지는 않아도 우리는 늘 알아서 절약했고, 스스로 공부하였다. 형은 고등학교를 입학하자 아르바이트로 중학교 학생들을 가르쳤고, 나는 이런저런 일로 생긴 몇 푼의 용돈을 우체국 창구로 달려가 저금하곤 했다.

신문을 돌리며 뛰어다니는 아이들은 몸이 튼튼해진다는 이야기를 들은 적이 있다. 중학교에 입학하자 신문 보급소에 찾아가 신문 돌리는 일을 하였다. 나는 하교 후 곧장 역으로 달려가 수하물수탁 광장에서 받은 석간신문에 전단지를 삽입하고 내 구역을 달렸다. 우리 동네에서 멀지 않은 곳이어서 처음엔 친구나 아는 사람을 만날까 창피하여 쭈뼛거렸으나 서서히 신경 쓰지 않는 일상이 돼버렸다. 내가 다니는 학교 서무실에 신문 배달하러 들어가도 그 학교 학생인지 아닌지도 모르는 것 같았다.

딱 1년 동안 한 푼도 쓰지 않고 모은 돈을 아버지께 드리고 라디오를 사달라고 했다. 신문 돌릴 때 남의 집 라디오에서 재담과 음악이 흘러나오면 그 가족들은 까르르 웃기도 하고 노래를 따라 부르며 재미있어하는 모습이 부러웠다. 또 어떤 소식을 라디오에서 들었다고 자랑하는 아이들이 부럽고 얄밉기도 하였다. 그래서 어떤 이야기를 누굴 통해서가 아니라 직접 들을 수 있는 라디오를 꼭 갖고 싶었다. 손에 쥐는 조그만 트랜지스터라디오가 아니라 탁상용 금성 라디오가 우리 집으로 들어왔다.

경제적인 어려움에도 아버지는 외국산 석유난로로 추운 방안에 온기가 돌게 하였고, 어머니는 식기를 세트로 사들여 남들이 부러워하였다. 새 옷을 자주 사 입지는 못했지만 해진 옷을 기우거나 바느질하여 깔끔하게 입을 수 있게 재봉틀도 있었고, 검은색 다이얼 전화기가 있어 동네 사람에게 오는 소식을 전달해주기도 하였다.

그런데도 라디오를 사지 않았던 아버지였다. 한창 자라던 우리가 쓸데없이 라디오에 온 정신을 빼앗기는 것을 싫어하셨는지 모를 일이다. 아무리 우리 집이 쇠락했어도 라디오를 못살 형편은 아니었을 거로 생각하실 아버지에게 당돌하게 돈을 내밀어 라디오를 사달라는 것은 나로서는 담벼락을 살짝 넘는 사건이었을 것이다. 어쩌면 이런 일은 아버지의 마음을 아프게 만들었던 나의 항거였는지 모른다.

아버지가 즐겨 보시던 신문은 뒷전으로 밀려났다. 어른만의 읽을거리였던 신문은 아버지가 기삿거리에 관해 이야기하시면 그 기사를 한두 줄씩 읽어 보았지만 우리들의 관심거리가 되질 못했다. 해외토픽 한 줄만이 내가 좋아하는 기삿거리였다.

밤에 정전될 때면 라디오는 어둠 속에서 연속극이나 음악이 더 잘 들렸다. 우리 식구들은 달빛이 비치는 정원을 바라보며 또는 남포등 불빛 아래서 라디오의 연속극이나 만담에 귀를 쫑긋 세웠다. 물론 아버지도 읽던 신문을 접어두고 한쪽에서 슬그머니 귀 기울이셨다.

공작품을 스스로 만들고 신문을 배달하던 그런 일들이 어떤 면에선 새로운 용기와 흥미를 갖게 함으로써, 한동안 학교생활에 자신감을 느끼게 했는지 모른다. 또 꿈이라고는 생각하지 못했지만, 진로에 대한 문제를 고민하며 철들어 가던 중학교 시절에는 꺾여버린 아버지의 꿈을 내가 이어갔으면 하는 생각도 품게 되었다.

어머니는 늘 자식들이 꿈이었고, 아버지 역시 우리가 희망이었다. 그래서 언제나 엄하게 우리를 훈육하셨다. 정직해야 하고, 착해야 하고, 남에게 손가락질받는 사람이 되지 않아야 한다고 지겹도록 들으며 컸다. 실력이 있어야 한다는 이야기도 잊지 않았다. 부모의 소원대로 주위에서 착하다는 말을 들으며 자랐다. 학교생활도 그럭저럭 잘해 나갔다.

그러나 착하고 순진함에 익숙해지면서 오기나 모험심이 발동하는 일은 점차 줄었고 아버지가 돌아가신 후 늦게 찾아온 사춘기의 시작과 함께 내 꿈은 방황의 늪에서 허덕였다. 나는 간섭을 받으면 싫었고 그저 멍할 때가 많았다. 중학교 시절 매주 꼬박꼬박 책을 빌려다 읽던 열정도 고등학교 들어와 사라져버리고 책과 담을 쌓았다. 우리에서 벗어난 망아지 모양으로 밖으로 그냥 쏘다녔다. 사춘기의 헛것들이 내 몸에서 소화도 되지 않고 헛배만 부르다가 배출되었다. 얌전한 고양인 양 드러내지도 않으니 아무도 나에게 관심이 없는 것 같았다. 가족들이 관심을 쏟고 있다는 것을 알아차리지도 못한 채 어린 시절이 그렇게 지나갔다.

고요한 서재에서 소년 시절이 명징하게 떠오르는 것은 잘난 척하던 많은 일들이 실패하고 나서였다. 바늘구멍 카메라의 원리처럼 우리가 볼 수 있는 세계가 똑바로 만 보이지 않는다는 사실도 터득하지 못한 채 만화경같이 무한대로 펼쳐지는 데칼코마니의 화려한 세계만을 가슴에 허황하게 담아 두었기 때문인지도 모른다. 그러나 꿈을 꾸던 추억이 있다는 것으로도 행복한 일이다. 골방에서 공작하며 꿈꾸던 추억처럼 또다시 서재에서 국어사전을 뒤적거리며 늙다리 희망을 꿈꿔 본다.

도서관의 추억

초등학교 시절 그러니까 1960년대 초반, 선생님께서 읽으라고 추천해 주는 책을 찾아 도서관에 가야 했었다. 그 당시 내게는 꽤 멀어 보였던 대전시립도서관에 데려다 달라고 형을 졸랐다. 대전시에 하나밖에 없던 공공도서관은 당시 대전시청 뒤편 너른 공터에 있던 우중충한 일본식 목조 건물이었다. 현재 대흥동의 중구의회 제1별관 건물이 있는 자리다.

일요일에는 도서관이 문도 열기 전부터 중고등학교 학생들이 공터에 길게 줄을 섰다. 방 한 칸에 여러 명의 식구가 모여 살던 시절이니 여기가 제일 공부하기 좋았을 것이다. 내가 혼자 도서관에 갈 수 있게 된 후로 시간에 맞춰 줄을 선 중고등학교 형들을 제치고 앞으로 가 열람권을 받아 입장하려 했다. 절차를 잘 몰라 새치기 한 셈인데 겨우 턱에 닿는 창구 앞으로 가면 그 형들이 조그마한 애도 도서관에 왔네 하며 귀여운 듯 웃으며 앞자리를 양보해주던 기억이 난다. 남녀 열람실이 구분되어 있었고 6명이 앉는 책상에 칸막이도 없었지만, 학생들의 책장 넘기며 부스럭대는 소리와 종이 위에 연필을 부지런히 놀리느라 사각대는 소리만 들릴 뿐 열람실은 조용했다. 그래도 목조 건물이어서 어른 같은 형들이 복도를 걸어 다니면 바닥에서 삐걱거리는 소리가 유난히 잘 들렸다.

도서관은 지금처럼 개방식이 아니어서 어떤 책이 있는지는 도서 열람 카드를 찾아보고서야 알 수 있었다. 도서 열람 카드를 뒤져 『톰 소여의 모험』이나 『허클베리 핀의 모험』과 같은 소설책의 청구번호를 적어 학생증과 함께 대출 청구하면 이미 대출되어 볼 수 없을 때가 많았다. 그 책을 보기 위해 나는 아침 일찍 줄을 서서 도서관에 입장했었다. 대출받은 책은 도서관에서만 읽을 수 있었고 도서관을 나갈 때는 반납해야 했다. 책 뒤에 붙여놓은 대출 카드에는 대출받은 사람의 이름이 쭉 적혀 있었다. 신기해서 나는 반납한 책을 다시 대출받아 대출 카드에 적힌 내 이름을 보고 좋아하기도 했다.

중학교 때는 학교 도서관이 있었지만 아는 아이들도 많고, 그 아이들과 놀기 바빠 몇 번 갔을 뿐이다. 그래도 시립도서관을 더 자주 찾았고, 공부할 때는 듬직한 고등학교 형들 옆에 자리 잡곤 했다. 그런 형들 옆자리에 앉아야 자극받아 더 몰입이 잘되어 좋았다.

대전시립도서관이 대흥동 KBS 방송국 옆에 신축 건물(현재 대흥동 우리들 공원)로 이사한 뒤에도 친구와 함께 공부하기로 약속하고 학교가 파하면 새 도서관으로 가 밤 10시까지 있었다. 확실히 기억나지는 않지만 얼마 가지 못해 흐지부지 끝나버리고 말았던 것 같다. 공휴일에는 도서관에 늦게 가면 자리가 없어 입장할 수 없었다. 새 도서관이라 겨울에는 난방을 라디에이터로 하는데, 그 라디에이터에는 학생들 도시락이 늘 얹혀있었다. 밥도 타지 않아 좋다면서 도시락 안에 함께 담은 반찬 특유의 냄새가 나면 어떤 학생은 도시락에서 눈을 떼지 못했다. 기다리던 점심시간에 따뜻하게 데워진 도시락을 매점으로 갖고 가 먹기도 하였다. 나는 그 밥도 좋았지만 따끈한 국물을 마실 수 있는 매점의 우동이 맛있었다.

신축도서관이 생기기 전에 집에서 가까운 대전문화원에도 가끔 갔다. 당시 시민관(현재 NC백화점 중앙로역점)이라는 극장에 붙어있는 3층 건물이었는데 그곳에서 공부도 할 수 있었고 가끔씩 공짜로 영화도 틀어주었다. 공짜 영화를 보는 재미로 그곳을 자주 찾았다. 또 극장이 옆에 있어 가끔 학교에서 단체로 영화를 보러 갈 때도 있었기 때문에 대전문화원에 익숙했다. 열악한 환경에도 공부하려는 학생들에게 도서관이나 다름없는 도움을 주던 장소 중 하나였다.

작은도서관 봉사자들이 함께 모여 점심을 먹었다. 일주일에 한 번 각자 맡은 시간에만 봉사 근무하므로 서로 얼굴을 마주칠 일이 없다. 모두 참석하지는 못했지만 이런 자리가 마련돼서 얼굴도 모르던 봉사자들을 만나볼 수 있었다.

유성구에는 〈온천마을 작은도서관〉이 가장 먼저 유성문화원에 자리를 잡았고, 그 후에 작은도서관이 마을마다 생겨났다. 현재 유성구에만 8개의 공공도서관과 7개의 공립 작은도서관이 있다. 집에서 10여 분 거리에 문화 사랑방 겸 작은도서관을 조성하여 쉽게 책과 가까이 할 수 있는 기회를 마련함으로써 주민들의 소양과 문화생활을 넓힐 수 있도록 하기 위한 것이다.

우리 도서관은 운영과 행사 모두 무료 봉사자들이 주관하고 있다. 이 도서관에는 설립 때부터 봉사해온 사람들이 아직도 활동하고 있다. K 명예도서관장과 총무를 맡은 C 선생님은 첫해부터 봉사하여 어느덧 햇수로 13년이 되었다고 한다. 또 봉사자 중 가장 연장자인 N 선생님은 78세인데 아직도 젊은 사람 못지않고 이런 모임이 있을 때면 이런저런 이야기를 구수하게 잘도 풀어내신다. 11년째 봉사하는 이분에게서 나이보다 젊게 사는 방법을 배우고 있다. 나이 들어도 무위無爲가 아닌 무언가를 한다는 것, 그것도 보람된 일을 즐기는 것이 건강하고 젊게 사는 비결인 듯하다.

온천마을 도서관에는 이만 권이 넘는 책이 있어 나도 봉사 갈 때마다 책을 대출받아 읽는다. 유성문화원 근무시간에 맞춰 일요일과 월요일은 휴무고 화요일부터 토요일까지 5일간 문을 연다. 근무하는 시간은 오전과 오후로 나눠 각 2명씩 봉사하는 것을 원칙으로 하고 있으나, 봉사자가 채워지지 않아 혼자 봉사하는 사람과 일주일에 두 번 봉사하는 사람도 있다. 어쨌든 근무조가 곧 다 짜일 거라는 반가운 소식을 들어 감사할 뿐이다.

　도서관 접수창구에 앉아 있다 보면 초등학교도 안 들어갔을 아이들이 엄마와 함께 찾아와 그림책을 보는 모습이 그렇게 예뻐 보일 수가 없다. 어느 날은 초등학교 일이 학년쯤 되어 보이는 녀석이 들어와 대뜸 "『가짜 일기』책 있어요?" 하고 물어 속으로 '왜 가짜 일기를 찾을까?' 하는 생각에 웃음도 났지만, 너무도 기특해 기쁜 마음으로 그 책을 찾아준 적도 있다. 그 아이들도 나처럼 나이가 들어서 이 도서관을 기억하겠지?

고향이 낯설어진다

친구와의 약속으로 신시가지 아파트 단지 사이에서 헤매고 있었다. 이렇게 큰 주거지역이라면 아마도 옛날에는 읍 이상의 인구가 사는 지역은 될 것이다. 똑같은 성냥갑 형태의 아파트와 어디나 거의 비슷비슷해 보이는 단지 구조 때문인지, 건물 높이 적혀 있는 아파트 이름과 동 호수로 찾기 쉬울 것 같은데도 약속 장소를 찾는 일이 쉽지 않다.

새로운 냄새가 물씬 풍기는 아파트 숲속을 헤맬 때 엉뚱한 생각이 떠오른다. 이곳이 고향인 사람은 얼마나 될까? 여기 사는 사람들은 이곳을 고향으로 생각할까? 여기서 태어나고 유년 시절을 지내고 떠난 아이들은 이곳을 고향으로 여길까?

나는 태어난 집에서 자랐고 결혼하고서야 그곳을 떠났다. 직장 일로 타지에서 한동안 생활하였지만, 타지의 거처는 임시 머무는 곳일 뿐이었고 고향이란 당연스레 그 옛집이 있던 곳이었다. 고향에 정착하려고 돌아왔지만, 이제는 내가 태어난 집은 흔적도 없이 사라졌다. 이미 그 집터에는 새로운 빌딩이 들어섰다. 그래도 신도시가 아니어서 예전의 우리 집의 위치를 정확히 찾을 수 있었다. 조부모님과 부모님이 해방되던 해부터 살아온 집이고, 내가 태어나 줄곧 살아온 집이어서 나에게 추억이 서린 곳이다. 어머니의 품과 같은 깊고 따스한 온기가 느껴지는 옛날의 생가가 그대로 남아있다면 얼마나 좋았을까. 마음 깊이 정들어 추억만으로도 평안해지고 위로받을 수 있는 그리운 곳이 내게는 고향 모습이다.

내가 살던 동네는 역에서 멀지 않은 도심이었다. 늘 분주한 번화가를 지나 학교 다니거나 놀러 다니느라 시내 골목을 누볐다. 내 유년 시절, 하루의 일을 마감하는 큰길의 가게들은 자정이 가까워서야 처마 아래 세워둔 탄탄하고 두터워 보이는 나무 덧문을 옮겨와 닫고 빗장을 채웠다. 그리고 덧문 아래에 낸 낮은 쪽문으로 허리를 굽히고 가게를 출입하였다. 그 가게의 덧문에는 큼직하게 한자로 一, 二, 三, 四 덧문의 순서가 매겨져 있었다. 그 당시 가게는 으레 살림집이 딸려 있었다. 어느 약국은 밤늦게 찾아오는 응급환자의 약 주문 때문에 덧문에 얼굴만 보이는 조그만 미닫이창을 달아 그곳으로 약을 내주기도 하였다.

주택에서 사는 사람들은 새 키우기를 좋아했는데 새장에는 앵무새나 구관조 또는 십자매 같은 새들이 많았다. 정원이 있는 집에서는 공작새를 키우기도 하였다. 그때는 새와 새장을 들고 다니며 파는 사람이 있어 새는 우리에게 낯익은 반려동물이었다. 낯선 얘기지만, 호랑이 박제를 갖고 다니며 사진을 찍어주는 사람도 있어 나도 그 박제와 함께 사진을 찍은 적이 있었다.

우리 집 대문 앞 넓은 골목의 버드나무 아래에서는 아이들이 많이 모여 놀았다. '무궁화꽃이 피었습니다.'라고 소리치는 술래의 새된 목소리가 옆집 울타리를 넘었고, 비석 치기나 자치기 그리고 땅따먹기나 공기놀이 하며 떠들어대는 소리로 늘 시끌벅적하였다. 그 골목 밖에는 짐을 사람 키보다 높게 실은 자전거와 뒤꽁무니에서 연기가 풍풍 나는 자동차가 분주하게 다녔다. 지금 돌이켜보면 인도도 없는 좁은 길로 모든 것들이 지나다녔고, 한 사람이 겨우 다닐 수 있는 골목길에서는 손수레가 이삿짐을 날랐다. 골목으로 난 창으로 방안이 들여다보여 한지로 예쁘게 오린 문양을 유리창에 붙이기도 하였고, 조용할 때는 방 안에서 이야기하는 소리가 어슴푸레 들리기도 하였다.

어쨌든 옛날엔 앞뒤 집에 누가 사는지, 몇 형제가 있는지, 그 집 누나가 공부를 잘했다느니, 어느 집의 아무개는 너무 까불어 툭하면 혼나기 일쑤였다느니 하며 동네 현황에 대해 대체로 훤하였다. 우리는 그렇게 컸다. 시간이 지나면서 성근 송판 울타리 사이로 밖에서 안이 훤히 보이던 집들이 하나둘씩 시멘트 블록 담장으로 바뀌어 집안이 보이지 않게 되었고, 담장 위에는 깨진 유리병을 박아놓아 도둑이 담 넘는 것을 방지한 집도 생겨났다.

산업발전으로 도심은 급속한 상업화가 이루어지면서 대신 변두리 지역에 신도시가 조성되어 사람들은 그곳으로 주거지를 옮겼고, 그 때문에 도심에 거주하는 사람이 줄어들었다. 최근에는 내 모교인 초등학교가 입학할 아이들을 모집하기가 힘들어 폐교할지 모른다는 이야기를 들었다. 백 년이 넘은 학교가 어쩐지 휑뎅그렁하여 스산하기 짝이 없다. 우리 때는 2부제 수업을 하였고 심지어는 3부제 수업을 하는 학교도 있었다는데 지금은 그 많던 아이들이 다 어디로 간 걸까?

토지가 수용되고 새롭게 구획 정리하여 거대한 아파트 단지들이 조성된 신도시는 특징 없이 같은 모습이어서 만날 장소를 찾기가 당연히 힘들다. 원래 그곳에 살던 원주민 친구조차 예전의 고향 집이 어디쯤인지 알 수 없다며 어디 어디 근처였을 것으로 추측할 뿐이다. 사라진 옛집과 함께 그곳에서 함께 자랐던 동창들도 객지로 떠나 고향에는 거의 없다고 서운해한다. 이제는 고향보다 타향살이에 익숙해졌지만 그래도 우리 또래는 사라진 고향 집에 관한 이야기가 왜 그렇게 많은지 소주 한 잔 기울이면 끊임없이 터져 나온다. 사라진 것에 대한 그리움은 나이가 들면서 더 생생한 기억으로 남는 모양이다. "없이 살아도 옛날이 좋았어."라는 말을 몇 번씩이나 되뇌면서.

나도 아파트에 살면서 현관문을 마주한 집의 주인이 누군지 알지 못할 때가 종종 있다. 어쩌다 얼굴을 익힐만하면 다른 사람이 그 집에서 나온다. 대화를 끊고 사는 것이 속 편하고 관심을 갖지 않음으로써 서로의 이목에서 벗어나고자 하는 개인주의가 우리 사회의 새로운 전통처럼 들어선 시대라고나 해야 할까?

지금의 산업사회에서는 직장을 자주 옮기게 되고 신도시의 새 아파트로 바꿔가며 재산을 늘리는 사람들의 자본주의적 재테크 때문인지 이사가 잦다. 그렇게 떠날 사람과 인사 한번 나눴다고 친근감을 느끼고 정이 들긴 쉽지 않다. 그러니 사람들은 이웃과 문 닫고 사는 것이 아예 속 편하다고 생각하는지 모르겠다.

고향이 낯설어진다. 고향은 아련한 유년 시절의 추억이 깃든 살아있는 유기체다. 그런 추억을 간직한 고향 집은 사라졌지만, 그 시절 때문에 지금의 내가 있는 것이다. 마주 보는 현관문의 사람이 고향 사람들처럼 헛기침만 하여도 의중을 파악하거나 무슨 말을 할지 알 수 있는 정도는 아니라도, 내가 인사할 때 따뜻한 미소로 눈인사라도 하는 푸근한 이웃집이면 좋겠다.

꿈결에서

1

엄지손가락만 한 유충들을 조심스레 눈 위의 언덕에서 굴려본다. 이 녀석들이 차가움을 맛보면 깨어날 수 있을까 하는 생각이 들어서였다. 꼼짝 안 하던 다섯 녀석의 여린 살이 차가움에 견딜 수 있을는지 나는 안절부절못하였다. 아파트 앞쪽 양지바른 언덕으로부터 흰 눈 위를 유충들이 길을 내며 떼굴떼굴 내려간다.

언덕은 계단식이고 층 낮은 아파트들이 들어서 있고 볕은 따사로워도 기온은 차다. 아파트 한쪽의 공연장에 행사가 있는지, 촘촘히 들어선 사람들의 뒷모습이 자꾸 늘고 있다. 나는 그곳을 눈여겨볼 틈이 없었다. 굴러 내려가던 다섯 마리 유충의 종착지를 확인하는 것이 중요했기 때문이었다. 유충이 굴러가는 곳은 내리쬐는 햇살과 하얀 눈으로 눈이 부셔 쉽게 바라볼 수 없었다. 그래도 한적하여 다행이었다. 눈 위에 유충이 구른 길들이 나뭇가지처럼 퍼졌다. 한 마리를 제외하고는 그리 멀리 떨어지지 않은 곳에서 내려가기를 멈추었다. 나는 그 녀석들을 냉정한 눈으로 계속 응시하였다.

유충들은 눈 위를 구르는 동안 마침내 딱딱하게 변해 버리고 이제는 움직이지 않았다. 죽었을까? 왜 변해 버렸지? 이 녀석들을 계속 관찰해야 할까? 하고 숨죽이던 내가 미련하고 답답했다. 유충들은 눈으로 자기 몸을 감쌌다. 그리고 숨어버렸다.

후다닥 뛰어 내려가 녀석들을 손에 담기 시작했다.

양손에 담겨진 번데기들은 몸을 비틀며 껍질을 벗으려 한다. 꼼지락거리는 녀석들의 움직임과 햇볕의 따스함이 나의 몸 안으로 스며들며 온몸으로 퍼지기 시작한다. 오므린 양손에는 칙칙한 껍질과 허연 막을 남기며 막 깨어나는 다섯 마리의 나비가 되어가는 생명들이 꿈틀거리고 있다. 촉촉한 날개를 펴려는지 겨우 펴낸 다리로 나의 손가락을 감아 잡으려 부들부들 떨었다. 어느 녀석은 더듬이가 젖어 잘 펴지지 않았고 다른 한쪽은 너무 길어 부러질 듯 휘어졌다. 가냘픈 모습으로 햇볕을 향해 몸을 뜰썩이며 탈바꿈하는 순간이었다.

허리를 숙이고 양손 안에 담긴 녀석들을 조심스레 바라보며 걸어가는 나에게 사람들이 그것이 무엇이냐고 물어본다. 나는 대답하지 못했다. 녀석들이 탈바꿈하여 껍데기를 남기고 축축한 날개를 퍼덕거리고 몸이 마르기를 기다리는 동안 나는 숨이 막혀 온다. 툭툭거리며 접힌 날개들이 펴지고 다리를 뻗을 때 전해지는 간지러움과, 꿈질거리는 녀석들의 경이로운 움직임 때문에 내 양손은 굳어버리고 온몸이 꼬이며 더 이상 숨쉬기가 어려워졌다. 더 많은 사람이 내 주위로 몰려들며 또다시 그것이 무엇이냐고 묻는다.

나는 누에처럼 몸을 뒤틀며 눈을 떴다. 아직 방안은 밝지 않았다.
(12월 새벽 5시 55분)

2

한적한 시골을 달리는 버스 안에 있었다. 가슴이 꽉 조이는 답답함으로 밖으로 나가야 숨이라도 쉴 것 같아 갈피를 잡지 못했다. 그러나 버스가 흔들릴 때마다 무엇에 쿡쿡 찔리는 듯한 느낌이 숨 막히는 기분을 오히려 조금 누그러뜨린다.

조금씩 무덤덤해지고 조금은 안정되고 있을 때, 버스를 탄 투피스의 노란 양장의 여인이 내 앞을 스치며 밀고 들어와 옆자리 창가에 앉는다. 그녀는 시골에서 보기 힘든 그렇다고 도시의 세련된 여인은 아니었지만, 꽤 매력적으로 보였다. 나는 관심 없는 척 자세를 흐트러뜨리지 않고 눈을 감았다. 살짝 열린 창에서 확 풍겨오는 생선 비린내가 아, 여기가 어촌이구나 라고 다시금 느낄 수 있었다. 그 비린내에서 여인의 향내도 땀내도 함께 맡을 수 있었다. 감은 눈을 살며시 뜨고 탁 트인 차창 밖을 바라보았다. 여인은 시큰둥한 내 모습에 자존심을 상했는지 냉랭한 척하며 주저주저한다. 여인이 손을 뻗어 검정 비닐봉지를 불쑥 내밀었다. 갈치를 내게 보여주며 물 좋은 갈치라고 말을 건넸다.

그 생선으로 맛있는 요리를 해보고 싶었다. 조금씩 흔들리는 버스 안에서 내 손에는 도마와 칼이 들려있었다. 갈치를 잘게 채 치듯 썰고 다지기 시작하였다. 공들여 다졌으나 살에서 뼈를 분리하지는 않았다. 생으로 먹기 좋게 다지려니 조그만 절구가 있다면 좋았을 걸 하는 생각이 들었다. 뼈가 뭉그러진 생선살을 맛보는 것이 갈치 본연의 맛일 거로 생각했다. 버스 안 사람들이 신기한 듯 새로운 것이라도 볼 수 있을까 하는 기대감으로 수군거린다.

옆에서 노란 양장의 여인이 절구에 짓이겨야 할 텐데 라며 한마디 하는 것 같았다. 나는 그런 간섭이 싫지 않았다. 옆자리에 앉으려는 순간부터 그 여인에게 빠져 있었다. 다른 승객들도 나와 같은 느낌으로 그녀를 바라보고 있었다. 다른 승객에게 돌릴지 모르는 그녀의 관심을 경계하며 도마 위의 생선을 소리 나도록 세게 빠르게 다져나갔다. 어느새 그녀는 나를 돕고 있었다. 완벽하지 않을 거라는 생각이 들면서도 생선에 칼질을 계속하였다. 생선 속의 뼈를 생선 살처럼 만들어야 한다고 생각했다.

그렇게 하노라니 팔이 뻐근하였다.

꿈을 꾸었다. 며칠 전부터 아픈 오른쪽 어깨 때문에 불편해진 자세를
펴고 똑바로 누웠다.
(10월 새벽 5시)

3

한동안 만나지 못했던 사촌이 찾아왔다. 우리는 이런저런 이야기 끝
에 작은 사업을 하기로 했다. 사촌은 한때는 승승장구하며 사업했었다.
나는 일을 그만둔 지 오래되어 그에게 의지할 수 있다는 생각에 반가웠
다. 일한다는 것만으로도 흥분되어 그에게 동의 하였다.

사무실 겸 숙소가 붙어있고 적당한 작업장이 있는 허름한 곳을 구하
였다. 작업장은 이전에 사용하던 사람이 물건을 아직 치우지 않아 여기
저기 방치되어있었다. 작업장 전체를 가득 채운 듯 보였다. 파산하였는지
이전 사업자는 아직도 나타나지 않고 있다.
사촌은 이런 상태를 별로 개의치 않는다. 심지어는 현장의 물건들을
정리하여 사용하려 하는 것 같았다. 그 물건들이 어떤 용도로 사용할 것
인지, 나는 무엇을 해야 하는지 정확히 묻지 않고 그가 주도하는 사업을
지켜볼 뿐이다.
어쨌든, 일을 다시 한다는 것이 나를 들뜨게 하였고 사무실과 숙소 등

이것저것 정리하는 일이 즐거웠다. 나를 괴롭혀 왔던 사업 실패에 대한 트라우마를 벗어나고 예전의 활달한 나로 돌아갈 수 있을까, 사업은 과연 잘할 수 있을까 하는 의구심을 떨쳐버리지는 못했지만 기대감에 설레었다.

우리 건물 옆에 있는 현장의 사업자들이 들어온다. 그들도 동업자인 듯 보였고 아직은 안착하지 못한 사업인 듯 보였다. 그래도 두 부부는 즐겁게 일을 한다. 종업원이 없어도 그들처럼 일해야 한다는 생각에 그들의 모습이 우린 것 같았다. 어느새 사촌이 그들과 즐겁게 대화를 나눈다. 간단한 숙소가 두 개 있어 그곳에서 일도 하고, 휴게실로도 사무실로도 사용하는 것 같았다. 나도 그들에게 인사하였다.

캄캄한 어둠 속에서 더듬거리며 휴대전화를 찾아 시간을 본다. 새벽 네 시다.

(10월 새벽 6시 20분)

4
벼루

선생님께 말을 할 수 있었다. 선생님의 호號도 저와 같아 평소에 선생님의 글에 관심 갖게 됐다고. 고지식할 거로 생각해 왔던 선생님이 의외로 살갑게 대해주셔서 나는 오히려 이런 분이 더 내 갈증을 풀어주실 것 같다는 생각이 들었다. 이번 만남으로 끙끙 앓던 글쓰기에 대한 소망이 더욱 커졌다.

선생님의 방은 크지는 않았으나 손수 쓴 붓글씨가 표구도 안 된 상태로 벽에 붙어있고, 옷걸이에도 접힌 채 집게에 물려 걸려있었다. 좌탁 옆으로 여기저기 쌓아놓은 책들과 함께 그 옆으로 벼루들도 쌓여있었다. 아마도 책보다 벼루가 더 많아 묘한 기분이었다. 나는 그제야 내 가방에도 벼루가 들어있어 잔뜩 힘이 들어가는 것을 느꼈다.

선생님처럼 수필을 잘 쓸 수 있다면 얼마나 좋을까 하며 존경하던 분이다. 선생님의 눈에 벗어나지 않고 관심을 끌고 싶었다. 얼마 전 수필 쓰기를 시작한 내가 선생님을 만나는 일은 쉽지 않았다. 그런 분을 지금 만나고 있다니, 화로에 담긴 잉걸불을 들쑤신 듯 내 마음이 이글거렸다.

최근에 또 붓글씨를 새로 배우게 되었다. 나도 열심히 하면 멋진 글씨를 쓸 수 있을 거라는 뿌듯함에 열심히 먹을 갈고 먹물을 묻혔다. 그러나 시간이 지나도 몸에 밴 악필을 벗어나지 못하고 글씨는 늘지 않았고 차츰 흥미를 잃어갔다. 게다가 잘하겠다는 오기로 긴장할수록 떨려오는 손으론 획이 비틀어지고 답답한 글씨가 화선지 위에 들어섰다. 서예 교실에 다녀오는 길에 친구가 선생님 댁에 갈 일이 있다고 하여 함께 들르게 되었다. 한옥을 개조한 선생님 댁은 보기 좋은 한옥 상가 모습이었다.

선생님이 친구와 한쪽에서 이야기하는 사이, 나는 벽에 걸린 글이며 방바닥에 쌓인 벼루들을 보며 글 쓰시는 분이 왜 이렇게 많은 벼루를 쌓아놨는지 이해할 수가 없었다. 모양이 각기 다른 벼루들은 차곡차곡 쌓여 짓눌려 있었고, 섬세하고 고급스러운 뚜껑과 테두리에 골판지를 끼워 놓았는데 답답해 보였다.

선생님은 나에게 벼루를 골라 보라면서 큰 것 작은 것 두어 개 정도는 집에 두고 쓰면 좋을 거라고 하였다. 얼떨결에 벼루를 골라 보는데 새겨진 문양과 크기가 각양각색이었다. 가격도 만만치 않을 것 같아 부담되었지만, 서예 아닌 글쓰기에서 행여 도움이라도 받을 수 있을까 하여 거절 못하고 권하는 대로 따랐다. 사실 서예는 악필이나 교정하는 정도면 다행이려니 하며 시작한 것일 뿐이었다.

문학계에 알려진 선생님을 만나게 되니, 좀 더 가깝게 지내며 글쓰기 어려울 때 이것저것 여쭤봐야겠다는 생각으로 찾아온 것이었다. 선생님은 글쓰기를 서예로 생각하셨는지 벼루에 대해서만 신경을 쓰시는 것 같았다. 선생님이 벼루를 큰 것과 작은 것을 포장해 보자기에 싸주신다. 이미 가방 안에 담긴 벼루와 선생님이 싸주신 벼루를 함께 들려니 힘이 부친다. 숨쉬기도 버겁다.

힘쓰며 이리저리 뒤척이니 어둠 속 커튼 사이로 희미한 빛이 보인다. 방 한구석에는 얼마 전 친구에게서 선물로 받아 사용하지도 않은 15kg이나 나가는 큰 벼루가 턱 버티고 있었다.

(5월 새벽 6시)

그림자

한 이틀 내리던 가랑비가 서리가 되었을 상강이 어제였다. 자연의 순환을 느끼는 깊어가는 가을이다. 요즘은 저녁을 먹고 산책길을 나서면 캄캄한 밤이다. 서늘한 공기를 가슴 깊이 들이마시면 속이 시원하고 상쾌해진다. 이제 막바지 가을 기분에 한껏 취해볼 수 있게 겨울이 조금 더 늦게 온다면 좋을 텐데.

"여긴 천 따라 밤늦게까지 산책할 수 있어 참 좋다. 그치?" 아가씨들의 그런 즐거운 대화를 들으며, 나는 산책 코스로 유성천을 건너는 도보다리 하나를 포함해 아홉 개 다리 아래를 지난다. 다리 아래는 밤에도 걷기 좋게 등을 밝혀놓아 많은 사람이 산책을 즐긴다.

유성대교 밑을 걷는다. 다리 아래에 조명을 환하게 여러 개 밝혀놓았다. 혼자 걷는 나를 따라 그림자 여러 개가 함께 움직이는 것을 보았다. 그림자들은 나와 함께 걸으며 커졌다가 작아지고 짙어졌다가 흐려지며 사라졌나 하면 다시 희미한 윤곽으로 나타나 점점 또렷하게 커지며 계속 나를 따라온다. 어느 그림자는 다른 사람의 그림자와 겹쳐 키재기를 하며 서로 농담을 주고받는 것 같다.

그림자가 나의 몸처럼 하나만 생기는 줄 알았는데 여러 개라니 갑자기 이상한 생각이 들었다. 내가 여럿 되어 움직이니 나라는 존재도 하나가 아니고 여럿인가 하는 묘한 감정에 빠져들었다. 그림자 하나 나 하나, 나 하나 그림자 하나. 이것이 그동안 당연하게 여겨오던 생각이었다.

갑자기 혼란스러워진다. 나는 정체성이 여럿인 인격체일지도 모른다는 생각에 과연 나는 어떤 사람일까 하는 생각에 빠져들었다. 나는 한 여자의 남편이고 자식에게는 아버지이며, 나를 아는 모든 사람에게는 그들에 따라 나의 역할도 다르다는 것에 생각이 미친다. 나라는 존재는 세상에 하나지만 여러 역할로 구성되는 존재이기도 하다.

로봇이 여러 조각을 합쳐 한 몸체가 되고 또다시 헤쳐모여 다른 로봇으로 변신하는 것처럼 사람은 결코 여러 조각으로 헤쳐모여 변할 수 없다. 사람은 한 몸체로 태어나 그대로 성장할 뿐이다. 그러니 나의 존재는 하나일 뿐이지만, 내가 해야 할 역할이 여럿이다. 그 역할을 위해 나는 로봇이 변신하듯 여러 가지로 반응해야 하는 것이다. 그림자는 나의 인격체가 아닌 역할 수행체이다.

우리는 살아가면서 다재다능하고 변화에 빠르게 대처하는 사람을 볼 수 있다. 우리는 그 사람을 보고 몇 사람의 역할을 한다고 한다. 한 사람이 여러 역할을 수행한다고 해서 여러 인격체라고 말하지 않는다.

그림자가 여럿이라는 것은 나를 둘러싸고 비추는 광원이 여럿이고 그 때문에 다른 모습으로 보일 수 있는 것이다. 조명 아래서 전혀 다른 사람이 되어 다양한 역할을 연기하는 무대의 배우처럼, 환경이 우리를 다양하게 보이도록 하고 또 다른 사람의 시선에 따라 달라 보이기도 할 것이다. 그것 때문에 적지 않은 사람들이 심리적으로 영향을 받을 수도 있는 것이다. 외적인 환경처럼 내면의 사고도 바뀔 수 있고 시간에 따라 변할 수도 있다. 한 가지 사안에 대해 서로 때와 장소에 따라 여러 가지 다른 해석이 있을 수도 있다.

어두운 길로 들어서자 내 자취가 사라지더니 자전거 불빛에 길게 그림자가 나타나며 뚜렷해진다. 나를 비춰주는 환경 또는 배경이라는 광원이 태양처럼 강력할수록, 또한 주위가 어두울수록 하나의 뚜렷한 그림자로 나타난다. 그리고 나의 동일체라고 생각하게 된다.

그러나 나를 비추는 광원이 여럿이고 그림자마저 흐릿하면 나를 둘러싼 여러 그림자처럼 애매하고 복잡한 생각에 빠져들어 자신에 대한 믿음을 갖지 못하고 방황하게 될 수도 있다. 환경에 따라 결정되는 그림자는 사실 나의 진정한 존재를 의미하지는 않는데도, 그 변화무쌍한 환경에 압도되어 자신의 정체성을 잃을 수도 있다. 심지어는 다중 인격자로 불리는 끔찍한 사람도 나오는 것이 아닐까 당황스러워진다.

지금까지 나의 존재로 사고해 온 것이 아니고, 남들이 나를 그림자로 보고 판단하는 것에 따라 나의 본연의 존재가 아닌 다른 존재로 보는 것에 놀라기도 하고 자기를 부정하기도 하고 학대하기도 하며 살아왔던 것은 아닐까?

그림자가 수시로 변해도 나를 느끼고 나에 집중하며 지금 산책로를 걷고 있는 나, 어둠 속에서도 흔들리지 않는 든든한 자신의 정체성을 갖는 인격체가 되길 바랄 뿐이다. 가을볕이 따듯해도 겨울이 다가온다는 흔들림 없는 자연의 법칙처럼.

2부
작은 행복

대리석 궁전에 사는
꿈을 꾸어요

엘리베이터에서 내리니 청량한 플루트 소리가 들린다. 아내가 부는 플루트 소리는 높고 맑아서 꽤 듣기 좋다. 집에 들어서자마자 부리나케 나도 보면대 앞에 앉는다. 30여 년 넘게 일하던 직장에서 퇴직한 후 뒤늦게 취미 활동을 시작한 아내 덕에 나도 덩달아 연습을 시작해 우리 집은 요즈음 플루트 연습장이 되었다. 우리 부부는 방 하나씩을 차지하고서 경쟁하듯 각자 자기 진도를 재촉하고 있다. 나는 그렇게 호락호락 소리도 나지 않는데 아내의 플루트 소리는 천상의 소리로 들린다. 「나는 대리석 궁전에 사는 꿈을 꾸었어요.」 플루트 음률이 아름답게 들려오고, 하얀 눈송이가 넓은 유리창을 스치며 사뿐사뿐 왈츠를 춘다. 눈과 함께 찾아온 한파가 나를 붙들어놓아 연습하기는 더없이 좋은 날이다.

어릴 적 친구 집에 놀러 가서 그 친구 형이 대나무 피리를 부는 모습을 보게 되었다. 동요를 불기도 하고 가끔은 나도 알 것 같은 대중가요도 거침없이 불어대는데 참으로 멋져 보였다. 그 소리의 울림이 내 마음을 출렁이게 하였다. 넋이 빠진 듯 감격하여 부러워하자 큰 인심을 쓰듯 너도 불어보라며 건네주었던 대나무 피리는 내가 아무리 힘껏 숨을 불어 넣어도 소리가 나지 않았다. "이것도 그냥 소리 나는 거 아니야, 인마." 하면서 씩 웃던 그 형이 얼마나 대단해 보였던지. 아쉬워하는 나에게 친구는 "형은 피리밖에 몰라. 그래서 아버지한테 딴따라 될 거냐고 매일 혼난다니까. 직접 피리를 만들겠다고 대나무를 갖다 놓았어."라며 은근히 자랑을 늘어놓았다.

그 뒤로 매일 친구 집에 찾아가 놀며 친구에게 너도 피리를 불 수 있느냐, 너도 형처럼 직접 만들어 보았느냐, 소리는 어떻게 내는 거냐며 부러움에 가득 찬 궁금증으로 자주 물어보았다. 대나무로 직접 만들어 불 수 있을 거라는 말에 나도 만들 수 있느냐고 성화대며 물었다. 나도 만들어 불어보고 싶은 욕구가 솟구쳤다. 친구는 눈치를 챘는지 몸을 돌려 집을 둘러보고는 마침 팽개쳐진 대나무를 나에게 주었다. 형이 만들다 만 것이니 여기 표시된 곳에 구멍만 뚫으면 될 수 있을 거라며 친절하게 이야기해 주었다. 친구 형이 보면 빼앗길지 모른다는 생각에 옷 속에 감추고 달음질하여 집에 돌아왔다. 나도 피리를 불 수 있다는 흥분에 대나무와 조각칼 그리고 송곳을 준비하였다.

어둑한 아궁이에서 타다 남은 숯불을 화로로 옮기고 송곳을 불에 달구어 대나무에 작은 구멍을 내고 조각칼로 탄 곳을 다듬었다. 숨을 불어

넣는 취구는 벼린 칼로 비스듬히 정성껏 깎았다. 유심히 봐둔 눈썰미로 공들여 만들었지만, 내가 만든 피리는 그 형 것과는 달리 영 어설프고 볼품없었다. 그래도 며칠간 열심히 숨을 불어넣으며 소리를 내보려 애썼다. 공기 새는 소리만 나고 머리가 지끈거리고 어지러웠다. 그 피리는 그냥 막대기일 뿐이었다.

얼마 전 퇴직 전후의 초등학교 동창들을 만났다. 퇴직 후 무기력하게 살지 않으려면 즐겁고 의미 있는 취미 활동이 필요하다고 이야기하다가 주제가 음악으로 흘렀다. 한 동창은 성악을 몇 년째 취미로 공부하고 있다고 하였고, 또 다른 동창은 고등학교 때부터 불던 클라리넷으로 가끔 공연도 한다고 했다. 마침 바이올리니스트인 음대 교수가 있어서 최근의 다양한 공연들에 대해 많은 이야기를 하였다. 음악에 문외한인 나는 그들의 음악 이야기에 끼어들지는 못했지만, 이제 막 관심 갖게 된 음악 이야기에 열심히 귀를 기울였다. 취미 생활에서도 나름대로 실력을 쌓아온 동창들이 부러웠다.

나는 집에서 몇 달째 독학으로 플루트 소리 연습을 하고 있다. 처음에는 예전의 그 대나무 피리처럼 입으로 불어 넣는 공기가 포커스를 맞추지 못하고 마우스 옆으로 새어 나갔고, 긴장하여 힘이 잔뜩 들어간 팔은 가볍다고 생각한 악기를 드는 것조차 힘들었다. 잔뜩 공들여 숨을 불어넣어도 삑사리나거나 바람 소리만 나고 머리가 핑 돌며 어지러웠다. 게다가 수전증이 더 큰 장애가 되어 내가 플루트를 분다는 것은 어려운 일이라고 자주 생각하였다. 그런데도 꼭 소리를 내보고야 말겠다는 묘한 오기 같은 것이 생겨났다.

처음의 힘만 잔뜩 들어간 시간을 지나 겨우 플루트 소리가 나기 시작했다. 플루트가 어린 시절 나를 들뜨게 했던 피리와는 다른 설렘과 흥분으로 다가왔다. 시간이 가는 줄 모르게 집중하여 연습하다가 문득 무엇인가를 지금처럼 젊은 날에 열심히 했었다면 인생의 멋진 날들이 기다리고 있었을 텐데 하는 생각이 든다. 아주 가끔은 내가 부는 악기에서 아름답게 소리가 날 때가 있다. 답답하게 막혀있던 소리가 툭 터지며 듣기 좋은 소리로 바뀔 땐 희열을 느낀다. 그리고 어디선가 음악 소리가 들리면 나도 모르게 귀를 기울이게 된다. 내가 가지는 관심이 커질수록 아름다운 소리가 언제나 주변에서 나를 기다리고 있음을 알게 되었다.

동요나 쉬운 가곡 몇 곡 정도로 만족하며 큰 욕심 없이 즐길 수만 있다면 얼마나 좋을까 하는 생각으로 악기를 잡았다. 잘 불리지 않아 그만두고 싶을 때마다 쉽게 포기하던 습관 때문에 보람된 일 하나 없이 노년을 보내게 될지 모른다는 생각에 마음을 가다듬고 다그쳐 본다. 그러다 보니 내 몸도 플루트에 익숙해지며 소리도 조금씩 더 좋아지고 있다. 때때로 시원스럽게 3옥타브의 음계를 오르내릴 때는 곧 멋진 연주자가 될 수 있을 것 같은 꿈에 부푼다.

언젠가는 나도 아내와 함께 여러 사람 앞에서, 어쩌면 대리석 궁전에서도 연주할 날이 올 것만 같은 달콤한 꿈을 꾸어 본다.

다시 그리는 캔버스

커튼 사이로 하얀빛이 스며든다. 이리저리 뒤척여 보지만 새벽잠이 쉽게 오지 않는다. 아내가 깰까 살그머니 거실로 빠져나와 커튼을 젖히니, 보름달이 와락 달려든다. 고요한 새벽을 달빛이 하얗게 채운다. 생각들이 예전 보다 가벼워졌다. 직장 생활에 지쳐있던 아내도 달빛만큼 밝아지고 가벼워졌다.

아내가 주민센터 사무실에 일 년 넘게 전시하였던 그림을 되찾아왔다. 주민센터에서 배우며 처음 그린 것인데 그동안 그림 실력이 좋아졌는지 이제는 그 그림을 떼어야겠다고 마음먹은 모양이다. 팔레트에 남은 유화 물감들을 섞어 그 그림 위에 덧칠하니 전의 그림이 완전히 지워졌다. 그 위에 새로운 그림을 그리기 위해서란다. 그냥 버리면 공해물질이 되고, 다시 그리면 얼마든지 좋은 작품이 탄생할 수도 있단다. 아내의 삶이 아름답게 보이고 캔버스에 새롭게 그려질 그림이 기대된다.

　나는 나이 들어 은퇴하면 노후를 어떻게 보내야 할지 거의 생각해 보지 못했다. 젊은 시절에는 그날그날을 버티기에도 급급하여 미래에 대해 생각조차 하지 못했다. 단지 막연하게 '부유하진 않더라도 가난에 쪼들리진 않겠지' 하고 지낸 것이다. 일찍 생활전선에서 은퇴하고 뒤돌아보니 제대로 이루어진 일 하나 없이 나 홀로 뒤처진 느낌이다. 그리고 나이 들어 건강을 걱정해야 하는 처지가 되었다.

　은퇴 후 활기찬 시간을 보낸다는 것은 쉬운 일이 아니다. 젊은 시절과는 확연히 달라진 체력과 건강 그리고 처지에 따라 예전의 품위를 유지하기가 쉽지 않다. 추진력도 약해지고 의지나 신념도 시나브로 사라진 것 같아 서글퍼지기까지 한다. 가난이 해결되었다 해도 길어진 수명으로 무위無爲와 권태倦怠에 빠진 자신을 발견할 때가 많기도 하다.

　은퇴 후에도 생활전선에서 떠나지 못하고 호구지책에 전전긍긍해야 하는 많은 사람은 인생 2막이니, 3막이니 하는 이야기는 사치스러운 이야기로 들릴 수 있다. 그것도 젊음의 상처가 흔적으로 남은 사람에게는 인생 고난의 2막, 3막일 뿐, 편안한 노후란 남들의 이야기일 뿐이다.

　누구나 노후의 긴 시간에 대해 고민하며 어떻게 하면 보람 있게 살 수 있을까 많은 생각을 하게 된다. 노년에 들어서도 자존감을 느끼는 삶을 영위할 수 있는 직업을 가진 사람은 행운아다. 그런 전문가는 노년의 원숙함으로 다른 사람의 부러움과 존경을 한 몸에 받는다. 그래서 나는 문화예술 분야나 개인의 취미로 늘그막에 자기만의 시간으로 만들어 가는 사람이 몹시 부러웠다.

엊그제 다섯 명의 친구들이 모여 떠드느라 시간 가는 줄 몰랐다.

한 친구는 시골에서 농사를 짓느라고 친구들을 만날 틈이 없었다고 한다. 부친이 물려준 과수원에서 과수를 재배하는데 과실수가 오래되어 사업성을 맞추기 위해서는 신품종을 심어야 한다고 한다. 그동안 생활을 책임져 왔던 나무를 베어내야 하는 마음이 아프다고 했다. 앞으로 심어야 할 수종은 자신에게 도움 되겠지만 자식들에게도 물려주고 싶다고 했다. 그러나 자식들이 이어받아 농사를 짓지 않을 것 같아 과수원을 정리해야 할 수도 있을 거라고 크게 한숨을 쉰다. 그동안 과수원에서 일하느라고 은퇴한 다른 친구들처럼 쉬며 즐기지 못해 아쉽다고 했다.

공무원으로 있었던 친구는 그간 인생에 대한 큰 고민 없이 먹고 사는 문제에 자족하며 그저 그런 생활에 쫓다 보니 남들처럼 땅 한 평 미리 준비하지도 못했는데 벌써 노인이 되어 간다는 것이 별로 자랑스럽지 못하다고 했다. 그래서 퇴직 후에는 틈틈이 스포츠 댄스도 배우고 등산도 하며 소일해야겠다고 한다.

대학에 있는 친구는 학교를 퇴직 전에 무언가 준비할 수 있을 것 같은데 막상 몸과 마음이 그렇지 않아 무얼 해야 할지 고민이라는 것이다. 그래도 어떤 동료는 전공을 살려 농장에서 무공해 작물 재배를 준비하기도 하고, 어떤 친구는 세계 여행을 다니며 그 문화에 심취하여 재미있는 테마를 찾아 그 지역에 대한 글을 쓴다고 하고, 또 다른 동료는 악기를 연습하며 음악에 빠져드는 등 미리 준비하는 사람들이 많다며, 자신은 클라리넷 악기를 열심히 배워볼 작정이란다.

또 한 친구는 고등학교 졸업 후 대학을 가지 않고 생활전선에 일찍 뛰어들어서 젊을 때 친구를 별로 만나지 못했다고 했다. 고생도 많이 했지만 조금씩 모은 돈으로 변두리 땅이나 서민 아파트를 사기도 하였지만 '이거로는 앞으로 우리 집이 될 수 없어'라는 생각에 팔고 다시 조금 큰 집을 사곤 했다는 것이다. 그걸 되팔아 또 다른 아파트나 상가를 사다 보니 이제는 남들이 부럽지 않게 살 정도가 됐다고 한다. 자식들에게 조금씩 떼어주고 여행이나 다녀볼까 하지만 아무래도 건강이 받쳐줄지 모르겠다고 한다.

그저 두서없이 자기들의 삶을 이야기했다고 할 수 있지만 은퇴하는 시기에 자신에게 행복한 삶을 선사하고 싶은 마음이었을 것이다. 나도 무위와 권태를 이겨나가기 위해 나 자신에게 선물이 될 만한 일을 찾아야겠다고 생각하게 된 모임이었다. 마침 근년에 나에게도 글쓰기에 대한 환경이 만들어진 것 같아 행운으로 받아들이고 한 자 한 자 공들여 글을 써봐야겠다.

황태국을 끓이면서

아무렴, 이런 추운 겨울에는 팔팔 끓어오르며 김이 모락모락 나는 뜨끈한 국물이 최고지요. 제철 생선으로 요리한 탕이나 찌개의 국물 맛이 시원하고 추위에도 거뜬할 정도로 몸이 후끈 달아오르게 하거든요. 요즘 사람들은 아파트 생활을 많이 하기에 집안에 비린내가 난다고 생선 조리를 꺼리는 것 같습니다. 제가 어렸을 때는 숯불이나 연탄불에 석쇠를 뒤집어가며 꽁치나 청어 등을 굽느라고 이집 저집에서 구수한 생선 냄새가 나곤 하였지요. 사실 지금도 사무실 많은 빌딩가 뒷골목 음식점에서 생선 굽는 냄새가 여전히 식욕을 자극합니다.

많이 잡혀 저렴하게 먹을 수 있던 서민의 생선이 어느새 자취를 감춰버리고 현상금까지 걸린 것을 아시죠? 요리를 해도 비린내가 거의 없어 생물로도 시원한 탕거리가 되고, 얼려서도 먹을 뿐 아니라 말려서도 먹을 수 있는 명태 말입니다. 그뿐인가요? 알은 알대로 귀한 대접을 받고 창자와 아가미마저 젓갈로 만들어, 정말 버리는 것 하나 없는 고마운 먹거리입니다. 힘들고 배고팠던 시절, 명태가 있어 부족한 단백질을 섭취할 수 있었고, 시집살이 고된 우리 어머니들이 서러울 때 방망이로 두들겨 패며 한도 풀던 친숙한 생선이었습니다. 또한 조상의 제사상에 마른 북어를 올리고, 포를 떠 전을 올리기도 하였을 뿐만 아니라, 개업하거나 새집으로 이사를 하면 문이나 상량에 두 눈을 부릅뜨고 있는 북어를 실뭉치와 함께 매달기도 하며 우리의 생사고락의 현장 가장 가까이 함께했던 생선임이 틀림없습니다.

흔히 부르는 생태, 동태, 코다리, 북어, 황태, 노가리 등의 이름은 알 만한데 애태, 왜태, 깡태, 백태, 흑태, 골태, 봉태, 낙태, 꺽태, 난태, 낚시태, 망태[1]와 같은 명칭들은 전문적이어서 찾아보지 않고는 쉽게 알기 어렵습니다. 그 외에도 다른 이름으로도 불린다고 하니 이렇게 많은 이름이 붙여진 연유는 우리 민족이 명태를 여러 가지로 분류, 가공, 요리하며 즐겨 왔기 때문입니다. 명태는 근해에서 잡히는 다른 생선에 비해서 크기도 클뿐더러 가격도 저렴한 편이어서 서민들의 식탁에 자주 오를 수 있었고, 특히 겨울철 찬바람에 말려두었다가 사철 저장식품으로 먹을 수도 있어, 교통이 불편하던 시절 내륙지역에서도 생선을 구경할 수도 있었으니 어

---

1) 명태 이름은 『나무위키』에서 인용하였습니다

찌 환영받지 않았겠습니까.

그렇게 우리 민족과 생사고락을 함께하던 이 생선이 무슨 연유로 자취를 감춰 버린 걸까요?

한국전쟁 이후 한동안 사람들은 살기가 참으로 어려웠습니다. 동해의 명태는 살기 어려운 보통 사람들의 생존에 없어서는 안 될 고마운 물건이었을 겁니다. 그 시절을 명태와 더불어 삶을 꾸리느라 모질게 마구 잡아들였는지도 모르겠습니다. 그렇게 어항에서 어부들의 삶을 어루만지던 명태들이 어느 해부터인가 그들만의 삶을 찾아 동해를 떠나, 오오츠크해나 베링해로 잠시 몸을 피했던 걸까요? 그래도 우리가 모르는 사이에 살그머니 숨어들어 그리워하던 모해(母海: 산란하는 바다)인 동해를 살펴보고 갔을는지도 모릅니다.

2018년 2월 1일 명태 한 마리가 독도 인근 해역에서 한 어부에 의해 포획되었답니다. 크기는 30cm 정도인 이 명태를 심문해보았는데 '명태 프로젝트'로 연구소에서 치어로 풀어놓아 자란 놈인지, 다른 나라 명태가 유람하다 길을 잘못 들어 그곳까지 들어 온 녀석인지 아직 대답을 듣지 못했답니다.[2][3] 그 명태가 우리가 풀어 놓은 치어이길 바라는 마음이

---

2) 2018년 4월 10일 고성 앞바다에서 명태 200여 마리가 잡혔다는 보도를 접하였습니다
3) 2018년 12월 10일 고성 공현진 앞에서 명태 1,300여 마리 잡힌 이후 12월 26일까지 길이 30cm 정도의 명태가 19,000여 마리가 잡혔다고 보도되었습니다

지만 그렇지 않더라도 이제는 다른 나라 명태라도 우리나라로 단체로 귀화하여 온다면 얼마나 좋겠습니까. 우리나라도 예전처럼 마구 대하지도 않을 것이고 수준도 높아져 다민족 다문화 화합을 위해 노력하고 있으니까요. 집 나간 명태들이 우리의 간절함을 알아주었으면 하는 생각입니다.

제가 지금 '황태국'을 끓이고 있습니다. 추운 겨울 강원도 깊은 산 중에서 눈 맞아가며 얼었던 명태가 잠시 내리쬐는 햇볕에 녹아 세찬 바람에 마르고, 다시 서슬 푸른 달빛 속에서 박달나무처럼 얼어붙곤 하면서 노란 살결을 만들어 낸 황태로 말입니다. 황태 살을 뜯어내 참기름에 볶고 무나 콩나물을 넣고 끓이면 뽀얗게 우러나온 국물 맛이 일품입니다. 저는 이 황태국을 먹을 때마다 북어를 재료로 만드는 특별요리 '북어보푸라기'도 생각납니다. 북어 껍데기를 벗기고 뼈와 가시를 제거한 후 바짝 마른 살을 강판에 갈아 설탕과 소금으로 버무리고 색깔을 내 동그랗게 만들어 하얀 접시에 내놓습니다. 솜같이 부드럽고 눈처럼 입에서 녹아버리는 품격 있는 음식이죠. 그런데 강판에 가는 일이 쉬운 일이 아닙니다. 우리 어머니들이 얼마나 힘들여 정성껏 음식을 만들어 왔는지, 제가 한 번 만들어 보고는 두 번 다시는 만들 생각을 못 했습니다. 부드럽고 끈질긴 마음씨를 지니지 않고서는 이 삼색 명태 보푸라기를 먹을 자격도 없다고 생각해봤습니다.

명태가 일반 생선처럼 굽거나 찌개를 끓이거나 살을 도려내 음식을 해드셨다면 맛은 좋았을는지 몰라도 별다른 감흥이 없었을 것입니다. 추운 겨울에 찬바람과 눈을 맞아가며 수없이 얼었다 녹기를 반복하며 자신을 황태로 탄생시킨 명태가 우리 자신들 같아 특별한 것이죠. 그리고는 긴 시간 끓여 우릴수록 뽀얀 국물을 낼 수 있다는 것. 수없이 갈고 갈아 보푸라기를 만들어 솜처럼 부드럽고 생선 맛과는 다른 고급의 음식을 만들어 낸다는 것. 오랜 세월 서민을 위한 고난의 재탄생을 명태는 기꺼이 몸 던져 해왔던 것입니다. 그런 명태가 사람들이 술 안줏감으로 뜯었을 뿐이라는 둥, 초라한 서민의 물린 생선이라는 둥 그런 푸대접에는 서러움과 자존심이 상했을 것 같기도 합니다.

바다의 온도 변화 때문이라는 사람들도 있지만, 전문가들은 주로 깊은 바다에서 지내다 산란할 즈음 모해를 찾아 동해로 들어온 알 밴 명태나 어린 명태인 노가리까지 가리지 않고 마구잡이로 잡아들인 것이 명태가 우리 수역에서 사라져버린 이유라고 합니다.

사라진 명태 대신 우리 식탁에 올리기 위해 우리는 많은 것을 지불하고 러시아에서 할당제로 잡아 오는 현실이 답답합니다. 어려서 꽁치와 더불어 식탁에서 빠지지 않던 생선이었는데, 무절제한 남획 때문이라니 우리의 책임이 크다 싶어 안타깝습니다. 우리는 흔히 미리 잘할 걸 하며 후회하지만, 지금은 후회만 할 것이 아니라 지금이라도 그들이 돌아오게 하려면 다양한 노력을 다해야겠지요.

아내가 들어오기 전, 제가 끓이는 황태국의 간이 맞는지 맛을 좀 봐야겠습니다.

갈치조림

오늘 점심은 갈치 정식이다. 한국산 갈치보다 크고 두툼한 갈치가 식탁에 오를 때 인도양의 어느 나라에서 수입한 생선일 거라고 알아챘다. 며칠 전 남원에 갔을 때 광한루원 앞 식당에서도 한식에 함께 나온 튀김 갈치를 맛있게 먹었던 생각이 난다. 세네갈산이라 하였다. 오늘 식당 차림표에는 원산지가 오만이라고 돼 있다. 우리나라 제주산 갈치가 더 맛이 좋지만, 너무 비싼 가격으로 타산이 맞지 않아 일반 식당에서는 국산보다 더 굵고 큰 수입산으로 요리하여 내놓는다. 최근 물가가 많이 올라 여기저기서 수군거리니 더 크고 싼 가성비로 승부를 거는 것 같다. 한식에 외국산 식재료가 우리 식탁을 점령한 지 오래됐다.

갈치조림은 먼저 무나 감자부터 맛을 본다. 이렇게 궁합이 잘 맞는 음식이 있을까 하는 정도다. 큼직하게 썰어 갈치와 함께 조린 무나 감자는 간이 배어 생선보다 먼저 맛을 보고 생선조림의 맛을 가늠하고 입맛을 돋운다. 가끔 조림 음식은 간이 세서 밥도둑이라 불리기도 하지만 다행히 짜지 않고 내 입맛에 적당하여, 밥을 먹기 전에 먼저 갈치를 앞접시에 떠 놓았다. 생선조림은 가시를 발라내는 일을 잘하느냐 못하느냐에 따라 맛있고 즐거운 식사가 되기도 하고 불편한 자리가 되기도 한다. 나는 왼손으로는 숟가락을 오른손으로는 젓가락을 잡고 가시를 발라내기 시작했다. 젓가락으로 생선을 잡고 숟가락으로 지느러미뼈를 긁어 접시 한쪽으로 밀어놓는다. 젓가락으로 하얀 생선 살을 숟가락에 가득 담아 침을 몇 번이나 삼켰던 입 안에 털어 넣는다. 장맛으로 약간 짭조름한 맛 속에는 아주 맵지는 않아도 고추의 칼칼하면서 여운이 남는 단맛이, 조릴 때 함께 넣었을 마늘과 양파의 은근한 향과 들쩍지근한 맛, 그리고 굵게 썰어 넣은 무의 개운하고 달큰한 맛들이 어우러져 뭉근하니 물컹대는 생선 살이 입 안에서 씹지도 않았는데 목으로 녹아내린다. 처형, 처제, 동서들은 푹 조린 갈치 맛이 끝내준다고 탄성이다.

오래전 친구와 함께 드라이브 겸 전북 완주군 화산면으로 붕어찜을 먹으러 간 적이 있다. 붕어찜을 잘한다고 소문난 화산으로 가는 길목이나 동네에는 붕어찜 간판이 여기저기 붙어있었다. 시골 동네의 어느 식당이 붕어찜 원조 식당인지, 어떤 집이 잘하는지도 모르고 무작정 동네 식당에 들어갔다. 식당 안에는 붕어찜을 먹는 사람들로 이미 바글바글하였다. 많은 손님을 보며 그래도 맛집을 잘못 찾아온 것은 아닌 모양이라고 친구와 흐뭇해하며 좌석에 앉아 음식을 주문했다.

붕어는 잔 가시가 많아 뼈를 발라내는 일이 보통 까다로운 게 아니다. 잘 발라내지 않으면 함께 넣어 조린 시래기와 양념들이 가시와 범벅되어 입 안에서 가끔 찔리기도 하고 이 사이로 가시가 끼어 계속 껄끔거려 식사하기 곤란할 때가 많다. 허겁지겁 먹다 사레라도 들리면 고통을 동반한 기침으로 목이 아파 눈물도 흘리는데 그러면 이미 식사는 종 친 거나 다름없는 것이다. 그래서 잘 발라내야 그 음식의 맛을 즐길 수 있다. 특히 어두일미라 하여 먹는 사람에 따라서는 생선의 머리를 최고로 쳐주기도 한다. 붕어 대가리는 주둥이의 이빨과 아가미 주변의 큰 겉뼈와 머릿속의 돌 같이 딱딱한 뼈와 아가미 등을 해체하면서 쪽쪽 빨아먹어야 하는데, 그때 입안에서 가시를 발라내는 기술은 난도 높은 전투와 비슷하다. 마음먹고 달려들지 않으면 그 맛을 결코 알지 못한다. 얌전하고 우아하게 보이지는 않지만 그렇게 먹어야 붕어찜의 제맛을 알 수 있다고 하여 나도 그렇게 먹곤 하였다.

집에서는 생선 비린내가 나고 특히 조림은 가시를 발라내는 일이 여간 성가신 게 아니어서 생선을 밥상에 잘 올리지 않는다. 비린내를 싫어하는 아내는 웬만해선 생선 요리는 하지 않았었는데, 언젠가부터 생선 요리가 식탁에 자주 올라 입맛이 바뀐 건가 하는 생각까지 하게 되었다. 생선이 식탁에 자주 오르면서 집밥의 메뉴가 전보다 다양해지고 입맛도 당겨 밥을 한 숟갈씩 더 먹곤 한다. 아내에게 고마워할 일이다. 대부분 잔뼈가 적은 고등어 튀김으로 간단하게 먹지만 가끔은 고등어 조림으로도 요리하여 먹는다. 동태조림으로 먹던 명태도 어느샌가 꾸덕꾸덕한 코다리조림으로 바뀌어 비린내도 적어지고 씹히는 맛도 있어 가끔씩 즐긴다. 아내의 생선 요리 중 가자미 미역국이 일품이다. 생선 요리 중 가장 비린내가 적고 담백하여 우리 집에서는 유일하게 생선국으로 먹는 음식이다. 갈치는 될 수 있는 한 제주산으로 사다 먹지만 소고기보다 비싼 가격에 요즘에는 우리 집 식탁에서 구경하기 어려운 생선이다.

아내는 늘 갈치 요리가 나올 때면 결혼 초에 우리 어머니께서 '쟤는 갈치를 제일 좋아한다.'라고 하셨다는 말을 가끔 한다. 은근히 압박이라도 받은 것 같아 미안하곤 했다. 사실 옛날에는 갈치가 비싼 생선이 아니어서 부담 없이 사 오셨을 것이다. 살짝 콩기름이나 돼지기름을 바른 석쇠에 올린 갈치를 연탄불 위에서 구워가며 즐기던 기억이 난다.

오늘도 아내는 갈치 조림을 앞에 두고 동서들과 자매들 앞에서 또 그 얘기를 꺼내자, 모두 한바탕 폭소를 터뜨린다.

작은 행복

뭘 해도 십 년은 해야 한다는데

새해 연휴가 끝나고 새롭게 시작되는 날이다.

해가 바뀌면 늘 새로운 다짐을 하게 된다. 그동안 미진했던 일, 하고 싶었던 일을 이번에는 꼭 하고 말겠다는 각오를 매년 되풀이하곤 한다. 그런가 하면 어떤 일을 오래 하다 보면 가끔 아, 벌써 이렇게 세월이 흘렀나 하는 감회에 젖기도 한다. 만족스러웠던 일보다는 아쉬운 일이 더 가슴에 남아있기 때문이다.

아내는 34년 동안 교사로서 봉직하였다. 일생을 한 직장에서 젊음과 함께 모든 꿈을 살라 버린 것이다. 올해가 그렇게 은퇴한 지 10주년이 되는 해이다. 젊었을 때는 뒤돌아볼 새 없이 버거운 일들로 '잠이나 푹 잤으면', '하루쯤 푹 쉬었으면' 하며 공휴일을 그리워하는 모습에 안타까웠다. 퇴직할 무렵에는 생계에 몸이 매어 조그만 소망 하나 이루지 못했다는 아쉬움이 많았던지 무언가 할 일을 찾기 시작했다.

어쨌든 아내는 용기 있게 직장을 그만두었고, 늦기 전에 내 생활을 찾아야 한다고 플루트를 배우러 다녔다. 그렇게 플루트 연주를 배운지 십 년째가 된다. 유화도 그리고, 어반 스케치도 한다. 또 시간만 낼 수 있다면 수채화도 그리고 싶은 모양이다. 게다가 마을 도서관에서 봉사활동까지 하고 있다. 그러니 누가 만나자고 연락이 오면 틈낼 시간이 없어 부득불 자신의 시간을 일부 할애해야 한다고 안타까워했다.

나도 전에는 수필을 쓰겠다고 정신을 집중하여 컴퓨터 앞에서 자판을 두드리느라 바쁜 적도 있었으나, 글짓기가 쉽지 않았다. 그러니 점점 소홀하게 되고 한동안 거의 글을 쓰지 못했다. 뭘 하려면 십 년은 해야 한다는 얘기를 많이 듣는다. 나는 그 정도는 하지 못했다. 첫째는 게을러서, 둘째는 규칙이란 틀이 답답해 스스로 규칙을 깨는 경우가 많기 때문이다. 부끄러운 일이다. 그래서 요즘은 나름 할 일을 정해 놓고 나를 위한 시간을 규칙적으로 활용하며 하루를 보내려 한다.

새삼 느끼는 것이지만 우리나라는 평생 교육이라는 제도가 잘 갖추어져 있다. 각 지자체 최소 행정단위인 동 주민센터, 시민대학, 문화원, 각 대학 등 그야말로 알찬 교육 프로그램이 풍성하게 짜여있다. 둘러보고 의지만 있다면 매일 학교 다니듯 자신이 원하는 것을 배우고 즐길 수 있다. 노년에도 배움을 즐기며 다시 학생으로 사회를 살아가는 사람들이 아주 많다.

　큰맘 먹고 작년 말에 구암문화학습센터에 플루트 수강 신청을 하고 일주일에 한 번씩 배우기로 하였다.

　그전에 아내가 집에서 플루트 연습하는 것을 보고 나도 따라 플루트를 불고 싶어 아내에게 도, 레, 미. 파…… 음계에 대한 운지運指법만 배우고 독학에 들어갔었다. 처음에는 소리가 나지 않아 소리 내는 데 많은 시간을 보냈다. 그때는 누가 옆에서 가르쳐주는 것도 아니었고 나에게 이래라저래라하는 것도 싫었다. 어쨌든 좋은 소리든 시원찮은 소리든 불면 소리 나는 것을 보며 혼자 연습할 수 있겠다고 생각했다. 아내도 나에 대해서는 잘하건 못하건 간섭하지 않았다. 그러나 몇 년을 연습했어도 플루트 부는 일이 호락호락하지 않았다. 훈련이란 스스로 갈고 닦으면서 터득해야 하는 것이라고 고집스러운 생각에 빠졌더랬다. 나는 오만으로 돌돌 뭉친 얼음덩어리 같았다. '소질이 없어도 열심히만 하면 뭐를 해도 중간은 할 수 있다고', '이 악기를 꼭 누가 가르쳐 주어야 하나? 혼자 연습해도 시간이 지나면 그럭저럭 할 수 있어', '취미로 하는 건데, 연주 공연을 할 것도 아니잖아.' 그렇게 생각하면서 몰두하지 못하고 핑곗거리를 찾으며 허튼 시간을 보냈다.

　만만하게 보았던 플루트 연주가 나 혼자는 아무리 노력해도 실력이 늘지 않았다. 그렇게 쉽다면 악기 연주하는 사람들이 하루에 7~8시간씩

10년, 20년 이상을 고되게 연습했을까? 베테랑 연주자도 공연하기 위해서는 매일 그 정도 시간은 연습에 몰입한다는 얘기도 들었다. 그 사람들이 다르게 보이기 시작했다.

소리는 제대로 나지 않고, 같은 음도 불 때마다 다른 것 같고, 도중에 삑사리도 나고 그러면 힘만 잔뜩 들어가 몸이 굳어진다. 그럴 때는 모든 게 싫어지고 자신에 대해 낙담하곤 했다. 소질이 없다고 생각하기 시작했고, 기초가 잘못되었다는 생각을 지울 수 없었다. 플루트에서 가장 기초적인 입 모양, 복식호흡으로 숨을 불어넣는 방법, 플루트를 흔들리지 않게 키를 집는 방식 등 이런 기본적인 자세를 혼자서는 습득되지 않았다. 어떤 것은 이해조차 하지도 못하고, 모른다는 것조차 깨닫지 못해 캄캄한 길을 헤매는 것 같은 깊은 좌절에 빠지기도 하였다.

이제 무엇을 배운다거나 잘못된 습관을 바꾸는 것이 쉽지 않겠지만, 그러면서도 나도 모르는 사이에 플루트를 잡고 악보를 보는 즐거움이 생겼다. 플루트 소리에 빠져 하루해가 짧게 보낸 날은 희열 같은 것이 가슴에 남는다. 뭘 해도 십 년은 해야 한다는 말이 창가에 앉은 노을처럼 내 마음에 짙게 남는다.

선생님이 필요해

1분기 플루트 종강 발표회를 4월 15일에 할 것이란다. 아직 플루트에 대해서 어쭙잖아서 남들 앞에서 연주할 엄두가 나지 않지만 다른 수강생들은 이미 익숙한 행사인가 보다. 벌써 플루트 단톡방에는 브람스 왈츠 15번, River Flows in You 등 자신의 연주곡을 올리고 있었다.

그런데 나는 아직 소리도 제대로 내지 못해 전전긍긍하고 있다. 지난 1월 처음 수강하러 왔을 때 선생님은 내가 부는 플루트 소리에는 목소리가 심하게 섞여 그것을 바로잡아야 한다고 했다. 나도 최근에서야 플루트 소리에 목소리가 함께 난다는 걸 알았다. 무엇을 잘못하는지도 깨닫지 못하고 소리를 내려고 세게만 불어 재꼈다. 그게 습관이 되었는지 플루트 소리에 으으으~ 하고 성대 울리는 소리가 났다. 악기를 세게 불지말고 부드럽게 불고, 텅잉(Tonguing:혀를 사용하여 음을 조절하는 주법)보다는 슬러(Slur:음과 음 사이를 혀를 거의 사용하지 않고 운지로만 부드럽게 소리 내는 주법)를 더 많이 연습하라는 조언을 해주었다. 또 수강생 중 한 사람은 나에게 롱톤(Long Tone)을 연습하면 좋아질 거라고도했다. 아마도 오랫동안 힘들게 교정해야 할 거라는 예감이 든다. 그래도 이곳에 수강하러 온 동기 중 하나는 나의 잘못된 습관을 바로 잡기 위해서 문을 두드린 것이니 '어떻게든 해보자'고 각오를 다져본다.

선생님은 내가 독학으로 연습하던 악보를 가져와 연습하라고 한다. 지난주에는 가리볼디 연습곡을 선생님 앞에서 서투르게나마 시연해 보았다. 16분음표 3개로 연결되는 셋잇단음표 레미레를 빠르게 연주하려면 트릴 키를 사용해야 한다는 것이다. 트릴을 알지도 못했고 연습해본 적이 없어서 운지 방법을 달리하니 손가락이 꼬이는 것이다. 천천히 해보면 그것이 더 쉽고 빠르게 할 수 있는데 잘 안 움직이던 약지가 끼어드니 그만 거기서는 엉망이 되어버렸다. 또 지적받은 것은 도샾(C#)을 오른손 새끼손가락으로 키(E♭)만 집고 모두 키에서 다른 손가락은 떼어야 한다는 것이었다. 나는 그동안 새끼손가락으로 키(E♭)를 누르며 악기를 지탱하고 약지로 다른 키를 눌러 도샾 음을 내었다. 갑자기 새끼손가락 하나만으로 키를 누르고 소리를 내려니 플루트를 잡기가 불편해지고 흔들려 소리조차 내기 어려워졌다. 그동안 운지하는 키마저 잘못 알고 있었다.

이렇게 수강한 지 얼마 되지 않아 잘못된 습관이 드러나고 잘못 알고 있거나 틀린 방법을 사용하고 있었음을 알게 됐다. 그런 습관과 방법으로 내 나름대로 열심히 한다고 했으나 실력이 늘지 않은 것은 당연한 일이었을 거다. 독학이 그렇게 쉽지 않다는 것을 느끼며 '좀 더 일찍 선생님을 찾아 배울 걸.' 이제껏 내 방식대로만 해도 충분히 될 거로 생각하던 나의 아집이 무너져 버린 것이다.

플루트 연주를 취미로 배우지만 이렇게 몇 가지 지적을 받고 보니 취미 생활도 전공자만큼이나 열심히 연습해야 하는 것이라는 생각이 든다. 즐겁고자 하는 취미 생활도 결코 어영부영 얻어지는 것은 아닌 모양이다.

나는 노년의 생활을 즐겁고 풍요롭게 지내기 위해 플루트를 선택하였다. 플루트를 불면서 음악을 듣기 시작했고, 아름다운 음악 소리가 내 마음을 다독였다. 이전에는 느끼지 못하던 감정들이었다. 단지 누가 유명한 곡을 이야기하면 그저 좋구나 하는 정도이지 공감까지는 못 했다. 그런데 이제는 조금씩 깊이 있는 소리가 들리기 시작했다. 아, 음악이 내게 울림으로 다가오는구나. 음악에 대해 알기 위해서는 듣기만 할 것이 아니라 그 소리가 어떻게 나는지 어떻게 들리는지 알 필요가 있겠다는 생각이 들었다. 그러다 보니 악기 연주를 할 수 있다면 훨씬 더 깊은 느낌에 몰입할 수 있을 것 같았다.

은퇴 후의 여생을 살아가면서도 선생님이 필요하다는 것을 나에게 깨닫게 해준 것이 플루트 학습이다. 나도 종강 발표회에 참여하기 위해 카톡방에 조영남의 「모란동백」을 올렸다.

사랑에 빠지다

아침에 몸이 찌뿌듯하고 찌르르하니 진땀도 나고 화끈거려 아침 산책을 그만두고 집에서 쉬기로 했다. 어제도 좋지 않았는데 병원을 가야 하나 고민하다 좀 더 기다려보기로 했다. 할 일이 갑자기 없어지니 허전한 마음이 들어 플루트를 가볍게 부는 것은 괜찮지 않을까 하는 생각이 든다. 플루트를 조립하고 거치대에 세워놓고는 평소에 플루트 부는 것이 상당한 에너지가 필요했다는 생각에 선뜻 플루트를 잡기가 힘들어졌다. 아침 일찍부터 자꾸 눕고 싶었다.

아침 산책이 끝나면 보통 10시 이전부터는 플루트를 불기 시작하는데 오늘은 산책하지 않아 더 많은 시간을 연습할 수 있는 좋은 기회였는데 아쉽다. 나 같은 초보자는 남들보다 더 많은 시간을 연습해야 하는데 이렇게 손 놓고 있다는 것이 안타까웠다. 몸은 힘든데 플루트 생각에 가득 차 있다니.

　3주 전부터 연습하기 시작한 곡을 여전히 버벅대고 있는데 어제는 「10월의 어느 멋진 날에」라는 악보를 받았다. 다른 사람들은 몇 번 불어보지도 않은 것 같은데 벌써 곡의 흐름에 맞춰 리드미컬하게 부는 소리가 얼마나 부러웠는지 모른다. 금방 음을 맞춰 불 수 있는 저력과 아름다운 소리, 앞으로 몇 년을 연습해야 그 정도의 수준이 될 수 있을까? 부럽기도 하고 약간 질투도 나면서 하찮은 내 실력에 씁쓸했다. 나도 악보를 바라보며 한음 한음 불어보아도 노래처럼 아름다운 소리로 들리지 않는다.
　이 곡은 내가 구암평생학습원에 플루트를 배우러 오기 전에 연습했던 곡이어서 멜로디는 익숙한데도 쉽게 불리지 않았다. 게다가 편곡이 달라 중간에 세컨 플루트가 부는 음을 퍼스트 플루트가 불어 화음을 맞추어야 하고 짧게 슬러로 연결된 음표들이 낯선 악보처럼 보였다. 새로 배운다고 마음먹고 처음부터 다시 음표를 짚으며 불어야 했다. 내가 남들 앞에서 연주할 정도가 되면 이 곡은 꼭 불어보고 싶었던 곡이라 다시 연습할 수 있어서 한편으로는 반갑기도 하였다.
　10월이 되면 꼭 들려오는 서정적인 이 노래는 원래는 시크릿 가든의 「Serenade to Spring」으로 봄의 노래지만, 우리나라에서 한경혜가 가사를 붙이고 성악가 김동규가 풍부하고 부드러운 목소리로 노래 불러 이제는 10월이 되면 항상 귓전에서 떠나지 않는 음악이다. '널 만난 세상 더는 소원 없'다는 애모의 선율이 가슴에 깊이 파고든다. 플루트의 음색과 잘 맞아 플루트를 분다는 사람마다 이 노래를 연주해 보지 않은 사람이 없다.

얼마 전부터 연습하기 시작한 또 다른 곡 「밤양갱」도 연습이 더 필요한 곡이다. 템포가 매우 빠른 곡이어서 따라가기가 버거워 그저 엇비슷하게 불기만 해도 나는 성공이라 생각하며 불고 있다.

「밤양갱」이라는 노래는 헤어지는 연인이 마지막으로 나눈 대화를 작곡한 노래다. 떠나는 연인에게 '너는 바라는 게 너무나 많아'라고 하자, 그녀는 자기가 바라는 거는 '달디달고 달디단 밤양갱'이라고 한다. 아마도 진짜 달콤한 사랑을 바라지만 연애는 성에 차지 않고 무덤덤할 뿐이라고 항변하는 노래다. 내가 원하는 만큼 받고 싶고 느끼고 싶은 젊은 청춘들에게 이 노래가 인기란다. 빠르고 반복적인 리듬과 유머러스한 가사가 중독성이 있다. 그러나 실제로 플루트를 불 때는 머릿속에선 '빨리빨리 빠르게 불어라', '연습연습 연습만 필요해'라고 나를 몰아가는 듯했다. 한동안 밤양갱을 열심히 연습했지만 아직도 악보 앞에서 더듬거린다. 조금 속도를 늦추어도 쾌활하고 재미있게 느낄 수 있을 것 같은데 왜 그렇게 빨라야 하는지 잘 모르겠다. 내가 가사처럼 바라는 게 많은가? 그저 조금만 더 잘 불면 얼마나 좋을까 하는 것뿐이다.

소리 내는 법, 호흡하는 법, 운지 하는 법 등은 하루아침에 이루어지는 게 아니고, 열심히 하다 보면 자신도 모르는 사이에 전체적인 수준이 올라가 좋은 연주를 하게 될 터이다. 기본 실력을 탄탄히 닦아야 아름답게 소리를 낼 수 있다는 이야기를 들을 때마다 연습해야 할 것이 더 많이 쌓이는 것 같다. 남 얘기를 듣되 비교하지 말고 내 능력이 닿는 만큼 열심히 연습해야겠지? 언제쯤 나의 플루트 소리가 아름답게 들릴 수 있을까? 언젠가는 플루트를 껴안고 속삭이듯, 가슴 깊게 울리는 사랑 노래를 불 수 있겠지?

아이러니하게 몸이 안 좋은 날 오히려 플루트에 애착이 가는 걸 보니 나는 플루트와 사랑에 빠진 것이 틀림없다.

작은 행복

요즘 한낮 기온이 34~5도를 오르내려 방안은 한증막처럼 뜨거워지고 있다. 한반도 상공에 북태평양의 무덥고 습한 고기압과 그 위로 티베트의 뜨거운 고기압이 층을 이루며 덮고 있어 꿈쩍하지 않고 있다는 것이다.

나는 전과 다르게 더위에 맥을 못 춘다. 매일 하던 산책을 7월 하순부터 그만두었다. 8월 15일이 지나면 한낮의 햇볕은 뜨거워도 아침저녁으론 조금씩 시원해지니 빨리 무덥고 답답한 날들이 지나가기만 기다린다. '직장이라도 다니면 시원한 에어컨 바람 아래 일을 할 텐데' 하는 엉뚱한 생각에 이번 여름에는 사무실에서 일하는 사람들이 부럽기도 하다.

더위를 참지 못한 나는 방안의 에어컨을 켜고 플루트 연습을 하기로 했다. 마침 2주 후에 플루트 반에서 종강 발표회를 한다. 그런데 나는 내

수준을 넘어서는 곡을 제출한 것 같다. 아무리 연습해도 손가락이 꼬이고 소리도 제대로 나지 않는다. 창피한 일이지만 나는 이 곡을 무려 2년 전에 불기 시작했다. 열심히 연습한 것도 아니지만 독학으로는 실력이 나아지지 않았다. 그래서 내게도 선생님이 있었다면 잘못된 것을 고쳐주어 더 잘 할 수 있었을 텐데 하고 생각하게 된 곡이다.

「가리볼디 플루트 에튀드 Op131. No 16 G Major」. 가리볼디 에튀드는 플루트를 배우는 사람들이 플루트 기초를 다지고 쉬운 곡을 연주하게 되면 이 연습곡을 거쳐 가게 된다고 한다. 소위 중급? 수준으로 넘어가는 길목에 버티고 있는 교재라고 들은 적이 있다. 나는 전에 아무것도 모르고 이 교재를 무턱대고 시작하였다. 한음 한음 짚어가며 수없이 반복한다면 할 수 있겠지 하는 생각이었다.

돌이켜보면 기초 없이 시작한 이 연습곡을 16번까지 왔다는 것이 신기할 뿐이다. 어떤 면에서는 혼자도 할 수 있다는 오기로 가끔은 자신감에 도취하기도 하였다. 기초를 제대로 닦지 않았음에도 할 수 있다는 오만함에 빠져 있던 것이다.

창을 모두 닫고 암막 커튼으로 빛을 가리고 실내 등을 켰다. 창문으로 내리쬐는 강렬한 볕이 암막 커튼을 뚫지 못해 에어컨 바람이 조금 더 시원해졌다. 내 앞을 가리고 있던 장막을 조금씩 걷어내길 바라는 마음으로 하나하나 다시 연습해야겠다고 다짐하며 플루트를 들었다.

늘 플루트 곡은 연습할 때마다 노래하는 것처럼 불면 얼마나 좋을까 하는 생각을 하게 된다. 하지만 이 곡은 16분음표가 연결된 부분에 이르면 꼭 문제가 발생한다. 중간 부분의 12개의 16분음표가 슬러로 연결되어있는 데다 마지막 부분에 이르면 16분음표 열 마디가 연속으로 이어져, 나도 모르게 마음이 급해져서 처음 시작하던 빠르기와는 다르게 순간적으로 빨라지면서 손가락도 정확한 키를 집지 못하고 꼬이고 만다. 각 손가락이 독립적으로 움직여야 하는데 특히 약지와 새끼손가락이 따라 움직이는 바람에 박자도 빨라지고 음정도 불안해진다. 손가락으로 키를 집는 게 내 통제를 벗어나 숨도 가빠지고 정확한 음정도 불지 못하니 엉망이 되어 버린다.

가끔씩은 매끄럽게 될 때가 있어 나도 연주할 수 있겠다는 생각을 갖기도 하지만, 다시 버벅댈 때는 발표를 제대로 할 수 있을까 하는 의구심이 들곤 한다. 그래도 계속 연습하면 좋아질 거라는 희망으로 연습에 집중한다.

어찌 되었든 나는 이 곡을 2주 후에 발표하고 선생님께 부탁하여 기초부터 다시 시작하려 한다. 지금 당장 남들 앞에서 멋진 곡을 부르지는 못하여도, 쉬운 곡이라도 정성껏 불다 보면 좋아하는 곡도 하나씩 멋지게 불 수 있는 날이 있을 거라는 희망을 품는다.

아무리 하찮게 보이는 일이라고 하여도 그렇게 만만한 일은 없는 것 같다. 특히 나이가 들면서 온전히 좋아하는 일을 찾고, 그 일에 열중할 수 있다는 것이 어쩌면 노화 현상에 대한 저항일지도 모른다. 나이들 듯

노화에 무력하게 따라가기보다는 이런 즐거운 저항은 어디서도 찾지 못할 행복감을 준다. 오늘도 나는 플루트 곡을 연습하며 작은 행복을 맛보고 있다.

화초에 물을 주며

아파트 아래로 보이는 네거리는 무언가 어수선해 보인다. 자동차 꼬리를 가까스로 헤쳐 나온 구급차가 건물 뒤로 사라지자 사이렌 소리도 조용해졌다. 다시 거리의 사람들은 갈 길을 재촉했고 차들은 물 흐르듯 빠진다. 빈계산, 금수봉, 도덕봉, 계룡산 삼불봉, 갑하산, 신선봉, 우산봉이 병풍처럼 펼쳐진 푸른 산으로 천천히 눈길을 옮겨간다. 삼불봉이 바라보이는 삽재로부터 흘러내리는 유성천을 따라 쫓던 눈길이 아파트 앞까지 오고서야 손에 쥔 물통의 무게를 느꼈다.

제일 먼저 물을 주는 녀석은 벵갈고무나무다. 내가 칠 년 전 이 아파트에 입주할 때 선물로 받은 화초 중 유일하게 살아남은 나무다. 지름이 40cm가 넘는 하얀색 화분에 심겨진 녀석은 키가 1.2m가 넘고, 벌어진 가지의 폭도 키만큼이나 넓다. 줄기는 원래의 고무나무가 아니라 지름 8cm 조금 넘는 행운목 둥치에 두 군데 벵갈고무나무를 접붙여 싹을 틔운 것으로 우리 집에 와서 자리를 잡고 크면서 모양이 멋들어지게 되었다. 연두색 잎이 손바닥 크기만큼 넓적하니 크고 듬직하며, 특히 새잎이 나올 때는 부드럽고 순한 잎이 갓난아이 발처럼 꼬물거려가며 꽃보다도 더 고운 색을 띤다. 이 고무나무가 우리 집의 장남 격이다. 첫째 녀석이 예쁘니 다른 화초들도 자연히 첫째와 비슷하게 기대하며 키우게 된다.

예전에도 고층 아파트에 살면서 삭막함을 면해 보려고 화분에 꽃과 나무를 키워보았지만 내 손에만 들어오면 얼마 가지 못했다. 그중에 몇 개의 화초들이 살아남기는 했어도 가치 없는 잡초로 전락해 버리곤 했다. 이사 오기 전 화초들을 모두 버리고 왔다. 그래서 새 아파트 입주 선물로 화초 몇 가지를 받아 고마웠지만 잘 키울 수 있을까? 하고 부담되었다. 그래도 휑한 거실에 푸른 생명을 열심히 다듬고 키웠다. 요즘 들어 화초에 물을 주면서 이전보다 애정이 깊어지고 생명이 귀하게 느껴진다.

한 꽃잎에 하얀색과 붉은색, 하얀색과 보라색, 하얀색과 노란색 등 나팔꽃처럼 생긴 꽃들이 서로 어우러져 피는 팬지는 색의 조화가 신비롭기만 하였다. 또 치자꽃의 순백이 그렇게 순수해 보일 수가 없었다. 앙증맞은 단정화를 볼 때는 영락없는 별사탕으로 보이기도 하였다. 천리향의 짙은 향에 취할 때도 있었다.

산과 들에서 벚꽃과 진달래가 피어날 무렵 수채화 물감으로 칠한 듯 은은하게 번지고, 연둣빛 새싹으로 온산을 뒤덮을 때도 부럽지 않았다. 몇 안 되는 화초로 느끼는 즐거움이 이만할까. 나는 열흘에 한 번씩 빠지지 않고 물을 흠뻑 주었다. 집 안에는 새 생명들로 푸르고 활기찬 기운이 흘렀다.

그러나 화초의 꽃들은 오래가지 못했다. 화려했던 시절을 접어두고 퇴색해 가는 꽃과 떨어진 꽃들을 치우며 아쉬워하였다. 다시 꽃이 핀다던 다년생 화초들도 아파트에서는 철이 바뀌어도 꽃은 피지 않았다. 내 정성이 부족한지 꽃을 피워낼 수가 없었다. 다음을 기약하며 몇 해를 기다려보았지만, 꽃을 피우지 못했고 관상용 화초도 되지 못해 잡초처럼 변했다. 아쉽게도 이미 수명을 다한 관상용 화초와 함께 자연으로 보내야 했다.

불현듯 '물이 적었나? 너무 많이 주었나?' 생각하거나 '아차!' 싶으면 화초들은 우리 곁을 떠나고 만다. 잎이 풍성하여 우리 가족들이 좋아하던 해피트리도 모든 잎과 가지를 내려놓고 말았다. '새 아파트에 오면서 뱅갈고무나무와 함께 선물로 들어온 녀석인데 삼 년밖에 못 견디다니, 우리 집에서 가장 큰 녀석이었는데.' 안타까운 생각에 자연으로 보내는 의식을 딸과 함께 치렀다.

너무 사랑하거나 등한시했던 화초에 미안함을 금치 못했다. 나는 즐겁다는 이유만으로 화초들의 성향은 모른 채 지나치게 간섭한 모양이다. 많은 물에 높은 온도와 너무 많은 일조량 등등으로 식물이 견딜 수가 없었는지 모른다. 식물들도 자기들만의 개성이 있고, 생명을 다루는 데는 절제가 필요하다는 것을 늦게야 깨달았다. 너무 사랑한다고 지나친 애정을 쏟거나, 관심을 주지 않고 자주 살펴보지 못하면 그 화초는 주인을 떠나게 된다. 필요할 때 필요한 만큼만 주고받아야 했다. 적당한 추위도 견딜 수 있어야 씨앗도 싹을 틔워내고 꽃도 피며 적당한 온도와 햇빛과 바람이 생육을 돕는다는 걸 공부했어야 했다.

한때는 자기 눈에 보기 좋게 식물을 인위적으로 자르고 휘게 만들어 자기 울 안에 가두는 것이 못마땅했었다. 나무를 자르거나 휘게 만들기 위해 남겨진 옹이를 볼 때마다 안쓰럽고, 자연을 거스르는 행위라고 생각했었다. 그러나 나처럼 식물의 성질을 모르면서 멋대로 집안에 들이고 제대로 돌보지 못해, 죽게 만드는 것 또한 큰 잘못이었다. 식물의 생명에 대한 배려가 부족했었음을 깨닫게 되었다. 요즘은 꽃을 피우는 화초는 거의 집에 들이지 않는다. 베란다가 없는 우리 집에서는 꽃을 피워낼 수 없기 때문이다.

눈을 들면 멀지 않은 곳에 수려한 산이 둘러싸고 있어 조망이 좋고, 게다가 옆으로 하천이 흐르는 집에 살고 있다. 그러니 이제는 욕심내어 집안에 쌓아둔 화분들을 치워야 할 것 같다. 집안에 키우고 있는 벵갈고무나무, 자마이카, 녹보수, 드라세나콤팩타 그리고 책상과 식탁 위의 화이트스타, 서출도(풍난) 등 몇 안 되는 녀석들만이라도 제대로 키워야겠다. 이들 자연의 생명으로부터 나도 얻는 즐거움이 있으니 그들도 즐겁게 살아갈 수 있게 해주는 것이 당연한 일이다. 싱싱하게 물을 머금은 화초들이 우리 집 아이들 같다.

3부
사랑하는 가족

유선전화

한강에 석양이 붉게 내려앉고 있다. 나는 전철 안에서 휴대전화기로 단축번호 1번을 누른다. '지금 거신 번호는 없는 번호입니다'라는 멘트가 흘러나온다. 며칠 전 우리 집의 유선전화를 해지시킨 사실을 그제야 생각해낸다. 집을 떠나있을 때 아내에게 내 형편이나 늦은 귀가를 전할 때는 늘 유선전화가 편했는데 아쉽다. 그러나 사실 유선전화는 탁자의 한 자리를 차지하고 있을 뿐 한 달에 한 번도 사용하지 않는 구시대의 유물이 되어가고 있었다. 잔영을 남기며 사라지는 노을빛 속에 휴대전화로 문자를 보내자니 나의 목소리가 허공에 떠도는 듯 공허하다.

어릴 적 아버지는 생활이 어려움에도 집에 까만 다이얼 전화기를 들여놓았다. 전화에 연결된 까만 줄을 통해서 먼 곳 사람들의 목소리를 집에서 들을 수가 있었다. 신기했다. 그 덕에 우리 집은 전화기 있는 넉넉한 집으로 알려졌다. 그런데도 전화요금 때문이었는지 전화기 전용 열쇠로 잠가놓고 사용하기도 하였다. 그 당시 전화기를 신청하면 오래 기다려야 해서 값비싸게 팔라는 요구도 많았지만, 아버지는 아무런 대꾸도 하지 않으셨다.

전화기는 늘 볕 드는 창가 옆 한 자리를 지키고 있었다. 번호는 바뀔 줄 몰랐으며, 옆에는 체신청의 전화번호부와 조그만 공책 그리고 연필이 항상 같이 있었다. 전화번호부에는 사람의 주소까지도 정확히 인쇄돼 있어 전화가 있는 사람이 어디에 사는지를 찾아볼 수 있었다. 평소 말씀이 적으시고 엄격하시던 아버지는 늘 전화벨 소리에 신경을 쓰는 것 같았고 가끔씩 친척 전화를 받고는 무척이나 좋아하셨다. 집으로 찾아오는 손님들과 약주로 밤늦게 이야기를 즐기셨고, 출입하는 식객들의 뒷수발하느라 어머니는 늘 바쁘셨다.

내가 중학교 때쯤이었나 보다, 아버지는 늘 신문을 꼼꼼히 보셨는데, 어느 날은 한일관계에 관한 기사를 신문에서 보시고 전화국을 다녀오신 것 같았다. 만나고 싶던 후배나 지인의 소재를 전국별 전화번호부로 확인하셨는지, 약주 냄새를 풍기며 "제기랄, 태평양전쟁 통에 끌려간 이들은 남양군도로 갔는지 어떻게 됐는지 돌아올 줄 몰라."하며 안타까워하시면서 또한 분개하셨다. 행여 연락이라도 기대하셨는지 홀로 끙끙 앓는 소리를 어린 나도 어렴풋이 들었던 것 같다.

경부고속도로가 부산까지 개통되던 해였다. 아버지는 전화를 받고 계셨다.

"부산서 고속도로로 올라와 대전으로 들어오셔서, 대전 삼성국민학교 앞으로 차를 몰고 오시면 내가 나가겠습니다."

"임자, 매제가 한국에 고속도로가 생겼다고 일본에서 직접 자가용을 가지고 관부선을 타고 바다 건너 대전에 온다네. 우리 집에서 자고 서울로 간다는구먼."

아버지의 목소리는 들떠 있었고 어머니도 부엌일과 청소로 바쁘셨다. 처음에는 누구인지 몰랐으나 큰고모부라는 것을 알게 되었다. 내가 어려서 그랬는지 몰라도 그전에는 다녀간 기억이 없었다.

저녁에 고모부가 탄 차가 우리 집 대문을 통해 들어오고, 우리 형제들은 고모부께 인사를 드렸다. 그분은 형과 나에게 지금도 잊지 못하는 만년필을 선물로 주셨다. 펜촉이 백금이었고 잉크는 카트리지여서 다 사용하면 교환하여 사용할 수 있었다. 나는 생에 가장 귀한 첫 선물을 받고 기뻐서 어쩔 줄 몰랐다.

그 당시 책가방을 시퍼렇게 물들이던 펜과 잉크를 필기도구로 가지고 다니던 시절이어서, 나는 그렇게 좋을 수가 없었다. 고급 만년필을 애지중지하며 이 만년필로 무슨 글을 써볼까? 갖가지 상상을 하곤 했었다. 고모부는 자식들을 영국에 유학도 보내고 잘 키우고 있으니 걱정하지 말라고 하시며 행복해하는 가족들의 스냅사진을 한 움큼 내놓으셨다. 고모에 대한 애정의 표시였으리라. 고모부와 아버지는 밤새 이야기를 주고받았다.

일제 강점기 할아버지는 새로운 생활을 위해 장남인 어린 아버지와 식구들을 데리고 일본으로 건너가셨다. 할아버지는 뜻하신 바와 달리 얼마 지나지 않아 곤궁해지기 시작하였다. 식구는 많고 생활은 어려웠지만, 신문화에 대한 욕구 그리고 강한 삶의 의지 때문이기도 하고 선비관습에서 벗어나지 못하기도 하신 할아버지는 구겨진 자존심으로 고향으로 돌아갈 수도 없었다. 그러던 차에 먼저 일본으로 이주하여 자리 잡고 잘 사는 친척 집에서 고모가 마음에 드셨는지 양녀로 들이고 싶다고 하셨다. 얼마간 그 집에 의탁하여 공부하고 있으면 데려오겠다고 한 것이다. 그러나 여의하지 않고 세월이 흘렀다. 그렇게 어려울 때 아버지는 신문 배달과 아르바이트로 고학하며 공업학교를 졸업하고 유수한 전기회사에 입사하여 남들이 부러워하는 직업을 갖게 되셨다. 할아버지가 운영하신 공장 경영도 좋아지기 시작하여 주문량을 맞추기가 힘들 정도로 바빠지게 되었다.

생활이 풍족해지는가 싶을 때쯤 해방이 되었다. 뒤숭숭한 상황과 불확실한 미래, 재일 한국인으로서의 불안감으로 일본 패전 후 2개월 만에 부랴부랴 일본 생활을 정리하였다. 일본서 결혼한 아버지는 누나와 삼촌들과 작은고모 그리고 조부모까지 삼대의 가족이 귀국선에 올랐으나 정작 큰고모를 함께 데려오지 못하였다.

아버지는 큰고모가 그 집에서 사랑받고 교육도 잘 받아 훌륭하게 자라주어서 고모와 친척 집에 항상 고맙게 생각하셨지만 죄의식도 갖고 계신 듯했다. 해방 직후에도 아버지는 몇 번이나 일본에서 귀국하는 배편을 이용해 일본으로 건너가 처리하지 못한 일도 보시고 그곳에서 결혼하신 고모와 연락도 하셨다.

해방 이후 현해탄을 건너와 유랑을 끝내고 정착하고 싶어 하던 아버지에게 이곳 형편도 호락호락하지만은 않았다. 한국에 돌아온 삼대의 대가족이 도시에서 할 수 있는 일이란 별로 없었다. 한국에서의 거듭된 실패로 아버지는 괴로워하였고 식구들은 다시 궁핍해지기 시작하였다.

언젠가부터 아버지는 몸이 마르고 기침이 잦아지기 시작하였다. 아버지께서는 가끔씩 정갈한 한복으로 갈아입으시고 X-Ray 사진을 들고 병원 출입을 하시더니 마침내 악성종양으로 판명되고 병석에 누우셨다. 병환이 점점 악화하자 각혈까지 하셨다. 어느새 까만 전화기가 아버지 옆자리를 차지하게 되었고, 어려서부터 몸이 약했던 나도 따뜻한 아버지 방에서 지낼 때가 많았다.

어느 날 오후 내가 막 방으로 들어가려는데 아버지는

"음, 음, 그래 몸조심하고, 올 때 다시 전화해."

이렇게 말씀하시고 전화를 끊으셨다. 일본의 고모가 아버지의 병환이 심해지니 곧 찾아뵐 것 같다고 어머니가 말씀하셨다. 아버지가 그렇게 만나고 싶어 하시던 고모를 뵐 수 있겠다는 생각이 들었다. 지난번 고모부가 방문했을 때도 아버지는 이미 병이 가슴 깊이 파고들어 있었지만, 가족이란 끈으로 꼿꼿이 지탱할 수 있도록 해주셨던 것 같다. 그러나 고모를 기다리던 아버지는 다음 해 나무에 꽃망울도 맺기 전에 운명하셨다. 우리는 큰고모를 뵙지 못했다.

'한국에 찾아가지 못해 미안하다.'라고 나중에 일본의 고모로부터 전화 왔었다는 이야기를 형에게서 들었다.

우리 가족은 같은 집에 거의 50여 년을 살았고 같은 전화번호를 사용하였다. 그래서 오랫동안 만나지 못한 사람들로부터 종종 연락받을 때가 있었고, 생각지 않게 찾아오는 사람도 제법 있었다. 빠르게 변하는 세월과 함께 이제 우리 집에서도 유선전화는 역사 속으로 사라졌다.

늦은 밤 귀갓길, 주머니 속 깊숙이 찔러놓은 휴대전화의 온기가 손끝에서 온몸으로 퍼져온다.

성묘

망종이 지나 길섶의 초목이 하루가 다르게 우거지며 연둣빛 푸름이
어느새 짙은 초록으로 바뀌어 가고 있었다. 햇볕을 듬뿍 머금은 바람이
살랑살랑 땀 맺힌 살결에 스친다. 이때쯤이면 보리 베기와 모내기로 발
등에 오줌 싼다는 말이 있을 정도로 농사일이 바쁜 시기로, 수확과 파종
을 끝냄으로써 새 곡식과 초목이 대지에 뿌리내리기 시작하는 때이다.

해마다 나는 이즈음 산소에 가곤 하였다. 간밤에 내린 비로 미끄러운
길을 조심하며 천천히 산기슭을 오르고 있었다. 한걸음, 한걸음 옮길 때
마다 내뿜는 숨소리가 적막한 숲 사이로 퍼져가고 있었다.

'쉬익' 소리와 함께 바람을 일으키며 무언가 머리에 스친다. 쭈뼛 머리
카락이 솟는다. 반사적으로 주위를 살펴보았지만 아무것도 보이지 않

았고 나뭇가지 하나만이 흔들리고 있었다. 나뭇가지에 뱀이라도 매달려 있는가 싶어 섬뜩하였다. 신경을 곤두세운 채 발을 옮기는데 또 쉬익 소리가 들리고 바람이 일면서 주위의 나뭇가지들이 흔들린다. 그제야 새가 내 주위를 맴돈다는 걸 알았다. 어려서부터 다닌 익숙한 길이건만 오늘은 유독 서늘한 냉기가 느껴진다. 산소에 도착하여 고개를 돌려보니, 4~5미터 떨어진 활엽수 우듬지에서 노란 새 한 마리가 '째-액' 외마디 소리를 내며 곧장 내게 달려들어 머리를 치듯 스치고 되돌아간다. 그리고는 나무에 앉아 나를 향해 목이 찢어질 듯 소리를 내지른다.

땀이 식고도 한참을 머뭇대다 산소에 향을 피운다. 뇌출혈로 쓰러진 어머니가 10년 동안 전신 마비되어 의사표시 한번 못한 채 투병하다가 올해 1월 초 이곳에 잠드셨다. 절을 올린다. 두 손을 모으고 바닥에 머리를 조아리자 흙냄새가 확 난다. 아! 이 흙냄새, 어머니가 흙 향기로 나를 맞아주시는구나. 손등에 얼굴을 파묻고 엎드려 있으니 초상 때도 의연한 척 버티느라 감추었던 울음이 울컥 솟구친다. 따스한 눈물이 손등을 타고 흐른다.

어린 시절 살던 집이 떠오르고 어머니가 새 이불을 대침으로 꿰매는 모습이 보인다. 큰 방에서는 아버지가 화롯불에 모여 앉은 친척들과 이야기를 나누신다. 우리 형제들은 다른 방에서 난로에 손을 비벼대며 갖은 이야기로 떠들썩하다. 어머니가 내게 다가오신다. 갑자기 날카롭게 지저귀는 소리와 함께 날갯짓에 푸득 바람이 일고 엎드려 있는 내 등을 발톱으로 할퀴고 지나간다. 화들짝 정신을 차리고 몸을 일으킨다. 또 그 새다.

산소에 앉아 새가 있는 맞은편을 바라보았다. 푸른 나뭇잎 사이로 샛노란 발광체가 곧 터져 피라도 흘릴 것 같은 말간 선홍색 부리를 쩍쩍 벌리며 나를 향해 쉴 새 없이 호통을 쳐댄다. 가늘고 연약한 다리로 나뭇가지를 단단히 움켜쥐고 당차게 고함치는 노란 새는 나를 꾸짖으며 산에서 쫓아내려는 것 같다. 잔뜩 긴장한 나는 비로소 우듬지 나뭇가지에 가려 보일 듯 말 듯 숨겨진 새 둥지를 보았다.

어머니는 생전에 워낙 고우시고 목소리도 맑아 아름다운 꾀꼬리가 되신 거야. 산소에 둥지를 틀고 나를, 아니 우리를 기다리셨던 거야. 새로운 세상에서는 둥지의 어린 새가 우리지. 여기 있는 나는 내가 아닌 거야. 그래서 둥지의 어린 새가 더 중요한 거야. 어린 새들을 보호하려 저렇게 애쓰는 어미 새가 어머니라는 생각에 다시 눈물이 흘렀다.

내가 대학교 들어갔을 무렵 어머니는 편지 한 통을 받고 식음을 전폐하고 며칠을 앓아누우셨던 적이 있다. 외할머니가 돌아가셨다는 소식을 전하는 편지가 무슨 연유인지 몇 달이나 늦게 도착했던 것이다. 해방 후 가족과 함께 귀국하여 아무 연고도 없는 도시에 자리 잡았다. 낯선 곳에서 전쟁까지 겪고 이념으로 갈라진 세상은 편지 왕래조차 어렵게 했다. 어머니의 속은 이미 타서 재가 되었지만 그리움만은 억누르지 못하고 새싹 돋듯 우리에게 자주 이야길 했다. 어려서 살던 일본의 이야기, 백화점에 놀러 갔던 이야기, 외할머니 이야기, 그래서 언젠가 그리운 외가 식구를 만날 거라는 희망으로 외로움을 달래고 버티셨는데 외할머니 부고 소식에 몸과 마음이 모두 무너져 내린 것이다. 당신의 어머니를 보낸 그 심정을 이제는 나도 조금은 이해할 수 있을 것도 같다. 다행히 어머니는 이십여 년이 더 지나서야 동생과 일본을 방문할 수 있었지만 외할머니 산소엔 들리지 못했다.

일본을 다녀온 후 어머니는 응어리진 마음을 풀지 못하셨는지 나를 채근하기 시작했다. 이번에는 꼭 산소를 찾아봐야겠다는 것이다. 나는 이제 막 시작한 사업이 자리를 잡지 못한 터라 쉽게 나서지 못하고 있었다. 어머니는 점점 말수가 적어지고 이명이 들린다고 하면서 가끔씩 뜬금없는 말씀하실 때도 대수롭지 않게 여겼었다. 그런데 새로 이사 온 우리 집에 오셔서 하루를 지내신 다음 날, 출근을 서두르는 아내를 못 알아보는 일이 생기고는 더 이상 머뭇거릴 수 없었다.

그렇게 일본에 도착해서 제일 먼저 어머니는 외숙부 가족들과 함께 오사카 근교에 있는 외할머니 산소를 찾았다. 차를 타고 가는 동안 어머니는 어린 시절 오사카에서 백화점을 처음 가보았던 일, 그곳에서 생전 처음으로 엘리베이터를 타 보았던 기억을 되살리며, 다시 소녀가 된 듯 들떠서 외숙부와 끊임없이 옛날이야기를 주고받으셨다. 어머니는 그런 시절을 얼마나 그리워하셨을까 하는 생각에 괜히 콧등이 시큰해졌다.

일본의 산소는 한국과 달리 봉분을 석물로 쌓아 올려 비석을 세우고 무덤 사이 통로는 자갈을 깔아놓아 풀 한 포기 없었다. 함께 온 사촌이 물을 담은 양동이와 수건을 들고 오자 석물을 한참 바라보시던 어머니는 수건을 빼앗다시피 건네받았다. 차가운 석물에서 당신의 어머니의 온기라도 느끼시려는 듯 물을 적신 수건으로 석물과 비석을 오래도록 정성껏 닦았다. 이렇게 준비를 한 후 예를 드렸다. 그것이 어머니에게는 처음이자 마지막 성묘가 되었다.

일본에 다녀오신 얼마 후 어머니는 뇌출혈로 쓰러져 다시는 일어나지 못하셨고 이제는 영영 내 곁을 떠나셨다.

둥지에서 떨어져 멀리 앉은 나에게 새끼를 지키려 달려들며 소리치던 어미 새가 나를 계속 책망하는 것 같다. 가슴이 옥죄어 오고 불편하였다. 어머니 산소에 더 이상 머물 수 없었다.

우연도 겹치면 필연이라던가? 그즈음 산에 접해 사는 형님댁을 방문하니 형수가 아내에게 "어쩌면 좋아? 우리 어머니, 새로 환생하셨나 봐." 한다. 십여 일 베란다에 새가 매일 찾아와 가만히 앉아 있다가 날아간다는 것이다. 노란색에 붉은 부리를 가진 새였을까?

어머니의 텃밭

　　어둠을 지새우느라 지친 분꽃들이 오그라들고 있을 때, 어머니는 입대하는 나에게 속풀이 국을 차려주고 텃밭에 나가 이미 바닥에 널브러진 꽃들을 마구 주워내셨다. 그냥 두면 자연히 거름이 될 꽃들이었다. 입대 전날 친구들과 요란법석 작별 인사를 하느라 곤죽이 되어버린 나는 가까스로 통금시간이 되어서야 집으로 돌아왔다. 군대를 보내는 어머니의 마음은 아랑곳하지 않고 철없이 허세로 가득 찼던 아들을 보며 어머니는 직접 몸으로 겪은 끔찍한 전쟁을 떠올렸으리라.

　　일본에서 귀국한 어머니가 한국 생활에 익숙해지기도 전에 전쟁이 발발했다. 전쟁에 대한 공포감이 엄습하면서 살아남기 위한 처절한 몸부림이 시작되었다. 아이들과 함께 제주의 한 친척 집에 먼저 내려가 있으라는 어른의 권유가 있어 어쩔 수 없이 젖먹이 형을 업고 다섯 살 누나는 걸리며 피난민 행렬에 끼어들었다. 누나는 어려운 상황을 알기라도 하듯 엄마 치마꼬리를 붙잡고 먼지 날리는 자갈길을 온종일 걷고도 울거나 보채지 않았다고 한다.

생사가 달린 피난 행렬 속에서 차마 눈 뜨고 볼 수 없는 일들이 곳곳에서 벌어지고 있었다. 병든 노약자를 지게에 지고 힘겹게 걷는 사람들, 부모와 헤어져 며칠째 굶고 우는 어린아이들, 도둑과 사기로 알량한 피난 보따리마저 잃어버린 사람들, 두려움으로 피폐해져 가는 사람들이 절규하는 악다구니 속에서 젊은 처자가 자기 몸 하나 스스로 간수 하기조차 쉽지 않았다고 했다. 어린아이 둘까지 딸린 처지로 어렵사리 얻어 탄 배 안에서 어머니는 함께 오지 못한 아버지가 얼마나 걱정되고 원망스러웠을까.

전선이 목전까지 들이닥치자 다급해진 아버지도 할머니에게 뒷일을 맡겨두고 남은 식구들과 함께 남으로 급하게 떠나오셨다. 가까스로 위험을 피해 당도한 제주의 한 친척 집에서 아버지는 어머니와 합류할 수 있었다. 피난지 친척 집이라고는 하지만 이미 몇 가족이 모여 있어 자고 먹는 일조차 서로 눈치를 봐야 했다. 그저 오늘 하루 거친 음식이라도 끼니를 잇고 안전하게 가족과 함께 있을 수만 있다면 더 이상 바랄 것 없는 나날이었다.

국군의 북진과 함께 전쟁이 끝나는가 싶더니 추운 겨울 중공군의 개

입으로 다시 치열한 공방전이 계속되면서 전장은 또다시 전세를 가늠할 수 없는 확전 일로로 치달았다. 한국전쟁은 서로에게 깊은 불신을 떠안기고 세상을 온통 만신창이로 만들고 말았다.

전쟁이 끝나고 어머니는 가족과 함께 집으로 돌아왔다. 하지만 어느 것 하나 남아있거나 성한 데 없는 세간은 차치하더라도 우선 당장 아이들 입에 풀칠하는 일이 어머니에게는 또 다른 전쟁의 시작이었다. 어머니는 허름한 옷을 단단히 여미고 그 위에 일바지와 두툼한 잠바를 입은 후 허리에 전대를 둘러 묶었다. 몇 평 안 되는 조그만 가게에 채소와 식료품들을 깔끔하게 다듬고 반듯하게 정리하여 하루하루를 걱정하는 것이 일상이 되었다. 시장바닥을 떠도는 부랑아들과 술 취한 사람들이 비틀거리는 난장판에서 여인의 몸으로 장사를 한다는 게 그리 녹록한 일은 아니었지만, 아내로 살기보다 어머니로 살기로 작심하셨다.

어머니는 어느 날 우편배달부가 건네준 편지를 보고 털썩 주저앉았다. 행여 울음소리가 새어나갈까 봐 이불을 끌어 덮고 꺼이꺼이 우시는 거였다. 삼 개월 전 돌아가신 외할머니의 부음을 그제야 받은 것이다. 일본에서 결혼하여 누나를 낳고 해방되자마자 귀국선을 탔는데 일본의 외가와 서로 연락하기가 힘들었다. 삶도 버거웠지만, 일본에서도 이념이 편을 갈라 혈육의 소식마저 끊기었다고 어머니는 생각하셨다. 어머니는 한 삼 일 식음을 전폐하고 누웠다 다시 일어나셨다. 외할머니 부음 이후로는 한동안 의욕이 없어 보이셨지만 그래도 매년 고등학교, 대학교 입시에 굴비

꿰듯 걸려있는 자식들 때문에 어머니는 잠시도 쉴 날이 없었다.

　강단으로 가려진 곱고 가녀린 어머니의 모습은 세월의 무게 앞에 사그라졌다. 뇌출혈로 쓰러진 어머니는 초점 잃은 눈에 마비된 몸으로 의사소통을 할 수 없었다. 그저 오른손만 무의식적으로 움직일 뿐이다. 불편한 호흡을 도와주는 조그만 산소호흡기, 배를 천공하여 위장으로 직접 유동식을 공급하는 식도관, 소변줄과 소변통, 그리고 팔이나 발에 약을 투입하기 위한 링거줄 등을 주렁주렁 매달고 찾아온 사람을 아는지 모르는지 그저 먼산바라기만 하셨다. 그나마 움직이는 한 손으로 식도관이나 호흡기 줄을 무의식적으로 잡아채고, 가려운 부분을 무작정 긁어 상처를 내어 곤욕을 치르기도 하였다. 당신의 몸이 괴로워서 무의식적으로 움직이던 오른팔을 침상에 묶어 놓으니 산채로 고문당하는 것이나 다름이 없었다. 이미 삼 년째 서울의 큰 병원을 전전하였지만 조금도 좋아지지 않았다. 거의 식물인간이 되었고, 몇 차례의 폐렴으로 죽음의 위기에서 우리는 가슴을 졸여야만 했다.

　노인전문병원으로 모신 후 나는 처음으로 어머니를 목욕시켜드렸다. 아들로서 나이가 오십 넘도록 어머니 등도 긁어드리지 못한 죄송한 마음에서 용기를 내었다. 이미 말라버린 어머니의 젖가슴은 여인의 가슴이 아니었다. 전쟁의 배곯음에서도 힘차게 배에 힘주고 아들을 낳았던 골반과 허벅지 살은 죽어 비틀어진 고목 둥치와 마른 장작 모양으로 변해버렸다. 솟구치는 울음을 삼켜가며 나는 샤워기 물줄기에 내 얼굴을 갖다

대었다.

   햇살이 기우는 오후, 산책길을 나서니 오랫동안 보지 못했던 분꽃이 골목길 어귀에 옹기종기 피어있다. 아직 입을 다물고 있는 꽃봉오리와 진분홍을 활짝 드러낸 꽃들이 마치 저녁 식사를 준비하고 우리 남매들을 기다리던 어릴 적 모습을 떠올려 새삼 눈시울이 뜨뜻하게 젖어온다. 그렇게 회오리치던 바람과 칙칙하게 달라붙던 빗물도 달빛이 소복한 저녁 마루에 앉아 가지와 꽃이 무성하게 번 분꽃을 바라보며 얼굴 가득 웃음을 담아내시던 어머니, 이젠 회억 속에서나 끄집어내야 한다.

만남

문자가 왔다. 동현은 한국을 찾을 때 늘 문자부터 보낸다. 지난달 그의 형 동인과 함께 한국에 오겠다고 했다. 몸이 아픈 동인은 한국에 와도 서울에서 투석할 거라고 했다. 동현은 한국 여행이 처음인 동인과 함께 한국의 고종사촌인 우릴 만나려고 비행기로 바다를 건넜다. 퇴직한 지 이삼 년 정도 된 동인은 전에는 직장 일로, 지금은 투병 중이어서 한국에 오는 일이 쉽지 않았다.

칠 년 전부터 일주일에 세 번 투석해왔고 사 년 전에는 혈관 확장 수술로 여행은 꿈조차 꾸지 못했다고 했다. 나보다 여섯 살 아래인 동인은 90kg이 넘던 몸이 이제는 65kg으로 줄고 나이 든 노인처럼 보였다. 힘들어도 한국에 꼭 찾아오고 싶었던 모양이다.

일본에서 결혼하신 어머니는 해방 직후 현해탄을 건너와 대전에 정착하셨다. 그 후로 만나지 못했던 일본의 가족들을 회갑이 넘어서야 찾아가셨다. 나는 어머니나 누나 그리고 우리 가족과 함께 가끔씩 일본을 찾아 외가 식구들을 만났다. 어머니가 뇌출혈로 쓰러져 누워계실 때, 외가에서는 동현이 외숙부 내외를 모시고 찾아왔다.

누나와 함께 우리 가족이 일본을 방문하였을 때 외가의 사촌들이 모두 환대해주었고, 사촌들은 번갈아 가며 오사카, 나라, 교토 등 명승지를 구경시켜주던 일이 잊히지 않는다.

오사카의 랜드마크 오사카성은 지붕의 용마루 끝에 얹은 금빛 물고기와 성의 곳곳에 장신구들이 금빛으로 장식하여 화려해 보였다. 불타서 새로 보수 공사했다는 성 내부에서 엘리베이터를 타는 기분이 묘했다. 외부에서 보이는 성은 옛 모습이련만 현대식으로 바뀐 내부는 묘한 감정을 일으킨다. 옛 문화제는 옛 모습 그대로 남아있어야 한다는 내 생각을 완전히 깨뜨린 사건이었다. 높은 곳을 오르내리던 옛사람들의 노고를 잊는 것은 아닌지 하는 생각은 들지만, 힘들지 않아 좋기는 했다.

일곱 형제인 외사촌 중에서 넷째이며 장녀인 동연이 우리를 나라로 안내해주었다. 도다이지東大寺로 가는 길에 있는 나라공원은 이곳에 사는 이삼백 마리의 사슴들이 나무 아래 앉아 한가롭게 쉬기도 하고 잔디밭을 어슬렁거리며 즐기는 모습이 신기하였다. 공원의 산책길에는 관광객 주변으로 사슴들이 모여 사람들이 주는 먹이를 먹기도 한다. 우리 앞으로 다가온 사슴이 귀여워 보고 있는데, 갑자기 뒤에서 사슴 한 마리가 아내를 입으로 툭 밀어젖힌다. 아내는 깜짝 놀랐고, 딸은 겁에 질려했다. 손에 들고 있는 종이봉투 때문이라며 동연이 웃는다. 종이가 사슴의 좋은 먹잇감이라고 설명해주는 것이었다.

　도다이지는 바로 공원 옆에 있었는데 절은 모습부터 웅장했다. 동쪽의 큰 절이라는 뜻인지는 몰라도 우리말로는 동대사이다. 이 절은 못을 전혀 사용하지 않고 지었다고 했다. 도다이지를 배경으로 우리는 사진을 몇 컷 찍었다. 딸과 함께 서 있는 동연의 아들 현수가 듬직하게 보인다. 현수와 우리 딸은 동갑이라고 했다. 나와 동연도 동갑이고 그래서인지 그들에게 정이 더욱 깊게 느껴졌던 날이었다.
　도다이지는 불상이 거대하여 절 안으로 들어서는 순간 압도당하였다. 이 거대한 청동 불상을 그 옛날 어떻게 주조했는지 궁금해하고 있는데, 대들보를 받치는 굵은 기둥 밑에 뚫어놓은 구멍으로 아이들이 기어서 들어가고 빠져나오며 도다이지 방문 기념행사라도 하듯 재밌어한다. 뚱뚱한 사람이나 어른들은 통과하질 못했다. 이 구멍을 통과하면 일 년의 액운을 면할 수 있다고 하여 그런 놀이를 하는 아이들도, 바라보는 사람들도 모두 즐거워한다.
　우리는 절 안의 휴게소에 들어가 동연이 만들어 온 도시락으로 간단한 요기를 하였다. 생선을 넣어 만든 김밥이 차게 식었지만 자르지 않은 김밥을 손으로 쥐고 맛있게 먹었던 기억도 난다. 자르지 않은 김밥은 상대와 관계를 끊지 않겠다는 뜻이라고 한다.

오사카에서 동연과 함께 오코노미야키를 먹기 위해 가게 앞에서 줄을 섰다. 마침 점심시간이어서 한참 순번을 기다리다 자리에 앉을 수 있었다. 철판 위에 푸짐하게 쌓아놓은 식재료로 더욱 구미가 당겼다. 동연이 재료를 적당히 섞고 익혀 먹기 좋게 만들어주었다. 그 맛을 아내는 아직도 기억하며 가끔 이야기한다. 우리를 정겹게 접대해주던 곱상한 동갑내기 사촌도 이제는 한참 할머니가 됐겠지?

교토의 기요미즈데라清水寺도 갔었다. 그때는 그 집 막내딸 동선이 동행하였다. 교토는 오랫동안 일본의 수도여서 그런지 도착하는 순간 일본 고유의 느낌이 확 닿는다. 길에 늘어선 일반 가옥과 가게들이 일본의 문화 유적 도시답게 일본의 옛 모습으로 잘 보존되어 있었다. 마치 영화 세트장에 온 기분이다.

일본 가옥의 식당에서 점심을 먹고 기요미즈데라로 오르는 좁은 길을 따라 올라갔다. 이 좁은 언덕길은 기요미즈데라 참배의 길이라 불리는데 좌우로 기념품과 일본 양과자를 파는 일본 가옥들이 길게 늘어서 있었다. 이 길을 걸으며 일본 사람들의 장사 수완에 감탄하였다. 일본 양과자는 우리 떡보다 오래 보관할 수 있도록 만들었으며 또한 일본다운 앙증맞은 디자인과 세련된 포장으로 사지 않을 수 없도록 만들었다. 조그만 물건에도 예쁘게 일본의 특징을 넣어 상점 매대에 보기 좋게 전시하여서 이 가게 저 가게 기웃거리며 구경하는 재미도 있었다.

언덕길을 올라가면 기요미즈데라의 붉은색 출입문仁王門이 나오고 조금 더 올라가니 높은 삼층탑이 보인다. 교토 시내에서도 보이는 탑이라고 한다. 천년이 넘는 절이 깊은 산 속에 은둔해 있지 않고 사람들과 가깝게 있어 우리와는 다르게 보였다. 절은 웅장한 모습으로 아래쪽 민가를 살펴보는 듯 보였다. 동선과 함께 샘물을 불상에 끼얹으며 소원도 빌고, 머리 위에서 수돗물처럼 떨어지는 맑은 샘물을 긴 국자로 손을 뻗어 받아 마시기도 했다. 이물을 받아 마시면 건강해진다고 사람들이 줄을 서서 차례를 기다리고 있었다.

재일교포 대부분은 과거 일제강점기에 어려운 생계를 타개하고자 일자리를 찾아서 일본으로 갔지만 그곳에서도 어려운 생활은 그대로였다. 해방 후 남북한의 이데올로기로 출입이 가로막혔고, 일본의 차별로 일자리 구하기 힘든 사람들이 많았다. 그렇게 생계에 전전긍긍하느라 가까운 친척마저 찾아보는 일이 쉽지 않았다.

한국에서의 짧은 며칠이지만 서울에서 세 번의 투석을 하며 한국 나들이하는 걸 보니 핏줄의 뿌리가 얼마나 깊은지 다시 생각하게 됐다. 부여에 다녀오기로 했지만, 눈과 비가 내리는 궂은 날씨로 가지 못했다. 이런 기회가 자주 있을 것 같지도 않은데 잘해주지 못해 아쉽고 마음이 편치 않았다. 연락이라도 자주 해야겠다.

노모의 울음

그때도 모두 모인 날이었다. 장인어른의 웃음소리가 호탕하셨고 장모님은 조용히 식구들의 시중을 들며 즐거워하셨다. 장인어른의 칠순에 슬하의 칠 남매가 다 함께 즐겁게 웃음꽃을 피웠다. 다음날 현관 앞 계단에서 함께 사진을 찍고 아쉬워하며 헤어졌다.

얼마 후 장인은 암으로 병원에 입원하셨고, 나는 문병 차 병원에 찾아갔을 때 그때 찍은 사진을 액자에 넣어 가져갔다. 장모님은 장인어른을 간병하신지 벌써 두 달 가까이 되었다. 당신이 수발하시겠다고 서울로 올라와 병원에서 숙식하며 잠시도 장인어른 곁을 떠나질 않았다. 온종일 환자 곁에서 다정하게 챙겨주는 쪽찐 머리의 할머니가 젊은 사람 못지않게 간병을 하시며 하나도 피곤하지 않다는 말씀에 놀랐다. 그러나 행여 간병을 하다 몸이라도 상할까 안쓰럽기도 하고, 불효자식을 두었다고 다른 사람들로부터 오해라도 받을까 은근히 송구스러운 마음이 들기도 하였다.

가져간 사진을 드리자 장모님은 피로한 기색도 없이 바로 그날을 기억하며, 거친 손으로 사진 속의 얼굴들을 쓰다듬는다. 손자들 모두 활짝 웃고 즐거워하는 사진 속에 빠진 자식이 없는지 그들의 표정에서 사는 모습을 읽어내며 함께 있는 듯 흐뭇해하신다. 초췌한 장인어른이 가까스로 몸을 움직이며 혼자만 좋아하지 말고 함께 보자며 참견하신다. 병문안을 가기 전 병환으로 심란하신 줄 알았는데 의외로 담담하고 평화로운 모습이어서 놀랐다. 두 분의 다감한 표정에 나는 안심하면서도 슬픈 마음을 안게 되었다. 고개를 드니 병실에 길게 드리워진 햇빛이 사그라지고 있었다.

"어머니는 언제 오시나?" 하며 처가 형제들이 산소 아래 소류지 공원에서 오리 모양으로 목을 빼고 기다리고 있다. 아흔여덟의 연세에 성치 않은 몸으로 걸음도 잘 걷지 못하셔서 성묘는 어렵다. 그래도 '올해가 마지막이 될지 모르니 산 아래만이라도 가겠다.'며 무리하여 오신 길이 몇 년째다. 차 한 대가 보이면 모두 목을 빼고 쳐다보기를 몇 차례, 드디어 장모님이 지팡이를 앞세우고 가까스로 차에서 부축받고 내리신다. 딸들과 사위들이 달려가 에워싸고는 뭐 하러 힘들게 오셨냐는 둥, 잘 오셨다는 둥, 산에 올라가도 끄떡없으시겠다는 둥 와글와글한다. 쉽지 않은 나들이에 모든 자식을 한꺼번에 볼 수 있어 그런지 연신 반가워하며 미소가 함빡 담긴 표정이시다. 힘겨운 걸음으로 소류지 공원에 건너와 앉으신 장모님과 팔순을 바라보는 큰동서를 남긴 채 자식 내외 모두는 산소에 올라 성묘하고 내려왔다.

　매년 시월, 하늘이 열린 날을 정하여 온 가족이 성묘하는 날로 정하였다. 장인어른이 돌아가신 후부터 정하였으니 이십 사오 년은 넘을 것이다. 무슨 일이 있어도 그날만은 참석하는 것이 가족의 불문율이다. 가족뿐만 아니라 친척들도 참석하는 해에는 삼십여 명이 넘기도 하였다. 오늘은 칠 남매 내외가 모두 참석하고 장모님과 처당숙이 계시니 열여섯이다.

　경치 좋은 소류지 옆 식당에 모여 앉으니 꽉 차는 것이 넉넉해 보여 좋다. 둘째 동서가 혼사를 잘 치러서 좋다 하고, 처당숙 어른의 구수한 입담으로 모두가 함박웃음이 쏟아졌다. 그러나 장모님은 별말씀이 없으신 채 묵묵히 계시니 덕담 한마디 하시라고 작은 처남이 권한다. "이렇게 너희들을 빠짐없이 볼 수 있어 더 이상 좋을 수가 없어, 그런데 너희 아버지가 나를 빨리 데려갔으면 좋겠어." 이 말씀을 하시고 허공만을 응시하신 채 미동도 안 하신다. 자리엔 깊은 침묵이 깃들었다. 옆자리의 만처형이 손을 꼭 잡아드린다.

　지금도 눈 밝고 귀 밝아 일견 건강해 보이시나, 근년에 들어 외로움이 노환의 몸속을 깊이 파고드는지 괴로워하신다. 같이 울고 웃던 동기간이나 친척들을 모두 떠나보내고, 함께 삶을 나누어야 하는 자식도 옛날 같지 않게 모두 바쁘니, 보고 싶을 때 쉽게 만날 수 없어 외로운 섬에 홀로 계신 듯 쓸쓸해 하신다. 그래도 의연하게 버티시던 분이 근래에 감정 기복이 일어나는지 자식들에게 서러운 감정을 표현할 때도 있다. 몸이 아프고 연세가 들수록 장모님은 돌아가신 장인어른을 더 그리워하신다. 동고동락하시던 정을 결코 잊지 못하시는지 찾아뵐 때마다 장인어른 이야기를 부쩍 하시며, 매일 장인어른에게 가게 해달라고 하나님께 기도한다면서 좋았던 일들만 기억하신다.

한때 암울했던 인권유린과 반민주의 독재 시대에 큰처남은 민주화의 물꼬를 터야 한다고 몇 차례의 수배와 투옥을 당하였고 작은 처남마저 그런 일로 고초를 겪었다. 그즈음 농촌 부엌까지 들이닥친 형사들에게 받는 갖은 괴로움으로 옷고름 마를 날 없던 나날도 장모님은 장인어른이 계셨기에 '이런 일쯤이야!'하고 견디셨을 것이다. 장인어른과 함께 어둠 속의 깊은 숲과 수렁을 손을 맞잡고 건너오신 장모님이어서 더욱 애틋한 사부의 정이 한없이 묻어나온다.

식당에서 즐겁게 이야기를 끝내고 밖으로 나왔다. 잘 꾸며진 정원으로 둘러싸인 건물 뒤로 소류지 윤슬이 반짝인다. 장모님은 지팡이에 겨우 몸을 의지하며 소류지 너머 산을 물끄러미 바라보신다. 산은 가을바람에도 아직 푸르렀다. 한 굽이 돌아가면 바로 예전에 살던 집과 산소가 있어 그 생각을 하시는지 꿈쩍도 안 하신다.

모두 장모님을 중심으로 둘러서니, 장모님은 흡족하신 것 같기도 하고, 서운하신 것 같기도 하였다. 각자 헤어지는 인사가 시작되었다. 여기저기서 '어머니 건강하세요.', '또 찾아뵙겠어요.', '안녕히 가세요.', '오래 사세요.' 하며 인사를 하자, 아흔여덟의 장모님은 울컥하는 소리를 삼키시려다 "으흐흥" 기어이 울음을 터트린다.

모녀다정

아내는 주섬주섬 몇 가지를 챙기곤 내일 오겠다며 문을 나선다. 장모의 건강이 전보다 좋지 않아졌기 때문이다. 아내를 비롯해 처가 형제들이 순번을 정하여 장모를 보살펴드리기로 한 것이다. 약도 드리고 음식도 잘 드시는지 건강은 며칠 새 이상은 없는지 수발들면서 이야기 상대가 되어주곤 한다. 아흔여덟의 연세에 경미하지만 치매가 왔다 하여 자식들은 당황하였고, 한 달포 전에는 가벼운 폐렴 증상으로 병원에 입원하여 식구들을 놀라게 하였다. 그래도 워낙 타고난 체질이 강건하신지 아직은 중한 증세가 아니어서 종전대로 생활하신다. 이즈음엔 자주 자식들을 부르고 곁에 함께 있기를 원하셔서 자식들이 당번을 정하여 장모님의 말벗도 해드리고 부족한 게 없는지 살펴보기로 하였다. 자식을 칠 남매나 두었으니 이럴 땐 큰 덕을 보는 셈이다.

여름꽃들이 이글거리는 열기를 온몸으로 받으며 가지 끝에서 꽃을 밀어내는 7월이 오면 배롱나무가 생각난다. 이제 곧 붉게 피기 시작할 일명 목백일홍. 작은 꽃들이 원추형으로 차례차례 피면서 몽실몽실하게 백일 동안 피워낸다. 치맛자락 주름지듯 6개의 작은 꽃잎들이 노란 수술들을 감싸 안은 채 꽃 무더기를 이루며 나무의 푸른 잎 사이사이에서 우아한 자태로 피어오른다. 뜨거운 한여름에 피는 꽃들의 강렬함보다는 다소 곳하니 여유로움을 느끼게 해주는 나무다. 나무줄기는 휘어지면서 크고, 가지가 많이 번다. 단단해 보이는 배롱나무의 줄기는 수피가 벗겨져 매끄럽고 하얀 속살을 드러내 맑고 결 곧은 장모님 같아 보인다. 한 세기의 질곡 속에 가지만큼 많은 식구와 일가들을 보듬어 왔던 삶이다.

아내와 함께 지난번 찾아뵈었다. 병원에서 퇴원한 지 얼마 지나지 않아 걱정도 되었고, 잘 다독여주고 응원해주지 못한 아내에게도 미안하기도 했다. 장모님은 몇 번씩이나 "애미를 나에게 자주 오게 해서 미안하네."라고 말씀하시는 것이었다. "돌아가신 장인은 내가 어디 가는 것을 싫어하셨어. 항상 같이 있으려고만 했지."하며 미안해하셔서 오히려 내가 송구스러웠다. 아직도 소녀 같은 티가 그 연세에도 느껴지는 데 가끔씩 기억이 사라지고 엉뚱한 생각이 든다는 것을 전혀 생각할 수 없었다. 아내와 장모님은 끊임없이 이야기한다. 원래 아내는 말을 많이 하는 편이 아니지만, 장모님이 궁금한 것이 많은지 이런저런 것을 물어보면 기분에 맞춰 응대하느라 끝없이 이야기한다. 집안 소소한 것에 대해서 이렇게 저렇게 해야 하느니, 빨리 손녀가 결혼했으면 좋겠다느니, 그동안 바빴지만 지금이라도 여행도 다니라고 하며 하실 말씀을 다 하신다. 조곤조곤 하시는 이야기가 그야말로 배롱나무의 소담스런 꽃송이를 피워내는 것 같다. 저 깊은 땅속의 물기를 뿌리에서 줄기와 가지로 뽑아 올려 잎과 꽃으로 트이듯 이야기를 이어간다.

아내는 어려서 엄마 치마꼬리를 붙잡고 살았다고 한다. 밭매러 가거나 물 길러 갈 때도 엄마 치마꼬리를 놓칠라치면 울어버리곤 하였단다. 아마도 학교에 일찍 보낸 것은 어쩌면 귀찮아서 그랬을지도 모른다고 지금도 궁금해한다. 그럴 리는 없겠지만 한 번쯤 농으로라도 물어보지 못한 건 대답 듣는 자신이 서운할지 모르겠다는 어린 시절의 연민 때문이었다고. 여고 시절 가정 실습시간에 엄마를 학교에 모실 때면 쪽 찐 머리에 늙어 보이는 모습이 다른 어머니들에 비해 왠지 초라해 보여 서글펐다고, 그러나 이제는 그 당시 그런 생각을 한 것이 죄송하다고. 그래도 꼿꼿하게 오래 살아계셔서 자식들이랑 많은 이야기를 할 수 있어서 얼마나 좋은지 모르겠다고. 장모님은 너희들이 잘 커 줘서 이렇게 호강 받고 있는데, 어렵던 시절을 지내고 호강 한번 해보지 못하고 먼저 가신 장인어른이 안타깝다며 잊지 못하는 순정을 토로하며 아내와 서로 눈시울을 붉혔다. 먼저 가신 장인에게 가게 해 달라고 매일 간절하게 기도하고 있다며 창 너머 서산의 붉어지는 하늘빛을 촉촉한 눈으로 바라보신다.

황혼의 노을이 더욱 아름다운 것은 하늘이 맑아서가 아니라, 바람으로 흩날린 구름 사이사이로 사라지는 태양의 잔영이 짙게 묻어나기 때문이다. 당신의 깊은 눈 속엔 아득했던 날들의 붉은 노을이 담겨 있다.

꽃꽂이

　거실에 목련꽃이 피었다. 하얀색 서너 송이와 자주색 한 송이가 기다란 나무줄기 끝에서 의젓한 자태를 뽐내고 있다. 상큼한 느낌으로 잔잔하게 무리 진 산수유가 노란 별처럼 만개하였다. 가지가 들쭉날쭉하긴 하여도 1~2미터 정도 되고, 화병을 누런 포장지로 자연스럽게 감싸 대충 담아 놓은 것 같아도 제법 멋도 있고 목련꽃 향기가 은은하여 봄의 정취가 느껴진다.

　그제 저녁에 서울에서 직장을 다니는 딸이 얼굴이 보이지 않을 만큼 꽃을 한 아름 안고 집에 왔다. 꽃꽂이할 꽃과 재료들이란다. 지난번 대전 꽃가게에서 꽃을 보았더니 꽃 종류도 적고 가격도 비싸 이번에는 집에 내려올 때 아예 강남 꽃시장에서 꽃을 사 온 것이다. 지난번에도 친구의 행사에 갖다준다고 꽃을 사다 집에서 꽃꽂이하느라 분주하더니, 이번에는 외할머니 생신 꽃바구니를 만들 거란다.

부지런하여 좋기는 하다만, 피곤할 땐 쉬었으면 하는 것이 부모의 바람이지만 딸의 마음은 그렇지 않은 모양이다. 보통 한 달에 두 번씩 내려오는 길에 친구들과 약속이나 일을 만들어 내려오니 항상 바쁘다. 이제는 친구들도 거의 결혼하였음에도 업무 출장 겸, 집들이, 친구의 임신 축하, 아이 돌 축하 등으로 여전히 바쁘다. 딸의 모습에서 나의 젊은 시절이 오버랩되며 그땐 늘 바빴지 하는 기억이 되살아난다. 딸이 취미를 살려 꽂은 꽃을 보며 계절의 변화를 잘 느끼는 것 같아 풍부한 감성을 가진 딸이라는 생각이 든다. 부모로서 딸이 세월에 걸맞게 자기 감성을 잘 표현하며 살기를 기대해 본다.

장미꽃, 산수유가지, 목련가지와 다른 꽃 재료들을 거실 바닥에 한가득 펼쳐놓고 꽃꽂이를 시작한다. 꽃으로 두 바구니 정도를 만들 거란다. 바구니를 갖다 놓고 이런 모양 저런 모양으로 꾸미니 한 바구니에 꽃이 거의 다 들어가 엄마에게 선물하려던 다른 바구니에는 꽃이 모자랐다. 예쁘게 만들다 보니 꽃이 많이 들어간 것이다. 그렇게 완성되고 남은 자투리 꽃 몇 송이는 화병에 꽂아 장식하였다. 딸은 엄마가 서운할까 하여 슬그머니 쳐다본다. 그래도 아내는 친정어머니에게 갖다 드릴 꽃바구니가 풍성하고 예쁘다며 딸이 직접 만들어주니 좋아한다. 아직도 바닥에는 피지 않은 봄꽃들이 한 무더기 널려있었다. 밤늦게까지 산수유와 목련 가지를 정리하여 꽃꽂이를 마치니 자정을 넘겼다.

어제는 햇볕 가득한 거실에서 산수유 가지에 살짝 노란 꽃망울이 터지려 하고 있었다. 작은 꽃잎이 막 벌어지는 산수유꽃과 막 껍질을 떨구며 벌어지는 목련들이 한 폭의 수채화 같다. 목련꽃 봉우리를 솜털로 감싸던 꽃 껍질이 두세 개 거실 바닥에 떨어졌다. 자연스러운 아름다움이 연출되었다. 가녀린 꽃봉오리가 커지면서 겨우 내내 따뜻한 솜털로 감싸왔던 딱딱한 껍질을 벗고 나오는 것이다. 껍질을 벗고 새 세상에 자신을 드러내어 뽐내고 싶은 이 봄에 좋은 일이 가득할 거라는 희망을 품어 본다.
점심을 먹고 서울로 떠나는 딸을 마중하고 온 아내는 서운한 듯 커진 꽃봉오리를 바라보며 순식간에 꽃들이 이렇게 클 수 있다며 신기해한다. 활짝 피기 전 꽃봉오리가 터져 피어나는 모습에서 잠시 깊은 감흥에 빠져든 듯하다.

저녁에 장모님의 생신 모임에 꽃바구니와 떡을 가지고 떠났다. 올해 나이가 100세이시고 자식들 모두 건강하니 축하할 일이다. 내년에는 만으로 100세가 되시니 큰 잔치를 벌이겠다고 한다. 외할머니를 위해 꽃바구니를 만들고도 할머니를 뵙지 못해 아쉬워하며 떠난 딸이 세월의 순리에 따라 꽃 피우며 행복한 삶을 살기를 빌어본다.
봄이 다가왔다.

은퇴한 가족에게
남은 것은

큰 처형댁으로 차를 몰았다. 5년 전 돌아가신 장모님을 추념하기 위해 처가 형제들이 모두 모이기 위해서다. 큰 처형이 가장 연장자이고 여든 중반에 들어서기도 하거니와 이제는 몸도 불편하여 어디 함께 가자고 하기가 어렵다. 큰 처형의 모습을 보노라면 지난날 장모님의 모습처럼 애처로울 때가 많다. 장모님은 우리가 성묘하기 위해 산소에 오를라치면 으레 걷기 힘든 몸으로 낙상이라도 할까 산 아래에서 쓸쓸히 혼자 기다리고 계시곤 하였다. 이제는 그 처형이 그 자리를 이어받고 계시다. 큰 처형도 자주 낙상하여 뼈가 부러지는 고생을 여러 번 겪은 터라 지금은 아예 산 아래에서 장모님처럼 성묘하고 내려오는 형제들을 기다리시는 게 일이다.

처제가 교육계 교사로 정년퇴직을 이제 두어 달 남겨두고 있으니 여든 중반이 된 큰 처형과 막내 처제의 나이 차는 이십여 년 넘게 차이가 나는 셈이다. 큰 처형이 학교에 처음 발령받아 갔을 때 막내 처제가 태어났다고 작은 처남이 말을 하자, 그럴 리가 없다면서도 형제들이 진짜 그랬었나 하고 햇수를 계산해보며 폭소를 터트렸다.

큰 처형도 교육계 교사로 사회생활을 시작하였으니 정년퇴직하는 교사의 직분을 바라보는 느낌이 남다를 수밖에 없어 보인다. 게다가 둘째 처형과 내 아내도 교사로 봉직하다 은퇴했으니 다섯 자매 중 네 명이 교육계에 종사하였다. 또 큰 처남도 한때 국가교육 정책을 관장하기도 하였으니 집안에서는 교사에 대한 자부심이 대단하다.

모두 막내 처제에 대해 이야기하는 동안 말없이 미소 짓는 막내의 얼굴에도 어느덧 세월의 흔적인 눈가의 잔주름이 도드라져 보인다. 자매 중 제일 예쁘고 피부가 좋아 보이는 얼굴이어서 드러난 주름이 생경하다. 식당에 모여 담소를 나누는 식구들은 막내 처제를 마지막으로 모두 생활 전선에서 은퇴하게 된다. 그래도 아직 남아있는 노후의 생활을 어떻게 해야 할 것인지, 그에 따라 남은 인생은 어떤 의미를 갖게 될 것인지, 말을 하지는 않았지만 각자 생각에 잠겨 있음을 느낄 수 있었다.

큰 처남이 최근에 어지럼증으로 병원에 입원하여 고생한 일이 있었다. 경동맥 협착증이라 하여 일종의 뇌경색 증상이었다고 했다. 다행히 병원에서 경동맥 스텐트를 설치하고 약물치료를 하면서 좋아졌다고 했다. 약주를 그렇게 좋아하시던 분이 이제는 뚝 끊고 지낸다고 하였다. 오늘 식사 차림으로 나온 황태찜에 소주 한 잔이 얼마나 그리웠을까? 큰 처남은 장모님이 백네 살까지 누리신 건강 체질이어서 어머니 체질을 이어받아 남들보다 건강한 몸이라고 자부해 왔다는 것이다. 그러나 이번 일로 어머니만큼 건강하지 않다는 것과 어머니처럼 오래 살지는 못할 거라고 말씀하신다. 큰 처남도 여든을 넘었으니 이제 건강을 장담할 수 없어 모두가 걱정이다.

둘째 처형은 지난해 낙상으로 허리를 다쳤고, 갑상선 암 수술로 힘들게 한해를 지내는 모습이 안타까웠지만, 이제는 건강해 보여 좋았다. 건강하다는 것은 어떤 병마가 닥쳐 고생스러워도 빠르게 회복하는 힘이기도 하다. 셋째 처형도 직장에서 퇴직하고 이제는 집에서 쉰다.

옆에서 큰 처남이 나에게 "그동안 마른 것 같아. 몸무게가 줄었지?" 하고 묻는다. "저도 이제 칠십이 되니 몸무게가 빠지고 조금씩 마르지요." 하고 나는 대답하였다. 자연히 어떻게 건강하게 지내야 하는지가 최대 관심사가 됐다.

은퇴한 사람들이 서로 만나면 가장 먼저 건강하냐고 묻는다. 그리고 요즘 무얼 하는지 빠지지 않고 물어온다. 살아가는데 먼저 건강해야만 여생을 어떻게 보내야 할지 생각할 수 있게 된다. 처가 식구들은 그 자리에서 여생을 어떻게 보낼지에 관한 이야기는 거의 하지 않았다. 이미 모두 은퇴한 적지 않은 나이기에 이래라저래라 훈수 두는 일은 이미 삼간 지 오래다.

앞으로의 시간은 각자의 시간이다. 제2의 인생도 이전의 삶처럼 개인적으로 개척해가야 의미 있고 행복한 여생을 마무리하게 된다.

사람들에게는 제일 먼저 '해야 하는 일', 그다음은 '할 수 있는 일' 그리고 마지막으로 '하고 싶은 일'이 있다. 세 가지 일이 모두 그 사람의 취향이나 소질에 맞아 한꺼번에 할 수 있는 사람은 행복한 사람이다. 주위의 찬사를 들으며 승승장구 노년까지 즐겁게 만족스러운 삶을 영위할 수 있는 사람이리라. 그러나 해야 하는 일이 있다면 어쩔 수 없지만, 그 일이 해결되면 우선 하고 싶은 일을 하면 좋을 것 같다는 생각이 든다. 하고 싶은 일을 하다 보면 할 수 있는 일인지 다시 말해 소질이 있는지 알 수 있게 되고 그 길로 매진하다 보면 성취의 기쁨도 따르기 마련이다. 자신이 좋아하는 일이어서 즐겁게 일 할 수 있다면 얼마나 좋을까. 그래도 위의 세 가지 일보다 더 중요한 일이 있다. '건강하게 사는 일'이다.

우리 앞에 놓인 여생이 점점 더 길어진다는데, 은퇴한 가족들이 좋아하는 일을 하며 건강하고 행복하게 살아갈 수 있기를 기원해본다.

괜찮으십니까?

대학원 동창들과 서울 강남에서 저녁 식사하였다. 6명 중 4명이 모였어도 한정식 식탁은 좁아 보였다. 참석하지 못한 사람은 나보다 나이가 10살이나 많아 내년에 80세가 되는 동창인데 건강이 좋지 않아 모임에 참석하지 못한다고 양해를 구했고, 또 한 사람은 4~5살 위의 형뻘인데 96세 모친께서 10여 일 식사도 하지 못하는 위중한 상황이라며 미안해했다. 병원에서 만일을 대비하라고 했다니 걱정이다. 자연히 식사 모임은 건강에 관한 이야기가 대부분이었다. 이제는 우리도 어떻게 될지 모르니 여생을 편안하게 보내려면 건강이 가장 중요하다는 데 모두 일치하였다.

서울 모임을 마치고 밤늦게 대전에 도착했다. 최근 중족골 통증으로 치료받고 있는 오른쪽 발이 아파 가까운 집까지 걷는 데 매우 불편하였다. 여기저기 몸이 고장이다. 연초에는 갑작스럽게 걷지도 못할 정도로 허리가 아팠는데 허리 디스크라고 한다. 병원에서는 수술하라는 것을 약물치료로 했으면 좋겠다고 사정하여 지금도 치료 중이다. 바로 얼마 전에는 입 안이 헐어 두 달 넘게 밥을 먹거나 양치할 때 힘들었다. 손은 방아쇠 수지라는 것으로 몇 년째 손가락이 잘 펴지지 않고 아파 불편을 겪고 있다. 눈은 백내장으로 몇 년 동안 고생 중이다. 또 최근에는 결막염이 자주 생겨 잘 보이지도 않고 눈물은 왜 이렇게 많이 흐르는지. 지난밤에는 다리에 나는 쥐로 지독한 경련을 세 번씩이나 겪었다. 종아리가 마치 돌덩이처럼 딱딱해지고 몹시 아팠다. 이미 1년도 넘게 진행되면서 점점 심해졌다. 그런가 하면 한밤중에 두세 차례 요의가 나를 잠들지 못하게 한다. 들썩이고 뒤척이느라 질 낮은 수면으로 늘 새벽 기상이다.

한 보름쯤 지난 어느 날, 식구들은 아침 9시 전에 모두 집에서 나갔다. 혼자 남아있는 시간을 서성거리다 9시 35분에 문을 나섰다. 목요일 오전마다 나는 동네 도서관에 가서 봉사활동을 한다. 〈온천마을 작은도서관〉은 집에서 10분 정도면 갈 수 있는 곳이다. 오늘의 일기예보는 날씨가 풀릴 거라고 했지만 그래도 나는 추운 게 싫어 든든히 옷을 챙겨 입고 털모자를 눌러쓰고 장갑을 끼고 작은 가방을 어깨에 들쳐 메었다.

유성천을 따라 설치된 나무 데크에 하얗게 서리가 내렸다. 겨울에 서리가 내리다니 웬 날씨가 변덕일까? 데크가 살얼음판처럼 미끄럽게 보인다.

며칠 전 처형이 눈길에서 낙상하여 손에는 깁스하였고 허리는 척추가 약간 내려앉아 통원 치료하고 있다고 했다. 갑자기 떠오른 그 생각에, '겨울에는 미끄러운 길은 조심해야 해'하고 마음을 잡으며 데크 위를 조심조심 걸었다.

몇 발자국 걷지 않아 몸이 휘청하고 미끄러지면서 뒤통수가 뺑 소리 날 정도로 바닥에 세게 부딪쳤다. 넘어지며 '윽!' 하는 비명까지 지른 것 같았고, 그렇게 까무러치듯 누운 채로 잠시 꼼짝할 수 없었다. 뒤통수가 얼얼하고 정신이 아득했다.

"아저씨, 괜찮으세요?" 하는 어느 여성의 놀란 듯한 목소리가 메아리처럼 들렸다. 나는 잠시 감겼던 눈을 게슴츠레 뜨고 누운 채로 아픈 머리를 만졌다. 깊숙이 눌러썼던 털모자는 벗겨졌는지 없었다. 몸을 웅크리고 일어나려 했으나 쉽지 않았다. 무언가 잡아야겠다는 생각이 든다. 겨우 데크 난간을 붙잡았고 간신히 일어나 앉았다.

한 아가씨가 모자를 주면서 "괜찮으세요?" 하고 다시 묻는다. 아가씨의 얼굴이 언뜻 보였다. 정신을 차려야겠다는 생각이 들지만 얼얼하고 어지러웠다. 순간적으로 뇌진탕이면 안 되는데 라는 생각이 들었다. 나는 어떻게든 정신 차려야 한다는 생각뿐이었다. "아저씨!"하고 또 부르며 곁에서 아가씨가 걱정하는 걸 느낄 수 있었다. "예, 고맙습니다."라는 감사 인사를 겨우 할 수 있었다. 넘어지며 심하게 부딪쳐 잠깐 비몽사몽 했어도 나를 빤히 바라보는 아가씨 얼굴이 눈앞에 크고 또렷하게 보였다. 그 순간 나는 아가씨 표정에서 진심으로 걱정하는 마음을 읽었다는 것은 나쁜 징조가 아닐 거라는 확신에 감사함이 밀려왔다.

그러고도 처음 몇 발자국은 어지러워 비틀거렸다. 간신히 내려선 아스팔트 길은 미끄럽지 않았다. 하지만 머리는 여전히 멍멍하였다. 그래도 오늘 봉사활동은 해야겠지, 조심해서 천천히 걸어야지 하며 도서관으로 발걸음을 천천히 뗐다.

저녁에 샤워하면서 고개를 숙이니 머리에 약간의 묵직한 통증을 느꼈고 부딪친 부위는 손으로 만지면 아팠다. 그래도 두툼한 털모자를 써서 다행이었어, 편안히 자고 나면 좋아질 거야, 하며 스스로 위로하였다.

늘 조심한다고 해도 이런 사고는 예측하지 못하는 사이에 발생하는 것이어서 마음대로는 안되는 모양이다.

그리고 다시 도서관에 봉사하러 가는 목요일, 오늘은 양지로 조심스럽게 걷는다. 그때 넘어져 부딪친 머리가 일주일이 지난 지금도 손으로 누르면 아프다. 그 외 다른 증상이 없으니 더 조심하라는 경고로 알고 감사하며 도서관으로 향한다.

4부
마음에 남겨진 사람

수많은 말을 하지만

봉이 대전으로 우릴 찾아왔다. 대전역에서 마중하여 공주 마곡사로 가는 길에 종을 차에 태웠다. 한동안 서로 만나지 못해 이번에는 봉이 마음먹고 약속을 잡았다.

십여 년 전에 우리 곁을 먼저 떠난 만이와 함께 네 명은 학창 시절 방학이면 거의 매일 만나 이야기를 나눴다. 우리는 폼생폼사, 깡생깡사, 걸생걸사 다시 말하면 폼 잡고 살고, 깡으로 살고, 빌어먹으면서라도 살아야 한다는 기본 강령도 만들었다. 늘 하던 얘기 또 하고, 어디서 들은 얘기에 갸우뚱거리고, 가끔은 엉뚱한 얘기로 폭소를 터트리기도 하며 끝없는 말의 잔치를 벌였다. 그 덕에 서로의 형편과 마음까지도 속속들이 알게 되었다.

차는 내비게이션이 안내하는 대로 따라가고 있었다. 유성 톨게이트를 통과하여 고속도로로 들어섰다. 반가움을 표현하느라 차 안은 시끌벅적해졌다. 친구의 말에 경쟁이라도 하듯 소리의 톤을 높였다. 고속도로를 달리는 차의 엔진 소리와 타이어의 마찰 소리 그리고 맞부딪히는 바람 소리까지 섞여 소리의 난장이 되었다. 평소에 시끄럽게 들리던 내비게이션의 안내 소리마저 잘 들리지 않았다. 잠시 후 내비게이션이 차를 고속도로 밖으로 내몰았다. 그제야 나도 친구들도 차가 제 길로 가는 것이 아니라는 걸 알았다. 차는 대전 당진 고속도로 JC를 지나쳐버린 것이다. 십여 킬로미터도 달리지 않은 차가 북대전 톨게이트를 빠져나오자 우리는 어차피 바람을 쐬러 가는 길이니 유료 도로를 피해 시골 구경도 하며 느긋하게 가기로 했다.

마곡사 주차장에 도착하였다. "야, 주차장에 대지 말고 더 위로 가봐." 그렇게 마곡사 일주문 바로 앞의 식당에 주차하였다. 복 중 더위로 땡볕 아래 이삼백 미터 정도라도 덜 걸어보려는 심산이었다. 내리쬐는 볕의 기운이 너무 강해 운치 좋은 마곡천 옆 도로의 나무 그늘도 달구어진 오후의 기온을 당해내지 못하였다. 나뭇가지 늘어진 멋진 마곡천 길조차 열사의 길을 걷는 기분이었다. 이제는 친구들도 조금 말수가 적어졌다.

해탈문과 천왕문 서편으로 김시습이 머물렀던 영산전이 단아하게 자리 잡고 있었다. 세조가 김시습을 만나러 이곳을 찾아왔으나, 두 사람은 얼굴을 마주하지 못했고 세조는 타고 온 가마를 이곳에 버려두고 가버렸다. 사찰을 떠나는 왕의 마음은 어떠했을까? 왕에게 친구가 있기는 했을까? 세조는 왕위 찬탈을 불의로 여기고 팔도를 방랑하던 조선의 천재를 왜 만나려 했을까? 정치만을 앞세운 사람들에 둘러싸인 적막한 자신을 보았으리라. 의심 가득한 주위를 물리치고 김시습을 만나 어떤 말이라도 진정한 한마디를 들어보고 싶었을 것이다.

일주문에서 해탈문에 이르는 길은 속세의 번민을 벗어버리는 길이다. 그러나 지금 이 길에서는 염천의 볕으로 흥건해져 오는 땀을 식힐 수 있는 시원한 바람 한 줄기를 바라는 마음뿐이다. 이것도 번민이겠지? 이렇게 버리기 어려운 번민을 마법처럼 한마디 말로 없애버릴 수 있다면 얼마나 좋을까 하는 생뚱맞은 생각을 해본다.

해탈문의 무거운 팔작지붕을 떠받치는 기둥 아래에는 자연석인 주춧돌 위에 여러 개의 주먹만 한 돌들이 괴어있었다. 세상에! 이런 주춧돌로 이 해탈문을 온전히 지탱할 수 있을까 하는 의구심이 생기는데 이게 덤벙주춧돌이란다. 주춧돌의 모양대로 기둥 밑을 파내고 깎아내어 아귀를 맞춤(그렝이질)으로써 오히려 흔들리지 않고 더 튼튼하게 안전한 집을 지을 수 있다고 한다. 그렝이질은 말이나 논리보다 현장에서의 실력이 더 중요한 것으로 보이지 않는 요철을 서로 아귀 맞춤하여 더욱 공고하게 하는 것이다.

우리는 세상일에 속을 모르면서 겉으로만 보고 의심하며 불안해하고, 또 어떤 때는 그럴싸한 허세에 깜박 속기도 한다. 보이고 들리는 생각과 행위 속에서 보이지 않는 진실을 찾는 것이 중요함을 덤벙주춧돌이 가르

처준다.

또 울퉁불퉁한 자연석처럼 성격이 별난 친구라도 서로 맞춰주고 감싸는 것이 우정을 깊게 하는 거라고 말없이 일러주는 것 같기도 하다. 요즘 뾰족해진 나에게 하는 이야기가 아닐까 하는 생각이 든다.

비로자나불을 모신 대광보전 옆에 새로운 석상이 놓였다. '백제 금동 관음보살 입상'이다. 높이 28cm의 작은 금동 상을 2m 정도 크기로 세워 놓았다. '백제의 미소' 중 최고의 걸작으로 일컬어지는 불상이다. 1907년 부여에서 농부가 밭을 갈다 발견하여 일본인 손에 들어간 뒤 행방이 묘연해졌다가 근래에 중국인의 손에 들어간 불상이 경매에 부쳐질 거라고 했다. 발견했을 때 찍은 세밀한 사진에서 어느 조각에서도 볼 수 없는 아름다운 미소를 보고 나는 감격한 일이 있었다. 이런 극치의 미를 자랑하는 미소가 백제의 미소라니! 흉금을 자연스럽게 모두 털어놓아야 할 것 같은 미소, 속세의 번민을 모두 벗어버린 듯한 미소가 나를 평화로운 세계에 빠져들게 하였다. 아, 부처님 염화시중의 미소가 그랬을 것이라고 짐작해본다. 말을 하지 않아도 마음에서 마음으로 통하는 미소다.

우리는 수많은 말을 한다. 그 속에는 진정한 말도 있고, 허황한 말도 있다. 말로 모든 걸 전하는 것은 아니다. 그럴싸한 명분으로도 설득하지 못한 말은 마음을 얻지 못한다는 걸, 거친 말에도 드러나지 않은 진실이 있다는 걸, 말이 없는 미소로도 마음을 전할 수 있다는 걸 우리는 깨닫는다. 삼복에 마곡사를 찾은 보람이 있구나 싶다.

야들

그 사이 잠이 들었다니 당황스러웠다. 시계는 두 시 반을 가리키고 있었다. 두 시간 반이나 늦추어진 점심 약속 때문이라고 변명할 수밖에 없다. 점심도 아니고 저녁도 아닌 시간에 우리는 고깃집에서 만나기로 했다. 열두 시에 나는 집에서 간단한 요기를 하고 소파에 앉았다. 새벽 네 시 전에 일어나 아침 산책까지 다녀와서 그런지 온몸이 나른하고 잠이 쏟아졌다.

지금쯤 친구들이 모였을 텐데 이제야 집을 나서다니 그 친구들에게 면목이 서지 않았다. 특히 그중 한 친구는 만난 지 십여 년이 넘는 것 같았다. 아마도 우리 어머니 초상 때 조문하러 온 뒤로 못 만난 것 같다. 서둘러 전철 타러 가는 길에 전화벨이 울린다. 늦어져 미안하다고 양해를 구했다. 으레 먼저 약속 장소에 도착해 기다리는 게 내 습관인데, 낮잠 때문이라니 오늘은 나 자신이 어이가 없었다. 이렇게 서두를 때는 헤매기까지 한다. 약속 장소를 한참 지나치고는 되돌아와서야 겨우 식당에 들어섰다.

우리는 대학 때 전공 과는 달라도 교련 시간에 함께 만났다. 그 시간이 끝나면 교련복을 입은 채 곧장 선술집으로 향했다. 동물 농장의 동물처럼 시끌벅적거렸고, 길거리를 광야 삼아 헤매고 다녔다. 막걸리값이 부족하면 시계는 말할 것도 없고 공학 계산기까지 전당포에 맡겼다. 지금 생각하면 철없고 가난한 학생들이었지만 무언가 할 일도, 할 말도 많고, 때때로 조심스러운 시국에 대한 투쟁적인 언사마저 쏟아내던 시절이었다.

어느 날엔가 담배 연기 자욱한 다방 한구석에서 우리는 무슨 결사체인 양 모임의 이름을 정하자고 했다. 광야라는 뜻으로 '야들'이라 모임명을 정했더니 그럴싸하여 각자의 별명을 동물로 정하였다. 야우(좌충우돌 들이받는 들소), 야마(구속받기 싫어 냅다 달리는 야생마), 야돈(탐욕스럽게 먹을 걸 챙기는 멧돼지), 야린(키 크고 실속 없는 기린), 야호(호시탐탐 남을 노리는 호랑이), 야웅(심술부리지 않고는 성이 차지 않는 곰)이라 짓고 나니 푸른 초원을 흐르는 조그만 강이 거대한 폭포가 되어 웅장해지는 판타지 속의 여섯 주인공 같았다.

결혼하고도 동부인하여 아이들과 함께 여행도 다니고 집에서 모임도 했다. 그러나 끈끈하게 맺어진 야들의 광야에 바람이 거세게 불어닥쳐 하나둘 흩어지기 시작했다. 마치 세렝게티의 건기에 푸석거리는 대지에 뿌연 흙먼지를 일으키며 사라지는 동물처럼 강을 찾아 떠났다. 떠났지만 십여 년 만에 고향으로 돌아온 친구, 돌아왔다가는 다시 떠난 친구, 아직도 돌아오지 않아 소식을 모르는 친구, 좌우 안 보고 언론사 일만 하던 친구, 흐르는 물길 따라 임지로 떠나던 친구, 그렇게 친구들은 흩어져 살며 쉽게 만나지 못한 채 오랜 세월이 흘렀다.

일흔이라는 나이에 정말로 오랜만에 모였다. 미국으로 이민 간 두 사람은 아예 연락이 끊겨 볼 수 없었다. 이렇게 긴 세월 그냥 지나면 빈 주머니 속 먼지 뭉치같이 쓸데없는 과거만 남을 텐데. 모두 모였으면 지난 이야기들이 좋은 추억거리가 되어 식당 지붕이 들썩였을 텐데 하는 아쉬움이 남는다. 야웅, 야호가 없어도 야우, 야돈, 야마, 야린 넷도 할 말이 많았던 모양이다. 경쟁하듯 높아진 톤으로 서로 먼저 이야기하려 광야를 달리고 있었다. 그리고 야들은 아직도 할 일이 많은 모양이다.

야돈은 바로 얼마 전 '빗방울이 만드는 동그라미는'라는 시가 '2024 글로벌경제신문 시니어 신춘문예 대전'에 당선작으로 선정되었다고 했다. 한자가 아닌 이두로 해석한 천부경에서 우리말의 'ㅇ'을 발상의 테마로 시를 지었다고 설명했다. 빗방울이 되어 물 위로 떨어지는 동그라미에서 우리말 'ㅇ'의 원천을 찾은 것이라고 했다. 그는 천부경이라는 글이 우리 민족에게 깊은 의미가 있다고 열변을 토했다. 하여튼 우리는 민족의 고대 경전과 같은 글에 대해 이해하지 못해 머쓱하기만 했다. 야마는 "다음 모임을 우리 집 서재를 내줄 테니 거기서 천부경 강의를 해줘라." 하였다.

지긋한 나이에 신춘문예에 당선된 야돈의 시 해설과 천부경에 대한 설명을 듣기로 하니, 다음 모임이 정해진 셈이다.

야마는 지방 방송사 사장까지 지냈고, 이제는 '위대한 저서 읽기 프로그램'으로 서양 고전 읽기를 사람들과 함께한다고 한다. 위대한 저서란 브리태니카 백과사전에 실려있는 51권의 위대한 저서(Great Books)로 이 전집에는 74명의 작가가 쓴 443편의 글이 수록되어 있다고 한다. '파이데이아 아카데미'라는 비영리단체가 운영하는 곳이다. '파이데이아(paideia)'는 그리스어로 '교양'을 의미한다. 플라톤은 인간이 저승에 갈 때 이승의 것들 중 하나만 가져갈 수 있는데, 그것이 바로 '파이데이아'라고 말했다고 한다. 지역의 문화와 교양을 향상하는 일에 끊임없이 노력하는 품격 있는 황혼기를 보내고 있다.

야우는 미국에서 자식들을 서부 지역의 유명 대학까지 졸업시키고 한국에 돌아왔다. 든든한 자식만큼 자랑스러운 것이 없다고 자식에 대한 자랑이 대단하다. 자식까지 한국에 돌아와 결혼하고 좋은 직장에 취직하였으니 인생의 절반 정도는 어쩌면 대부분 성공했다고 할 수 있을지 모른다. 그리고 오랜 미국 생활로 늦은 나이에 한국에 돌아와 잃어버린 생활 기반 때문에 어려울 것 같았던 생활 전선을 다시 회복했다. 각종 자격증으로 이 나이에도 사업에 바쁘다.

나, 야린은 내년에 수필집을 출판하고 싶다고 했다. 오랫동안 글을 쓰지 못했는데 작년 연말부터 쓴 글들이 책상 한옆에 한 묶음 쌓여있다. 앞으로 쓸 글들과 예전에 문예지에 실었던 글들을 모으면 가능할 것 같다. 문제는 얼마나 좋은 글을 낼 수 있느냐 하는 걱정이 든다.

수필은 시나 소설과 달리 허구의 글을 쓰지 않는다. 자신이 겪은 일이나 평소에 가진 생각을 정리하여 쓰는 것인데 기왕이면 문학적으로 잘 표현하면 훌륭한 수필이 되는 것이다. 자기의 생각과 행동을 글로 쓰는 일에는 제약이 많다. 창피한 일, 부끄러운 일, 잘못한 일 등 자신의 치부를 드러내고 싶지 않은 글을 써야 할 때가 있다. 곤혹스럽다고 해서 거짓으로 수필을 써서는 안 되지만 그렇다고 고해성사하듯 쓴 글을 모두 세상에 드러낼 것까지는 없다고 본다. 그런 고민 속에서 쓴 글이어서 수필이 오히려 가치가 있는 것은 아닐까?

낮에는 시간이 나는 대로 플루트를 연습한다. 육십 대 중반을 넘어서 배우기 시작해 잘 불지 못하지만, 플루트를 잡고 부노라면 시간은 훌쩍 지나가고 잡생각이 들지 않아 좋다. 소리는 사람의 감정을 좌우하는 힘이 있다. 그래서 고운 소리가 울려 퍼지면 마음도 고와진다. 조금 더 열심히 하면 더 좋은 소리가 나겠지 하는 희망으로 플루트를 불고 있다.

일흔이 넘었으니 나도 황혼에 접어들었다고 해야 하나? 저녁노을이 붉게 타오르고 서서히 보랏빛 하늘이 짙어지면 빈계산, 도덕봉, 삼불봉, 갑하산, 우산봉이 길게 늘어선 계룡산 산봉우리들이 신비롭고 웅장한 검은 자태로 다가온다. 그때마다 황혼이 이렇게 장엄하고 아름다울까 하고 감동하게 된다. 자연 속의 황혼은 늘 아름답다. 나의 그리고 우리의 황혼도 이렇게 아름다울 수 있기를.

친구 C

모처럼 친구들과 점심 식사를 함께했다. 자리를 마련한 J 그리고 H, T 그리고 나까지 네 명이다. 나는 근래에 사람들과 연락도 하지 않은 채 지내기 때문에 밖에서 식사하는 일이 거의 없었다. 오늘은 모처럼 바깥바람도 쐬고 활력도 찾는 것 같아 기분이 좋아졌다. 나는 그들과 만난 지 오래된 사이는 아니다. 그렇기는 해도 밖에 나가 활동하지 않는 나를 그들 사이에 끼워준 것만으로도 감사할 일이다. 친구를 사귀는 일은 우연이기도 하지만, 오래 만나다 보면 필연이었다는 생각이 든다. 친구 사이의 순수함과 진정성 때문일 것이다.

오늘 식사한 친구들과 각별한 사이였던 C이라는 친구가 있었다. 그는 우리 또래의 웬만한 사람들이 아는 마당발이었고 또 남의 고충도 잘 해결해주는 해결사이기도 했다. 그래서 주변에는 늘 사람들이 들끓었고 모임도 많았다. 술을 즐겼지만 다른 사람들보다는 별로 취하지 않았다.

그는 가끔 나에게 회식 모임에 함께 가자고 했지만 나는 새로운 모임을 좋아하지 않아 거절한 적이 많았다. 그러나 그 모임에는 내가 아는 사람들도 꽤 있어 그들이 어떻게 지내는지 근황을 그에게 묻기도 하였다. 가끔 궁금하다는 이유만으로 그들과 가까워지는 것이 쉽지 않았다.

나는 중년을 넘기면서 지인들과 거리가 생기고 서먹서먹해져 갔다. 사회적 인간관계에 대한 피로감이 일찍 찾아온 것 같았다. 만나는 모임마다 순수함보다는 다른 의도가 있을 것 같은 분위기에 쉽게 정을 주지 못했다. 그저 가깝지도 않으면서 사회생활에 유리하지 않을까 하는 이기적인 사교모임 같아 보였다. 그러다 보니 시원스레 속마음을 털어놓는다거나 깊은 우정을 쌓는 일이 거북스러웠다. 그렇게 친구 관계가 자연스럽게 멀어지고 모임들도 하나둘씩 나가지 않게 됐다.

그때는 일도 잘 풀리지 않았고 게다가 각별했던 몇몇 친구들이 세상을 떠난 일도 영향이 있었을지 모른다. 나는 대부분 모임은 거의 피하고 꼭 만날 사람만 개인적으로 한두 명씩 만나며 스스로 고립되어갔다.

어쩌면 C도 그런 사회적 피로감을 느끼고 있었는지 이전만큼 사람들을 많이 만나지는 않는 것 같았다. 그런데도 우리의 만남은 지속되었다. 내가 밖으로 잘 나가지 않으니 집으로 찾아오기도 하였다. 거의 술을 마시지 않는 나와 만날 때는 불편하기도 했을 터인데도 그는 자작 술 몇 잔에 남들에게 쉽게 하지 않을 속마음을 털어놓기도 하였다. 나이가 들면서, 그의 주변에 사람들이 보이지 않는 걸 느끼며 쓸쓸함이나 허무한 마음을 표현하기도 했다.

그 친구가 몸이 불편해지기 시작했다. 걱정이 많은 부인은 남편에게 가톨릭 영세를 받도록 했고, 나는 그 사실을 신부 친구에게 말하였다. 신부는 그 친구가 투병 중이라는 이야기를 듣고 멀리서 대전까지 찾아와 기도해 주기도 하였다.

그 친구 내외와 함께 바람이나 쐴 겸 계룡산 갑사로 산책하러 나갔다. 여름이 막바지에 다다른 계절이어서 기온도 적당하고 그늘진 숲길은 걷기에 좋았다. 절 구내의 산책길 정도만 걷기로 하고 갔지만, 늦여름의 상쾌한 물소리에 이끌려 우리는 계곡을 거슬러 조금씩 올라갔다. 그의 부인은 남편과 둘이 이런 곳에 온 일도 거의 없었을뿐더러, 최근에 내외가 함께 찍은 사진도 없다며 휴대전화로 몇 컷을 부탁하기도 했다.

갑사에서 멀지 않고 경사도 그렇게 심하지 않은 계곡이지만 그 친구가 물가에 깔린 파석과 바위에 발을 헛디딜까 걱정되어 나는 친구의 손을 꼭 잡고 천천히 용문폭포까지 이끌었다. 여름의 비 때문인지 폭포는 시원스레 쏟아졌다. 폭포 아래 너럭바위에 굵은 음각으로 용문폭龍門瀑이라고 새겨져 있는 것으로 보아 비룡 승천한다는 전설이 있을 법한 곳이다. 그날 친구는 좋아하는 미소를 지었고 부인도 친구와 함께 있어 좋아하는 표정이 가득했다.

그가 병원에 입원했을 때 오늘 만나는 친구들과 병문안을 갔는데 그 날은 다른 사람들을 알아보지 못했다. 그래도 내 이름을 부르며 알아보아 나는 마음이 먹먹해졌다. 이름을 기억하지 못해 서운했을 친구들은 그의 병세에 아린 가슴을 쉽게 쓸어 내지 못했다. 특히 J는 중매를 섰던 친구여서 더 마음 아파했다.

이제 그 친구는 우리 곁을 떠났고, 나는 그 친구의 자리를 대신하여 그들의 멤버가 됐다. 몇 년째 해가 바뀌었지만 우리는 아직도 그를 잊지 못하고 있다.

연鳶

어둑한 결혼식장 객석에 앉아있던 나에게 친구 B의 아들이 살그머니 다가와 꾸뻑 인사를 하였다. 반가움에 두 팔로 껴안고 등을 쓰다듬는 내 마음이 짠하였다. 팔을 풀고 그의 눈을 보자 나를 바라볼 뿐 말이 없었다. 아직도 아이 같이 생각해 왔지만 서른을 넘긴 듬직한 청년이었다. 나는 그만 울컥하였고, 반가움을 나누기도 전에 아쉬운 인사만 나누고 헤어졌다. 예전의 일들이 일순간 주마등처럼 스쳐 갔다.

사회 초년 시절이었다. 집에 들어가니 어머니께서 마구 화를 내신다. 밤을 지새우고 낮에 들어왔기 때문이지만 그것보다 친구 B의 어머니로부터 전화를 받아 매우 당황하셨던 모양이다. 전날 자식들이 교통사고로 병원에 입원하였다는데 연락도 하지 않는 못돼 먹은 놈들이라며 B의 어머니께서 엉뚱하게 우리 어머니께 화를 퍼부은 모양이다. 어머니는 영문도 모른 채 어리둥절하고 속이 타셨던 모양이다.

사고 나던 날 나는 B와 함께 친구 T의 신접살림을 축하하고 밤늦게 헤어져 용문네거리 건널목을 건너고 있었다. 거의 건널 때쯤 신호등을 어기고 달려드는 오토바이에 B가 치어 순식간에 몇 미터를 굴렸고, 운전자는 오토바이가 쓰러짐과 동시에 공중으로 6~7미터쯤 퉁겨져 떨어졌다. 나는 쓰러진 친구부터 확인하고 퉁겨 나간 운전자에게 다가가 살펴보았다. 헬멧 속에서 피가 흥건하게 흘러나오고 있었다. 주위 사람들의 도움을 받아 경찰에 신고하고 부상자를 을지병원으로 이송시켰다.

다행히 B는 눈썹 위가 조금 찢어졌을 뿐 다른 부상은 거의 없어 보였다. 그러나 가해자 측에서 상처의 치료와 합의를 위하여 병원에 입원하기를 권하였다. B는 회사 동료에게 사정을 이야기하고 노부모에게 걱정 끼쳐드리기 곤란하니 집에서 전화 오면 긴급하게 부산으로 출장 갔다고 이야기해달라고 하였다. 그리고 본인이 부모에게 전화로 이야기하겠다고 하였다. 상처를 치료하고 하루 뒤쯤 부모에게 시치미 떼고 집에 들어갈 요량이었다. 그렇게 절차를 꾸며두었는데, 다음 날 아침에 누가 회사로 전화해 교통사고 소식을 듣고 위로차 집으로 전화하는 바람에 B의 어머니가 그만 알게 되었다.

애지중지하던 쉰둥이 막내아들의 교통사고에 깜짝 놀란 친구 어머니는 밤늦게 같이 다닌 나에게 책임이 있다고 우리 어머니에게 막 나무라

셨던 모양이다. 어른들끼리 서로 아는 사이였음에도 자식이 교통사고 났다는 이야기에 흥분하여 애먼 우리 어머니의 마음을 졸이신 모양이다. 늙으신 부모님을 안심시킨다는 것이 오히려 부모님들을 격노하게 만들어 몸 둘 바를 몰랐다. 게다가 나는 멀쩡하고 당신 자식만 다쳤으니 불공평한 것 같아 죄라도 진 것 같은 묘한 기분까지 들었다.

나와 B는 같은 동네에서 초등학교부터 고등학교까지 같은 학교에 다녔다. 중학교 때는 학번이 3333, 3334로 짝꿍이어서 더욱 친하게 되었고, 성인이 되어서도 떨어질 수 없을 정도로 친한 사이라고 남들에게 이야기할 땐 그 학번 이야기를 꺼내곤 했다. 성격마저 비슷해 우리는 서로 진솔한 이야기를 주고받았고 형제만큼이나 가깝게 지냈다. 그래서 친구의 속마음을 누구보다도 잘 알 수 있었다.

B는 라이너스의 「연」을 즐겨 노래했는데 가사의 내용처럼 제 꿈을 하늘 높이 펼치고 싶어 했다. "연이 하늘을 날 수 있는 것은 이어주는 끈이 있어 날 수 있는 것이야"라고 말하곤 했다. 사람들은 인연이라는 끈으로 연결되어 그 관계에서 일이 이루어진다고 생각하였다. 그래선지 친구들과의 관계도 늘 좋았다. 그랬던 B가 최근 과로로 회갑을 목전에 두고 끈을 놓아버린 것이다. 내 마음속에 한 점이 되어 하늘로 떠나버렸다.

한동안 친구가 꿈속에 나타났다. 그러나 꿈속에서는 현실에서처럼 그리운 친구에게 말을 걸거나 악수하는 것도 내 의지대로 되지 않았다. 내 감정을 표시할 수 없었고 가슴만 답답하였다. 한 달에 두세 차례, 일 년 이상 스무 차례 넘도록 꿈에 나타났다. 참으로 믿지 못할 이상한 일이었다. 그리고 그 꿈에서 나는 고통스러웠고 깨어나면 꿈 얘기를 기억할 수 없었다. 내가 그토록 친구를 생각했던 것인지 나도 의아하고 마음만 안타까웠다.

그의 부인은 꿈속에서라도 보고 싶다며 남편에 대한 그리움을 표현하였고, 깊은 슬픔에 잠겨 약까지 먹고 있었다. 그러니 꿈속에 자주 나타난다는 내 얘기가 그녀에게 상처가 될 수 있을지 모른다는 생각에 말하기 어려웠다. 남편이 떠난 충격에서 벗어나야 할 때 꿈 얘기는 오히려 그녀를 괴롭히게 될 거라고 생각했다. 그 무렵 나는 다른 일로도 힘겨워 정신적으로 견디기 어려울 때였다. 친구 간의 우정이 부모 자식이나 가족 간의 사랑만큼은 못하겠지만, 가족에게 털어놓지 못할 사연이나 충고를 서로 주고받으며 위로받을 수 있는 중요한 끈이라는 것을 거듭 깨닫게 되었다. 나는 우정의 끈이 끊어진 것이다. 나는 친구의 묘소도 찾아가 봤지만 끊긴 인연은 허무할 뿐이었다.

예전에 비록 사고일지라도 전화로 화도 내고 하소연도 하며 속상해하시던 어머님들의 소탈하고 깊었던 사랑이 친구를 더 그립게 한다.

단상에서는 그보다 세 살 정도 위의 청년이 결혼식을 올리고 있다. 우리 가운데 가장 먼저 신접살림을 차렸던 친구 T의 둘째 아들이다. 아이들끼리도 서로 아는 처지여서 결혼식에 온 것이다. 나는 내내 눈으로는 단상의 청년을 보면서, 마음 아프게 떠난 친구의 얼굴을 떠올리고 있었다.

꿈이었으면

　오늘은 남부지방부터 시작된 비가 전국적으로 내릴 거라는 일기예보다. 벌써 장마가 끝난 시기이지만 올여름에는 내내 비가 내리니 사람들은 이제 장마 대신 우기라고 불러야 한다고 말한다. 계속 내리는 빗물에 이미 쓸려가 남아있을 것 같지 않은 부유물들이 잊힌 기억인 양 빗물 위를 떠다닌다.

　음울해 보이는 날씨로 심란해하던 나에게 마침 퇴원한 친구가 만나자고 한다. 선술집에서 만난 친구는 지겹게 쏟아지는 비를 한동안 바라보더니 손을 뻗어 주전자를 잡고는 바닥이 드러난 내 양재기에 막걸리를 조금 따른다. 하얀 액체가 목울대를 꿀렁대며 흘러든다.

　십수 년 전부터 암 수술을 세 번이나 받고 살았다고,

이번 종양 제거 수술하였더니 조직검사 결과가 또 암이라고,

결국 네 번째 암 수술하고 방사선 치료하려니 벌써 지친다고,

세상의 일이 허망해서 별 의미가 있겠느냐고,

그래도 같이 살아가는 가족에게 약함을 보여주기 싫어 거꾸로 가족들을 위로하기 바쁘다고,

어디 산천 좋은 곳에 가서 잠깐 식이요법을 겸한 휴식을 해야겠다고,

삶의 의지가 꺾이는 그런 일들이 자신에게 닥쳐올 때 마음을 비우고 가볍게 길을 가기란 쉽지만 않다고,

악몽이나 한 번 꾼 걸로 아예 생각해야겠다고,

그런데 악몽이 이토록 몸서리쳐지게 무서운 줄 몰랐다고.

차라리 꿈이었으면 … .

그 많은 이야기를 쏟아내면서도 그동안의 경험과 고초들이 그를 단련시켰는지 덤덤해 보였다. 그러나 그가 마지막으로 하던 말이 계속 귓전에 맴돈다. '차라리 꿈이었으면…'

나는 그 친구에게 한 잔의 술도 따를 수가 없었고 위로하는 말 한마디 할 수 없었다. 창밖으로 쏟아붓듯 내리는 비에 곧 무슨 일이라도 날 것만 같다.

막걸리 냄새가 난다는 책망을 들으며 아내와 딸과 함께 예약된 연극 관람을 위해 어둠이 내리는 길을 나섰다. '한여름 밤의 악몽'은 셰익스피어 원작 '한여름 밤의 꿈(A Midsummer Night's Dream)'을 번안한 뮤지

컬 희극이다. 두 쌍의 연인들의 사랑은 숲속 귀신들의 장난으로 꿈과 현실을 오가며 한바탕 소동이 벌어진다. 어지럽고 혼란스러운 꿈속에서 벌어졌던 소동은 마무리되지만, 이 극 중에서의 현실은 여전히 악몽 그대로였다.

인생사가 일장춘몽이라 했던가? 인생은 가까이서 보면 비극이고 멀리서 보면 희극이라는데 그것들이 따로 떨어져 있는 것이 아닌 모양이다.

꿈속에서 악몽을 꾸는 사람은 현실에서도 악몽 같은 일이 일어날까 가슴 졸인다. 악몽을 꾼다는 것은 현실에서의 삶도 녹록지 않다는 것이다. 그래도 문 하나가 닫히면 다른 문 하나가 열린다는 말로 희망을 기다려보는 것이다.

연극이 끝나고 나오는 길에도 비는 주룩주룩 하염없이 내린다. 이젠 그만 와도 좋을 텐데. 차창을 때리는 비를 와이퍼로 바쁘게 쓸어내리며 차들 사이로 곡예를 하듯 집으로 내뺀다.

필담문병 筆談問病

나는 거실로 들어서는 순간 기분이 좋아졌다. 앉아 있기도 힘들어했던 지난번과는 달리 친구는 말쑥한 모습에 병색이 좋아 보이는 밝은 얼굴로 소파에 비스듬히 기대어 있었다. 연두색 바탕에 분홍색 무늬가 들어간 산뜻한 스웨터에 밝은 회색 목도리를 두르고 도수 높은 렌즈를 둘러싼 검고 굵은 안경테 안에서 나를 바라보며 가까스로 버티고 있었다.

"좋아졌네! 멋있어!"

"글로 써주세요." 하고 그의 딸이 화이트보드를 주면서 말한다.

〈오늘, 멋있는데〉 하고 짧게 적는다. 근시가 심한 친구는 보드를 코에 붙이다시피 얼굴을 바짝 들이밀며 읽고는 힘겹게 "대 대 대 대앵~큐 댕 큐!" 한다.

〈오늘, 기분 좋아?〉

친구는 다시 안경을 이마로 걷어 올리고 화이트보드를 얼굴에 바짝 들이대고 겨우 대답한다.

"으 으 으 옹"

〈벚꽃 좋던데〉

"으 옹? 버 버 버 벚~꽃?"

이젠 청력까지 상실하고 있어 이렇게 간단한 대화조차 버거워한다. 눈에 초점이 풀리고 피곤해한다. 이제 필담도 무린가 싶어 이야기를 그만두고 그의 손을 꼭 잡았다. 나는 원래 다정다감하거나 남의 비위를 잘 맞추지 못하는 성격이지만 그의 손을 잡고 눈이 마주치자 나도 모르게 기도가 나왔다. 오랫동안 교회에 냉담하여 나가지 않던 내가 그 순간 성모님께 간구하고 있다. 금세 내 눈은 촉촉해졌고 그는 나를 응시하며 서로 침묵의 시간이 흘렀다.

친구를 쉬도록 하는 게 좋을 것 같아 소파에 그대로 두니 약에 취한 듯 자꾸만 존다. 내가 거실에 들어설 때의 그 기분 좋은 만남이 이렇게 짧게 끝나가고 안타까움만 남는다. 나는 잠시 마음에 동요가 일었다. 그래도 부인과 딸 앞에서는 밝고 편안한 표정을 지으려고 애를 쓰고 있었다.

얼마 전까지만 해도 지금처럼 몸 상태가 나쁘지 않았다. 일주일에 한 번 내가 찾아가면 반가워하며 신약성서를 여덟 번으로 나누어 찾아갈 때마다 한 부분씩 주요 내용을 간추려 해설해주곤 하였다. 그때도 말하기는 힘들어 보였지만 목사로서 성서의 올바른 해석을 바라는 마음으로 나에게 설명해주려는 의지만은 강했고 눈동자는 초롱초롱했었다.

중학교 시절 허약한 몸과 까칠한 성격으로 친구를 쉽게 사귀지 못하던 나에게 그 친구가 먼저 다가와 흉금 없는 이야기를 털어놓는 사이가 되었다. 그는 법학이나 신학을 공부해 사회가 맑아지는 것을 원했고, 나는 공학을 배워 집안을 일으키는 데 일조하기를 바랐다. 우리는 교정의 끝에 설치된 평행봉을 하면서, 방과 후에는 시립도서관을 찾아가면서 둘 사이의 깊은 우정을 쌓아갔다. 그렇게 중학 시절을 보내고 고등학교에 진학하게 되었다.

입학시험이 있던 시절 내가 더 좋은 학교에 입학하게 된 것이 그의 자존심에 상처를 낸 것 같아 괜히 그 친구 집에 찾아가기가 어려워졌다. 집을 드나들 때마다 길 건너편에 있는 친구 집이 항상 눈에 걸렸다. 내가 먼저 다가가지도 못하고, 만나자는 연락도 하지 못한 채 우물쭈물하는 사이에 성인이 되고 중년이 되고 말았다.

통 무소식이던 그 친구가 나를 찾아온 것은 사오 년 전쯤이었다. 전화를 받는 순간 얼마나 반가웠던지 마치 저세상 사람이 찾아온 느낌이었다. 그는 독실한 기독교 집안의 영향으로 성직자의 길을 걷기 위해 유학했고, 영국에서 신학박사 학위를 취득하여 신학자가 되어 돌아왔다. '아, 그 친구가 나를 잊지는 않았구나.' 이미 오십 대를 훌쩍 넘기고 다시 만난 우리는 세월 없은 얼굴을 마주 보며 어린 시절부터 같이 자란 형제들 이야기와 어릴 적 자잘한 이야기들로 입을 다물 수가 없었다.

언제부턴가 다시 연락이 끊겼다. 몸이 아프다는 소문이 들려왔지만, 이번에도 한동안 연락을 할 수가 없었다. 바람이 잔잔해지고 고요해지자 이번엔 내가 친구를 찾기로 마음먹었다. 수소문하여 친구 부인께 연락해 방문해도 좋다는 허락을 받았다. 오랫동안 손님 출입을 제한했던 친구를 찾아가는 나의 마음은 매우 조심스러웠다.

첫 병문안에서 나는 깜짝 놀랄 수밖에 없었다. 현관문 앞에서 보행기에 의지한 채 서 있는 친구가 나를 쳐다보며 믿을 수 없다는 듯 어눌한 말투로 내 이름을 세 차례나 불렀다. 내가 찾아온다고 미리 귀띔이 있었는지 그 자리에서 내가 문 열고 들어오기만을 기다린 것이다. 통통했던 얼굴에는 눈이 퀭하고 광대뼈가 불거져 짙게 주름졌다. 떡 벌어졌던 몸도 뼈만 남아 가누지 못했고 보행기나 휠체어에 의지해 겨우 움직였다.

투병 중에도 신학책을 읽고 컴퓨터 자판을 두드리며 원고를 쓰고 있다고 부인이 말하며 그의 의지와 노력에 오히려 감사하고 있다고 말했다.

일찍 연락하지 못해 미안했던 나는 일주일에 한 번씩 그 친구를 만나 이야기도 하고 함께 시간을 보내기로 했다. 거동이 덜 불편했을 때, 나는 친구와 같이 시내가 시원스레 보이는 식장산 정상의 활공장으로 차를 몰고 올라가기도 했다. 종일 방 안에서만 지내다 자연 속으로 나오니 맑은 공기에 기분이 좋은 모양이다. 나에게 "○○○, 넌 좋은 친구야!"라고 몇 번을 되풀이하였다. 유학 시절 이런저런 이야기도 하였다. 아마 그때 바쁜 시간과 어려운 생활 때문에 햄버거나 피자 등으로 끼니를 해결했던 것이 이렇게 뇌졸중으로 쓰러지게 한 것 같다며 서글퍼하던 이야기, 그래도 딸 둘이 옥스퍼드대학과 케임브리지대학을 나와 부모로서 역할을 잘한 것 같아 좋다는 이야기, 그곳에서 동향 사람을 만나니 참으로 반가웠다는 이야기, 나와 조금 더 일찍 만났더라면 좋았을 것을 하는 회한 등을 쏟아냈었다.

한참을 친구 옆에 앉아있다 헤어지면서 딸에게 내일은 아빠와 함께 드라이브 가면 어떻겠냐고, 호숫가에 벚꽃이 아름답게 피어 있어 같이 나들이하면 좋아할 것 같다고 말을 꺼냈다. 내일 날씨가 포근하고 쾌청하길 바라면서 풀린 신발 끈을 묶고 일어섰다. 현관문을 열고 나오는 순간 재킷 속으로 으스스한 기운이 파고든다. 눈 부신 햇살 속에 숨어 있던 차디찬 바람이 몸을 움츠리게 한다.

벚꽃들이 힘없이 바람에 날린다. 가지의 벚꽃들은 바람과 싸워보지만 버티기가 힘겨워 보인다.

문상을 마치고

고등학교 동기의 모친상에서 조문을 마치고 출입문을 나섰다. 갑자기 싸늘해진 기온이 파고드는 늦은 밤, 빈소에서 한두 잔 마신 술이 아무래도 허전하였다. 친구들도 같은 생각이었는지 간단히 막걸리로 목이나 축이자고 하며 선술집으로 걸음을 옮겼다. 퇴색한 낙엽들이 세찬 바람에 이리저리 쓸리며 골목길 사이를 구르고 있었다.

J는 이미 초상집 술기운 탓인지 봇물 터지듯 말을 쏟아낸다.
"너는 그동안 어떻게 살았냐?"
초점 잃어가는 눈동자와 불콰해진 얼굴로 상대방의 의중은 아랑곳하지 않고 빈 막걸리 양재기를 밀쳐놓은 채 왼쪽 팔꿈치는 둥근 목로에 괴고, 오른손은 상대방을 찌를 듯이 젓가락을 휘저어가며 묻는다. C는 허공을 가르는 젓가락을 피해 뒤로 몸을 젖히며 생뚱맞은 질문에 '뭘 어떻게 살아왔던 네가 무슨 상관이냐'라며 은근히 빈정댄다.

"내가 고등학교 때 우리 엄니가 보고 싶어 기차를 무임 승차해서 부산까지 간 것 아니겠어. 팔 남매 중에 막내로 태어나 이미 육십이 넘으신 우리 엄니가 보고 싶어서 말야. 그땐 돈도 없고 너무 어려워서 통학생들이 가르쳐준 대로 몰래 기차를 탔는데 가슴이 콩당콩당 미치겠단 말이야.

투명인간이 되기를 바라면서 화장실로, 객실 통로로, 출입문으로, 마음 졸이면서 돌아다니니 나는 북에서 남파된 간첩 같은 기분이었어. 결국은 내 행동거지가 어색했는지 수레 끌고 다니던 홍익회 아저씨한테 걸렸지. 그때는 그 사람이 대단한 줄 알았어. 죽었구나 하는 생각과 후련하다는 생각이 묘하게 같이 들더군."

어스름한 조명 아래에서 그의 얼굴은 더욱 붉게 보이고 목청은 점점 높아지고 있었다.

"다른 친구들은 모두 대학 가려고 정신없이 공부하는데, 엄니는 부산서 행상하며 끼니 때우기도 힘들어하셔서 나는 언제 고등학교도 그만둘지 모르겠다고, 고학하는 타향살이가 너무 힘들다고, 그래서 엄니를 보러 가려고 몰래 기차를 탔다며 그대로 실토했지. 순진한 나는 기차를 무임 승차하다 걸리면 학교에서 정학당할 거라고 겁먹고 내 정신이 아니었어. 우리 엄니한테 전과자가 되어 나타날 것 같은 생각까지 들더라고. 기차 안에서 머리가 혼미하고 하얘질 뿐이었지. 말없이 째려보던 그 양반, 홍익회 물건 쌓아 놓는 곳에 앉아 가라고 하는 것 아니겠어. 게다가 부산 근처쯤 가니까 고등학생인 나에게 맥주 두 병을 주면서 이거로 요기라도 하고 용기 내어 살라는 거야. 아마 파는 물건 중에서 준 모양이야. 그 아저씨가 준 맥주를 빈속에 반병쯤 마시니 속이 짜릿하니 머리가 핑 하고 온몸에 힘이 빠져 더 이상 먹을 수가 없었어. 정신 차려야겠다는 생각에 눈을 부릅뜨기도 하고, 일어나 벽을 짚고 큰 숨을 쉬기도 하며 버텼지."

한 톤 올라간 목소리 때문인지 눈에서는 아련한 서글픔이 서려 있다. J가 단숨에 잔을 비우자 나는 서둘러 주전자를 들어 잔을 채웠다.

"그래서 인생을 배웠는지도 모르겠어. 그때 그 사람이 나에게 베풀었던 온정 그리고 마지막 파격에 가까운 맥주 두 병도 나는 도저히 잊히지 않아. 군 생활 할 때 엄니가 돌아가셔서 임종하지 못했지. 당시 강원도 전방 산골짜기에서 부음 전보를 받고 무박 이틀을 걸려 겨우 발인 날 도착하여 발인장례에서 얼마나 울었다고" 말을 잊지 못하였다.

차갑게 몰아닥친 초겨울 날씨 탓인지 선술집에는 손님들이 거의 없었다. J의 높아진 음성이 들리는지 카운터의 주인이 우리를 힐끗 바라본다. 촉수 낮은 실내의 조명이 은은하게 내려앉고 있었다. 할 말을 거의 했는지 J는 불콰한 얼굴과는 달리 묵은 속 때를 훑어 내린 듯 마음이 시원해 보였다. 촉촉하던 그의 눈에서 주르륵 한줄기 눈물이 흘러내렸다. 왼손으로 한 번 오른손으로 한 번 눈을 훔친다. 침묵이 흐르고 누구도 말을 잇지 않는다. 그저 허공만 응시할 뿐이다.

날씨를 탓하는 한두 마디 이야기를 서로 시작하며 막걸리 한두 순배가 돌았다. 가끔씩 이야기에 맞장구쳐주며 듣던 C에게 J는 "자네 어머니는 어떤 분이셨는가?" 하고 묻는다. 먼저 말 꺼낸 자의 특권이라도 된 듯하다.

"우리 아버지는 이북에서 사범학교를 나오셔서 해방 후에 월남하셨지. 남한에서 교직에 발을 들이신 아버지는 부임지인 충청도 시골서 어머니를 만나셨고, 나는 전쟁 통에 태어났지. 그러곤 내가 어머니 얼굴을 알기도 전에 돌아가셨어. 그래도 너는 고등학교 때 찾아갈 어머니가 계셨잖아."

원래 자신에 관한 이야기를 거의 않던 C는 J의 표정을 살피면서

"으음, 군이 어려운 시절 이야기를 다 말할 필요가 있을까? 자네 어머니는 고생하셨지만, 자네는 지금 옛날보다 형편이 좋아졌잖아. 그 당시 꼭 미래를 생각한다기보다는 생존을 위해 그날그날 버틴 거지. 그래서 지금 이렇게 있는 게 아닌가? 사람 팔자라는 게 지금에 의해 훗날 형편이 달라지는 것인데, 세월이 지나가고 나면 과거를 되뇔 필요는 없어. 향수에 젖을 필요도 없어. 흘러간 과거는 돌아오지 않을뿐더러 과거가 미래를 결정하는 것이 아니야. 지금이 미래를 좌우하는 것이지. 그리고 어머니가 너처럼 마음속에 계신 분도 있지만, 자기 마음대로 어머니가 모셔지진 않아. 나는 어머니가 기억 속에도 없단 말이야."

말없이 양재기의 막걸리를 음미하듯 조금씩 마시며 젓가락으로 빈대떡을 찢어 이리저리 헤쳐 놓던 나는 막걸리 맛이 씁쓰레해졌다. C는 양재기에 남은 막걸리를 고개를 젖혀 단숨에 들이켠 다음 젓가락 없이 손으로 헤쳐진 빈대떡 조각을 입에 털어 넣고 손 등으로 쓱 입가를 훔쳤다.

"나는 외할머니를 어려서 어머니로 알고 자랐는데, 나중에서야…"

호흡을 한 번 고르더니,

"외할머니를 엄마라고 부르면서 자랐거든. 어려서 그 사실을 알았을 때 나는 혼란스러워 가출을 며칠씩 하기도 했었지. 더 이상 이야기하고 싶지 않아." C는 그 이상 어머니에 대한 미련이나 그리움을 말하려 하지 않았다.

한가하던 술집에는 이제 우리만 남은 채, 흘러가 버린 칠십 년 대 노랫소리만 귓전을 때리고 있다. 천정에 길게 늘어진 외줄 전등이 노래 박자와는 엇갈려 흔들린다. 나는 C가 '사람 팔자라는 게 지금에 의해 훗날이 달라지는 것인데…'라는 말을 곱씹으며 현재의 처지가 너무 난감하다는 생각뿐이다. 뇌출혈로 십 년 가까이 식물인간이 되어버린 어머니를 위해 한 일도, 할 일도 없었다. 추억도 그리움도 바스러지듯 무너지는 내가 두려웠다. 선술집 탁주 도가니를 통째로 마시면 추위라도 덜 할 것 같았다.

가을빛에 그리움만 더해가고

전화벨 소리에 고개를 돌리니 '임ㅇㅇ 선생님'이라고 선명한 글씨가 보였다. 서울에서 문학 강좌에 참석하였을 때 선생님의 전화를 받았다. 중학교 동기 Y에게서 행사 초대 문자를 받았는데 자세한 내용을 모르니 혹시 아는지, 또 함께 갔으면 좋겠다는 내용이었다. 사실 나는 내용도 모르고 문자도 받지 못해, 대전에 내려가 알아본 후 말씀을 드리겠다고 하였다. 어차피 그날은 밤늦게나 대전에 도착할 예정이어서 다음 날 오전에 전화해볼 생각이었다.

서글서글하며 거리낌 없이 대해주시는 선생님을 중학교 졸업 이후 언제부터 뵈었든가 생각해 본다. 대학 시절, 1970년대 중반쯤 되려나, 대전 대흥동 파출소 뒤편에 사실 때 처음으로 찾아뵌 적이 있었다. 여러 가구가 모여 사는 집인데도 불구하고, 선생님은 파자마 바람에 나오셔서 반갑게 환대해 주셨다. 예고 없이 방문해 방안을 들어서는데 사모님께서는 수줍어 어쩔 줄 몰라 하셔서 죄송스러웠다. 방에 달린 부엌으로 내려가 차를 내오시는 사모님은 약간 짧은 머리의 미인이셨다. 제자가 아무 때나 찾아가도 선생님은 좋아하실 거라는 생각에 쉬는 날 불쑥 찾아가는 주책을 벌였다. 쉬는 날 주중의 피곤함을 달래고 내외간의 다정한 시간을 빼앗은 것 같아 환대에도 불구하고 왠지 멋쩍었던 적이 있었다.

젊었을 때, 직장 생활하고 또 사업한답시고 바쁘다는 핑계로 선생님과 연락하지 못했다. 나의 모든 서울 생활을 청산하고 대전으로 낙향했을 1990년대 초 무렵이었을까, 선생님이 근무하시는 대전 가양중학교를 찾아갔다. 초로의 선생님은 나의 손을 꼭 잡고 마치 자식이 돌아온 듯 반가워하셨다. 그날따라 선생님은 내 손을 더욱 살갑게 잡았다. 교무실에서 다른 선생님에게 큰 소리로 "여기 이 친구가 내 애제자야!"라고 말씀하시는 통에 쑥스러워 몸 둘 데가 없었다. 그날도 Y의 사업소식을 내게 묻기도 하고, 신문에 실린 내용을 내게 알려주기도 하셨지만, 자식이 군에서 순직하였다는 이야기는 듣지 못했다.

그 후 선생님이 은퇴하시고 댁에서 소일하실 때, 아내와 함께 찾아간 적이 있었다. 아내가 70km 떨어진 부여의 학교로 출퇴근하던 때라 시간을 내기가 쉽지 않았다. 차일피일 미루느라 길 건너 아파트에 살고 계시는 선생님을 함께 찾아뵙지 못해 늘 송구했었다.

현관에서부터 사모님이 반가워하시며 맞아주셨다. 머리는 하얗게 셌고 짧은 파마를 하셨다. 그분의 하얀 머리가 세월의 자취를 자아내며 고상한 느낌을 주었다. 선생님은 연세가 칠십을 훌쩍 넘으셨고 나는 반백 년을 껄떡거리던 때였다. 베란다를 가득 채운 화초들이 방안으로 비집고 들어오려 아우성치는 소리를 듣는 것이 낙 중의 하나라고 하신다. 글씨를 잘 쓰시는 국어 선생님이어서 그런지 조그만 좌탁에 붓펜과 편지지 그리고 편지 봉투를 갖추고 계셨다. 명절 때마다 이 책상에 앉아 연하장을 늘 멋진 글로 써 보내주셨다.

이상하리만큼 세 번의 만남이 모두 가을이었다. 대학 시절 가을의 따가운 햇볕 속으로 마중 나오신 파자마 바람의 선생님이 눈에 선하고, 교정의 낙엽이 거의 져 휑뎅그렇고 음산한 풍경이 아직도 잊을 수가 없다. 스산한 날씨에 어설프게 옷을 챙겨입고 아파트로 찾아갔을 때 사모님이 현관문을 열자 훈기가 확 다가오던 늦은 가을 무렵이었다. 선생님에 대한 추억이 잊히지 않는 것은 내 기억력이 좋아서가 아니라 과분하게도 선생님이 내게 전화를 더 많이 주셨기 때문이다.

Y와 나는 선생님 편하신 대로 칼국수 집에서, 또는 중식집이나 일식집에서 함께 점심을 하며 선생님의 이런저런 이야기를 듣기도 하였다. 선생님은 격의 없이 대해주시고 집안의 껄끄러운 이야기도 서슴없이 말씀하셨다. 선생님은 나이가 들면 추레해 보일 수 있다며 언제나 깔끔한 정장을 입고 넥타이를 매야 한다고 강조하신다. 흰 양복에 흰 구두 흰 모자로

가끔은 그렇게 연예인처럼 나타나셨다. 게다가 동안이시라 생각보다 젊게 보인다. 아직도 아주머니들한테 인기가 좋다고 농 삼아 자랑도 하신다. 자식들도 나름대로 잘 살고, 노후도 걱정 없으신 분이시니 부럽기도 하였다. 그러던 분이 2년이 조금 넘었나보다 사모님께서 먼저 가족 곁을 떠났다고 우리 앞에서 안경을 벗어 눈물을 훔치시며 아이처럼 훌쩍훌쩍 말을 잇지 못하셨다. 군 복무 중이던 자식을 앞세웠고, 사모님과의 사별로 억장이 무너지는 슬픔에 욱하고 솟는 감정을 어쩔 수는 없었을 것이다.

회사 설립 60주년 행사장에 선생님을 초대하고 싶었다고 Y는 전시장 전시품들을 하나하나 설명하여 주었다. 우리는 그곳을 천천히 둘러보고 여느 때처럼 칼국수 집에 앉았다. 선친으로부터 이어받은 가업을 다져서 번성시키는 것이 쉽지 않은 일인데 대단한 성공이라며 Y에게 연신 축하하신다. 특히 Y와 본관이 같고 Y의 선친과 같은 항렬이라며 흐뭇해하신다.

나에게 "김○○선생은 잘 계시지?"하고 아까 만날 때 묻던 안부를 또다시 묻는다. "제 아내는 얼마 전에 퇴직하여 그동안 해보지 못한 취미 활동을 할 수 있어 좋다고 합니다."라고 나는 근황을 설명하였다. 선생님은 늘 연락될 때마다 잊지 않고 아내의 소식을 물어보신다. 그리고 Y에게도 회사가 이렇게 흥성한 것은 부인의 내조 덕분인 줄 알라며, 갑자기 눈가가 붉어지고 굵은 눈물이 얼굴에 흘러내린다. 요즈음 집에 들어가면 아무도 없으니 휑하다며 부인과 함께 있다는 것이 얼마나 좋은 것인지 모른다고 흐르는 눈물을 굳이 참지도 않으신다.

"나는 마누라가 그리워. 아침마다 일어나면 탁자에 놓인 마누라 사진을 쓰다듬으며 아침 인사를 하지. 집을 나가거나 들어올 때마다 마누라와 인사를 하고, 저녁에 잠들기 전에는 손녀와의 약속으로 성경책 한 장씩 읽어준다네."

여든일곱의 선생님과 식사를 끝내고 나오니 밖은 여느 날보다 눈부셨다. 하얀 조각구름 위로 가을 하늘이 더 파랗고 높아 보였다.

선생님의 방

　아무래도 며칠 남지 않은 연말이라 모임이 잦다. 오늘은 중학교 은사님을 모시고, 친구들과 함께 오찬을 하기로 두 달 전부터 약속을 잡은 날이다.

　아침에 선생님의 전화가 왔다. 모임 장소로 가기 전에 내가 선생님 댁에 조금 일찍 들려달라는 내용이었다. 선생님 댁에는 여러 번 갔기 때문에 낯설지는 않다. 집 안 정리를 다시 하여서 나에게 보여주고 싶다고 말씀하셨다.

　선생님은 연세가 아흔셋이신데 자식들에게 부담 지우기 싫다며 고집스럽게 혼자 사신다. 다행히 큰 병이 없고 정신도 맑고 총총하시다. 젊은 시절의 왕성할 때만큼은 아니어도 젊은이 못지않게 유머러스한 대화로 늘 좌중을 즐겁게 해주신다. 그러다가 기분이 고양되면 갑자기 먼저 하늘나라로 가신 사모님이 생각나는지 모임 중에 꼭 한두 번은 울먹이신다. 선생님은 즐거운 장소일수록 사모님의 부재를 떠올리고 갑자기 밀려드는 외로움과 쓸쓸함에 속이 아려오는 모양이다. 이미 십여 년이 지났어도 사모님을 사무치게 그리워하시는 우리 선생님. 평생 반려자를 사랑하는 것만큼 아름다운 것은 이 세상에 없다고 시간이 날 때마다 말씀하신다. 나는 그때마다 경건해지는 나 자신을 느끼곤 한다.

선생님은 사모님을 회상할 수 있는 삶의 기록을 아파트 거실과 안방에 박물관처럼 전시하였다. 집안에 들어서자 TV가 있는 거실 앞면에 커다란 가족사진 액자와 그 옆으로는 선생님이 좋아하시는 작가의 멋진 대나무 수묵화를 걸어놓으셨다. 그 사진과 그림을 중심으로 가족들의 스냅사진을 벽에 꽉 채워 전시하였다.

소파가 놓인 뒷면의 장식장에는 정년퇴직할 때 받으신 훈장과 표창패 그리고 공로패들이 있었다. 그 옆으로 사모님과의 추억에 깃든 사진들과 생활의 규범이 되는 사자성어 액자를 걸어놓으셨다. 그 액자 옆에 순국장병이 되어 먼저 떠난 아들의 글과 사진이 있고, 제자인 우리와 함께 찍은 사진들도 한쪽 공간에 걸어두셨다. 대학 정년퇴직 즈음 기념으로 선생님께 보내드린 친구의 논문자료도 현관 쪽 칸막이 서가에 보관되어 있었다.

사모님이 꽃을 좋아하셔서 베란다가 비좁을 정도로 꽃밭을 만들어 키우셨는데 선생님은 여태껏 그 꽃들을 사모님처럼 여기고 정성껏 돌보신 것이다. 작년 봄에 임 사장과 내가 베란다와 거실의 화초를 작은 화물차 두 대로 치워드렸고, 꽃들은 친구가 다니는 성당에 헌정하여 성모상을 장식하는 꽃들로 심어졌다. 올봄에 선생님과 함께 그곳을 찾아 피어난 꽃을 보고 두 손을 모아 성모상에 감사기도를 하였다.

아직도 베란다에 내놓은 탁자에는 특별한 추억이 담긴 꽃이라며 치우지 않은 꽃들로 장식하였다. 화초를 보면서 사모님 생각이 얼마나 절절하셨을까. 저렇게 곱게 꽃을 키우는 것은 사모님의 자취가 사라질까 하는 염려 때문이라는 생각에 마음이 찡해왔다.

안방에서 가장 먼저 눈에 띄는 것은 사모님의 영정과 그 앞에 놓인 우리나라에서 가장 크다는(선생님 말씀으로) 성경이 펼쳐져 있다. 아침에 일어나면 성경을 한 페이지씩 읽고 기도하신다고 한다. 외출할 때는 '다녀오리다' 하고, 귀가하면 '오늘은 어디서 누구누구하고 만났소' 하며 그날의 일에 대해 사모님과 이야기한다고 하셨다. 성경을 앞에 놓고 기도하고 사모님과 대화하는 성스러운 장소가 되어버렸다. 그날도 선생님은 그 이야기를 하며 우신다. 장롱이 있는 면을 제외한 안방 삼 면 가득 추억의 사진들이 빼곡하였다. 창문 아래 문갑 위에도 조그만 액자에 정성스럽게 담은 사진들이 백여 개는 넘을 것이다. 또 벽에도 이 백여 장가량의 가족사진들을 붙여놓았다. 가족 박물관이 따로 없었다.

선생님은 수많은 사진과 물품으로부터 지난날 아름다웠던 추억을 수시로 소환하며 하루하루를 지내시는 것이다. 선생님은 나에게 이 사진들을 하나하나 설명해 주신다. 기억력도 대단하시다. 언제 어디서 모임을 하면 참석한 사람들의 명단을 작성해 기록하여 그날의 추억을 간직하시는 선생님이시다. 그리고 그 면면을 돌이키며 가끔씩 연락하여 안부를 묻곤 하신다.

지난번에 방문했을 때도 감탄했지만 오늘은 그때보다 더 많은 사진을 전시하셨다. 앨범 속의 사진이 모두 나온 것 같았다. 어떻게 저렇게 정리할 수 있을까 놀라지 않을 수 없다. 나는 과연 저렇게 할 수 있을까? 아흔이 넘으신 선생님이 존경스러웠다.

선생님께서 우리에게 준다고 정성껏 준비하신 선물을 대신 들고 모임 장소로 나섰다. 늘 모임에는 멀리서 온 사람이 제일 먼저 온다고 했던가, 서울에서 온 친구가 먼저 기다리고 있었고 바로 자리에 우리는 함께 앉았다. 모두가 반가워하며 즐거운 대화가 그칠 줄 몰랐다.

겨울비가 주룩주룩 내린다. 흐르는 물처럼 끊임없이 사제는 깊은 정에 젖어 들었다. 모두 선생님이 건강하셔서 이렇게 자주 뵈면 좋겠다고 이야길 한다.

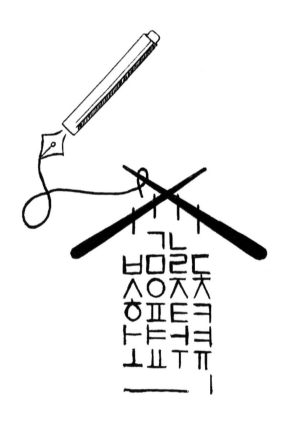

5부
발길 닿는 곳에

어머니의 강

　계곡을 따라 오르고 있었다. 설악산 오색천 단풍은 절정이 10여 일이 지났어도 형형색색 오색 향연의 자취를 남겨두었다. 붉게 타오른 숲의 농익은 빛깔에 은근히 흥분되어 해 저문 줄 모르고 계곡을 파고들다 숙소로 갈 길을 놓치고 오색까지 올라왔다. 창밖으로 시선을 뺏긴 채 약수터에 도착하니 골짜기에는 이미 어둠이 내려 한계령까지 가보고픈 욕심은 내려놓기로 했다. 다시 양양 읍내로 되돌아 나가 신흥사 입구로 방향을 잡아 숙소로 향하면서 오히려 길을 잃은 것에 감사했다. 남설악 오색천 계곡의 울긋불긋한 단풍을 만끽하도록 연어들이 우리를 안내한 거라는 나의 실없는 농담에 아내도 동의하는 듯했다. 사실 이 설악산 오색천도 오대산 두로봉, 구룡령과 함께 양양 남대천의 세 발원지 중 하나이다.

늦가을 설악산과 오대산에 단풍이 들고 첫눈이 내릴 무렵 바다로부터 태어난 강(모천母川)으로 회유하는 연어를 직접 보아야겠다고 마음먹었었다. 그리고는 잊고 지내다 방송에서 연어 축제의 마감을 알리는 광경을 보고서야 남대천 여행을 준비했다.

이미 축제가 끝난 남대천은 너른 천과 들판 위에 햇살만 가득 내려앉아 반짝일 뿐, 연어를 보기 위해 축제 기간 중 사람들로 가득했을 남대천의 둔치와 양양교, 그 어디에도 연어는 보이지 않았다. 상류 쪽으로 올라가면 혹시 연어를 볼 수 있을까 기대하고 찾아봤지만 허사였다.

연어가 가장 많이 돌아온다던 남대천에서 연어를 한 마리도 볼 수 없어서 애를 태우다 강가의 내수면생명자원센터를 찾아갔다. 다행히 이곳에서는 강 옆에 설치된 어도로 유인되어 거슬러 올라오는 연어들을 볼 수 있었다. 사람 종아리 정도 됨직한 실하고 힘이 넘치는 연어들이 쏟아져 내려오는 물줄기와 어도의 보를 뛰어넘으며 끊임없이 거슬러 오르고 있었다. 연어는 3미터 높이의 장애물도 거슬러 뛰어넘을 수 있다고 한다. 거침없이 솟구치는 연어들의 뒤에는 쏟아지는 물길을 거슬러 오르다 오르다 지친 연어들이 어도의 보에서 밀려 아래로 떨어진다. 연어는 다시 오르길 시도하다 지쳐 아래 저수조까지 물결에 떠밀린다. 그곳에서 원기를 충전하고 다시 도전하는 치열한 광경이 눈앞에 펼쳐져 있었다. 물줄기를 거슬러 오르며 장애물을 넘고 암컷을 차지하기 위해 자갈들을 헤집고 다투다 보니 연어들 대부분이 비늘이 벗겨지고 지느러미가 찢기고, 등이 움푹 팰 정도의 상처 투성이다. 더구나 산란 시기 일주일 동안은 금식까지 한다고 하니 산란을 위해 이토록 애쓰는 그들의 생명력에 감동하였다.

강어귀에서 연어는 은빛 옷을 울긋불긋한 갈색 혼인색으로 바꿔 입고 남대천 자갈밭의 여울물을 거슬러 단풍 든 산을 향해 오른다. 혼인색으로 바뀔 때 수컷들은 암컷을 보호하기 위해 주둥이 끝이 갈고리 모양으로 바뀌어 날카로워진다고 했다. 회귀율도 낮아진데다 자연 상태에서는 산란도 힘들고 치어의 생존율도 아주 낮아 부득이하게 연구소에서 인공으로 연어를 유도하고 채란하여 치어로 건강하게 기른 다음, 하천에 방류하여 적응시킨 후 바다로 보내고 있다고 한다.

차가운 남대천 여울에서 부화한 치어는 남대천 얼음 밑을 더듬어 설악산과 오대산 계곡의 나무뿌리가 뿜어내는 향기와 흙냄새를 맡아가며 동해로 빠져나간다. 그리고 북태평양에서 앞선 연어들의 자취를 따라가며 그 물길을 기억한다. 그 연어들은 큰 바다에서 덩치도 키우고 날렵함도 익혀 대양의 새로움에 적응하며 그들의 영역을 당당하게 넓혀가는 것이다. 북방의 차가운 물결을 헤치며 오오츠크해와 베링해를 거침없이 달려가 북태평양 일대를 1만8천 킬로미터 정도 일주하며 살아남은 연어들이 3~5년 만에 다시 동해를 통해서 어머니의 강 남대천으로 돌아오게 된다.

속초 수산시장에서 순대를 사들고 청초호를 돌아 숙소로 돌아왔다. 실향민들의 애환을 오징어 속에 꼭꼭 눌러 담은 아바이순대다. 한국전쟁

때 함경도 사람들이 고향 가까운 속초로 잠시 피난하여 식수조차 없는 청초호의 황량한 모래땅에 움막을 지어 기거하며 고향으로 돌아갈 희망으로 하루하루를 버티며 만들어 먹던 순대였다. 전쟁이 끝나고 아바이 마을 사람들이 세수 한 번에 말끔히 씻길 눈곱 정도로 여겼던 휴전선은 견고한 철책이 되었다. 한걸음에 달려갈 수 있는 고향을 눈앞에 두고도 가지 못하고, 눈이 오면 그리움과 한이 쌓이고, 파도가 치면 가슴에 멍이 들도록 고향을 애달파했다. 해마다 연어는 때가 되면 어머니의 강을 찾아 돌아오지만, 고향 떠난 아바이 마을 사람들은 망부석처럼 그 자리에 남아 파도의 포말들이 허무하게 부서지듯 해마다 몇 사람씩 결코 되돌아올 수 없는 곳으로 떠나는 것을 지켜볼 뿐이다.

고즈넉한 설악의 숙소에서 고향을 떠난 사람들을 생각해 본다. 일제강점기에 쫓기듯 떠나 타국에서 헤매다 멀리 중앙아시아의 초원에 버려진 사람들, 한국전쟁으로 가족을 잃고 떠난 사람들, 절박했던 시절 막장이나 피고름에도 마다하지 않고 광부나 간호사가 되어 떠난 젊은 청춘들, 그리고 여러 가지 이유와 사연을 가지고 떠난 사람들까지.

고향을 찾아가는 길은 의지만으로 되는 것은 아니어서, 떠날 때의 상황과는 달리 엄청난 힘으로 가로막는 시련과 장벽이 앞을 가로막을 수도 있고, 타향에서의 고통과 외로움이 오히려 그들을 악착스럽고 억세게 만들어서 고향을 생각할 여유조차 없게끔 하기도 한다. 그렇게 의지와 관계없이 인연이 닿는 곳에서 발길을 멈추어 정착하고 새로운 고향을 삼기도 한다. 강을 떠나 드넓은 대양으로 나갔던 연어들에게는 어떤 이유로 회귀율이 낮아진 것일까?.

우리가 보았던 상처투성이의 연어들은 그 어려움을 이기고 고향에 돌아올 수 있었던 행운의 주인공들이었을까? 몸 비틀어 마지막 상류로 솟구쳐 들어가는 순간 물 튀는 소리로 백두대간의 바람 소리에 화답하던 연어처럼 안간힘을 쓰며 뛰어오르려 애쓰다 소용돌이에 휩쓸려 떠돌던 지친 그들도, 모두 자연의 순리대로 새 생명을 잉태시키고 어머니의 강 고향에서 편안한 죽음을 맞이할 수 있기를 바란다.

다음 날 새벽 속초 대포항에서 일출을 기다렸다. 손 곱은 차가운 날씨에도 구름 한 점 없는 하늘에 주홍빛을 덧칠해가며 수평선은 붉은 심장을 밀어 올렸다.

향로봉,
멈출 수 없는 백두대간 끝에서

미명의 새벽, 옷을 꼭꼭 감싸고 후드까지 뒤집어썼지만 아무래도 어설 픈 모양이다. 찬바람을 피하기에는 역부족이다. 겨울 문턱에 들어섰지만, 이곳이 한국의 최북단이라는 사실을 간과하고 가을 복장으로도 괜찮겠 지 하며 안이하게 생각한 탓이다. 바람을 피해 건물 옆으로 바짝 다가서 서 발을 동동거리며 애써도 별 소용이 없다.

대전에서 이곳까지 밤새 달려와 진부령(해발 520m)에서 2시간 이상 기다렸다. 6시 30분에 입산하도록 해주겠다던 군부대에서는 아직 연락 이 없다. 입산 허가라도 빨리 떨어지면 움직일 수 있어 추위를 조금이라 도 누그러뜨릴 수 있을 것 같은데 군부대가 야속해 보인다. 부대에서 나 오는 군인만 보이면 우리는 일제히 그를 바라보았다. 그렇게 실망하기를 몇 차례 7시가 넘어서야 겨우 군 위병소에서 명단이 제출된 그룹별로 통과시켜주었다.

임도를 따라 걸어야 할 길이 편도 14km는 족히 넘을 거라고 한다. 임도라기보다 군사 작전용 도로여서 길이 널찍하고 경사가 완만하게 잘 닦여있다. 동해안을 바라보며 북으로 한 시간 반쯤 걷다 보니 '향로로'라는 표지석이 보인다.

마른하늘에서 불어오는 차가운 바람이 임도의 흙먼지를 일으켜 앞길을 가로막는다. 경사가 심하지는 않았지만 계속 오르는 길이기도 하고 끊임없이 불어오는 찬 바람과 흙먼지로 향로봉 가는 길은 만만하지 않았다. 오르막길에서 흘린 땀으로 이제는 오싹한 한기를 느껴 배낭 속의 옷들을 다시 하나씩 꺼내 입으며 걸었다. 겨울에 TV로 가끔씩 최저 기온이나 폭설로 고생하는 전방부대의 장면이 자주 등장하는 곳이 이 향로봉이었던 기억이 난다. 시야가 탁 트여있어 멀리 보이지만 조금만 더 가면 더 이상 갈 수 없는 길 끝이라는 생각에 답답했다. 아직도 갈 길이 먼데 끝을 생각하다니.

능선의 구비 구비가 여인의 흘러내린 치마폭 같다. 파란 물감이라도 쏟아져 능선을 물들일 기세다. 이런 파란 하늘은 최근 우리나라에서는 거의 찾아보기 힘든 하늘이다. 오늘 새벽 칠흑 같은 어둠 속에서 또렷하게 빛나는 별들을 보았던 하늘이 맞을까? 별들에 빨려 들어가듯 내 몸이 허공에 떠오르는 것처럼 어지러웠는데, 이 순간은 코발트 빛 파란 하늘이 나에게 다가와 그 속으로 빠져들 것만 같다. 깊이를 알 수 없는 하늘이다. 신비롭기 그지없다.

향로봉 정상으로 가는 도중에 조그만 초소에서 보초를 서는 군인이 외로워 보였다. 함께 가던 말동무가 자기 아들도 군 복무 중이라며 초병서는 장병이 안쓰러웠는지 배낭 속 비상식량과 군것질거리를 모두 꺼내 주었다. 그녀는 자기 아들이 이런 전방에는 가지 않기를 간절히 기도했단 다. 최전선에서 적과 대치해야 한다는 두려움 때문에 그녀는 그런 이기주의에 빠졌었다고. 어머니로서의 자식에 대한 애틋함과 자신의 씁쓸한 속내를 은근히 털어놓는다.

내 젊은 시절 70년대, 강원도 중부 전선 험지 중의 험지라 불리던 근무지가 떠오른다. 전방에만 M-16 신형 소총이었을 뿐 후방에는 M-1이나 칼빈 소총이 개인화기였던 시절이었다. 그 당시 휴가 때 마주친 순찰 중인 헌병이 힘든 곳에 근무한다며 되레 위로해주던 그런 곳이었다. 그 여인이 그 당시 우리를 달래주던 헌병같아 보였다. 단 두 번의 휴가로 군대 생활을 마쳤던 병영 생활이 파노라마처럼 스쳐 지나간다.

흰 포말이 되어 밀려오는 동해의 파도가 멀리 보이지만 아직도 정상이 보이지 않는다. 향로봉 정상에 올라서면 오늘은 금강산이 보이려나? 세 시간 삼십 분가량 걸려 드디어 정상에 도착했다.(해발 1293m로 정상 안내판에 표기되어 있으며 지도상에는 1296m로 나와 있다.)
정상에 돌로 쌓은 향로와 철제 향로가 세워져 있고 초소 겸 전망대에는 방향별로 지형 모습이 그려져 있다. 향로봉은 인제, 고성, 간성의 3개 지역의 경계이며, 구름이 정상을 살짝 덮는 날이면 향로에서 향 연기가 피어오르는 모습과 흡사하다 하여 이름 붙여진 금강산 일만 이천 봉우리 중 하나다. 북녘의 무산과 두무산이 보이고 금강산 봉우리들이 아스라하다.

　아직 눈도 내리지 않은 초겨울인데도 정상에서의 바람은 산 아래보다 더욱 세차고 추위가 매섭다. 두툼한 야전 파카를 입고 소총을 맨 장병이 추위에 떠는 우리가 애처롭게 보였는지 전망대 안으로 안내한다. 안으로 들어서니 한 쌍의 남녀가 북녘을 향해 사과, 배, 귤 한 개씩 간단하게 제물을 차리고 소주 한 잔으로 제를 지내고 있었다. 오늘로 백두대간 690 여km의 대장정(남북한 전체: 약 1400km)을 마치는 날이라 한다. 감격해하면서 언젠가 이 땅에 평화가 깃들면 이곳부터 시작하는 북녘의 대간을 찾아가고 싶다고 했다.
　제주도에 산다는 그들 부부는 수시로 휴가를 내가며 제주에서 비행기나 배를 타고 바다 건너 육지로 건너와 산행 들머리까지 찾았다고 한다. 지리산에서 시작해서 백두대간 산행길을 때로는 한밤중에, 어느 때는 비와 눈을 맞아가면서, 때에 따라 잘못 찾아 든 길을 수 킬로미터 혹은 십여 킬로미터 이상씩 알바(산행에서 정상 루트가 아니고 착오로 다른 길로 들어섰다가 되돌아오는 산행)를 무릅쓰고 이곳까지 왔다고 했다. 무엇이 그들에게 힘든 여정을 떠나게 했을까? 그들의 신념과 의지가 존경스러웠다. 지금 그들은 감격하여 깊은 사랑이 충만한 눈빛으로 서로를 바라본다. 금강산을 바라보던 눈빛으로 서로의 눈을 들여다보며 그 속에서 부부로서, 동지로서 속 깊은 사랑을 다짐하면서.

향로봉 정상에서 북녘을 바라보며 고은 선생의 「금강산」이 떠오른다.

> …
>
> /그동안 갈라졌던 것 흩어졌던 것 /모조리 작파하고
>
> /그동안 무지무지하게 /아까운 나날들 허사로 보낸
>
> /내것이 아닌 /미움이던 것 /훨훨 날려버리고
>
> …
>
> /서로 익어가는 사랑의 눈으로
>
> /우리 서로를 바라보자
>
> …

백련사 동백꽃

몇 년 전 절정을 이룬 백련사 동백꽃이 아름답다는 방송을 보고 꼭 찾아가 봐야겠다고 마음먹었지만, 이런저런 이유로 여태껏 가지 못했다. 올해는 한 달 전부터 강진 군청과 도암면사무소에 전화를 걸어 축제 안내도 받고 동백꽃 발화시기도 알아보았다. 2월 말부터 시작하는 동백 축제에도 꽃은 별로 피지 않았다고 담당 공무원은 난감해하며 속상해하였다. 언제 그곳에 가야 할지 고민하던 중에 인터넷 블로그에 아마 3월 15일경에는 꽃이 만발할 것 같다는 글이 올라왔다.

편도 250km가 넘는 길을 달려 강진 백련사에 도착했다. 백련사 가는 길에는 가로수로 동백나무를 많이 심어 놓았다. 잎이 무성한 짙은 초록 잎 사이로 붉은빛을 찾기 어려웠다. 간간이 보이는 동백꽃이 반가울 정도로 꽃이 보이지 않아 벌써 꽃이 진 것은 아닐까 조바심마저 들었다.

오래전 등산을 즐기던 시절, 겨울철에는 남해안의 섬 등산을 자주 하였다. 섬마다 동백나무가 있었고 으레 동백나무 아래로 난 길을 따라 걸었다. 그 길은 나무에서 갓 딴 싱싱한 붉은 꽃을 일부러 뿌려 놓은 것 같았다. 무성한 동백 잎으로 하늘을 볼 수 없었고 꽃이 핀 동백나무 아래는 낮에도 어두웠다. 어두운 동백 그늘 아래 떨어진 꽃들은 핏빛으로 보였다. 마치 피가 흩뿌려진 길을 걷는 것 같아 소름이 돋았다. 어떤 이는 흠칫 몸서리를 치기도 했다. 갑자기 툭 머리 위로 떨어지는 꽃송이에 나도 깜짝 놀랐다. 허리 굽혀 떨어진 꽃 한 송이를 집었다. 가련하게도 이렇게 싱싱한 꽃이 떨어지다니! 언젠가 어디선가 불행하게 피 흘리며 아무도 모르게 떨어지는 영혼인 듯해 손에 쥔 한 송이 붉은 꽃을 놓지 못했다. 그 동백길은 왜 그렇게 어둡고 슬퍼 보였을까?

동백은 차가운 바닷바람을 양분으로 거친 파도 소리를 들으며 꽃봉오리가 움터 올라 겨울에 꽃을 피운다. 춥고 떨릴 때마다 몸서리치며 꽃봉오리를 밀어 올린다. 하얀 눈 속에서도 꽃은 얼지 않고 새빨간 꽃을 살짝 들어 올릴 땐 영락없는 여왕의 꽃이다. 세찬 바닷바람을 막으려는 듯 초록빛 짙은 잎들이 촘촘하게 붉은 꽃을 막아섰다. 그 사이로 살짝 드러난 꽃은 품위 있고 당당했다. 빨간 꽃잎 가운데 샛노란 꽃술이 두툼하니 더욱 고귀한 자태를 자랑한다. 그래서 그 모습 그대로 낙화하는 꽃이 더 애달파 보였다. 벌과 나비도 없는 차디찬 바람만 불어대는 겨울에 꽃을 피워 어찌하려는가? 초록빛 감도는 레몬 빛깔의 동박새만을 하염없이 기다리는가?

    제주 출신의 매형은 제주 4.3사건[1]으로 가족을 잃어 외롭게 어린 시절을 보내야 했다. 혈연에 대한 그리움을 가슴 속 깊이 묻어 둔듯하여 마음이 짠했었다. 나도 우리 족보를 보다 자손이 이어지지 못한 채 다음 세대가 공란으로 남아 있는 부분이 많다. 손이 끊긴 사람이 많다는 생각도 들었지만, 전에 들은 이야기에 의하면 제주 사건으로 많은 사람이 희생당해서 그렇다는 것이다.

    해방 전 제주는 기근에 시달려야 했고, 게다가 일제의 수탈로 하루하루가 버거울 수밖에 없었다. 차라리 일본 대도시로 나가 노동이라도 해서 사는 게 낫지 않을까 하고 생각한 많은 사람이 고향을 떠났다. 그리고 해방되었지만, 고향으로 돌아온 6만여 명의 사람들로 제주는 오히려 생활은 더 안 좋아졌다. 제주 사회에 불만이 가득하던 시기에 사건이 터졌다.

    1947년 3월 1일 제주 북국민학교에 모인 수많은 인파가 행사 후 시내를 행진하며 시위하였다. 이때 시위대를 해산하려는 기마경찰의 말에 치여 어린이가 다친다. 이에 항의 하는 시위대를 제압하려 경찰은 총을 쏘았고, 이 총에 맞아 아이와 아낙네를 포함해 사망자 6명이 발생하였다.

    이 사건을 계기로 해방 후 제주에 잠입하여 활동하던 남로당에서 투

---

1)   제주 4.3사건은 나무위키, 한국민족문화대백과사전의 내용을 참고, 요약하였습니다

쟁위원회를 결성하고 4만 명이 넘는 사람들이 총파업을 한다. 이에 미군정에서는 남로당 장악하에 벌인 시위라 판단하고 강경 진압에 나선다.

계속되는 경찰의 무력 진압에 1948년 4월 3일 남로당이 주축이 되어 무장봉기를 일으켜 우익인사와 경찰 가족을 습격하여 살해하는 일이 일어난다. 이에 무장대와 토벌대의 걷잡을 수 없는 처절한 무력 충돌이 벌어지고 선거마저 무효화 되기도 했다. 이 사건과 관계없는 수많은 제주 도민들은 토벌대의 강경책을 피하려고 한라산으로 도피하게 되었다. 6.25전쟁 와중에도 마무리되지 않던 사태가 전쟁이 끝나면서 무장대는 힘을 잃고, 1954년 9월 21일 한라산 금족령이 해제되었고 1957년 4월 2일 최후의 무장 대원이 체포되면서 7년 7개월 만에 4.3사건은 끝을 맺는다.

이 사건으로 공식적으로 확인된 사망자는 1만 4천여 명을 조금 넘지만, 항간에는 6~8만 명이 죽었다고 추정하기도 한다.

민주화 이후에도 제주 4.3사건을 계속 부정해 왔거나 모르쇠로 일관하였다는 것에 분노가 치민다. 그런 엄청난 사실을 왜곡하려 애써왔다는 우리 사회의 현실에 어찌 통탄하지 않겠는가. 영문도 모르고 억울하게 세상을 떠난 이들의 영혼이 편히 잠들길 바라는 마음이다.

그 영혼을 달래는 꽃으로 동백이 제주 4.3 사건의 상징이 되었다.

겨울 바다의 세찬 바닷바람과 폭설을 오롯이 견뎌내야 하는 꽃. 피보다 진한 붉은 꽃으로 피어나는 꽃. 생생한 모습으로 툭 떨어지는 꽃. 이 꽃만큼이나 슬퍼 보이는 꽃이 있을까?

백련사 동백숲 안으로 난 길도 어두웠다. 어둑한 동백 그늘에 누가 밟기라도 할까 떨어진 동백꽃을 주워 한쪽으로 나란히 늘어놓아 하트를 만든다. 아직도 피지 않은 꽃봉오리인 줄 알았는데 떨어진 꽃은 제법 크고 색도 말갛다. 떨어진 꽃으로 내가 만든 하트를 보며 누군가 따뜻한 미소라도 짓는다면 얼마나 좋을까.

겨울 찬 바람에 부르르 떨며
이제서야 백련사 동백은 막 피어나는데
툭! 붉은빛 꽃 한 송이가 또 떨어진다
동박새는 언제 오려나

라만차의 풍차

세르반테스 서거 400주년

라만차 평원에 우뚝 솟은 콘수에그라 언덕의 풍차는 멈춰있었다. 따갑게 내리쬐는 태양 아래 줄지어 서 있는 거인들은 하릴없이 드넓은 평원을 바라볼 뿐이다. 바람의 언덕 끝에 있는 고성만이 주인이 있는지 없는지 구름도 바람도 멈춘 적막함 속에 저 멀리 보일 듯 말 듯 한 사람의 기척 하나까지도 놓치지 않으려 한다.

커다란 풍차의 입구에 수문장인 듯 긴 창을 곧추세우고 위엄을 갖추고 서 있는 돈키호테의 철 조각상은 훅 불면 쓰러질 듯 위태로워 보인다. 한때는 언덕에 버티고 있는 이 거인들을 무찌르기 위해 산초의 만류에도 불구하고 단숨에 달려들던 돈키호테, 400년 지난 지금 그 무모한 편력 기사의 야위고 초라한 모습이 씁쓸하다. 위태위태한 돈키호테가 타인으로부터 호되게 시련을 겪는 모습이 안쓰럽기도 하지만, 정의를 지키고 약자를 도우려 위험을 무릅쓰고 다시 로시난테를 추스르고 길을 나서는 돈키호테를 사람들은 좋아하지 않을 수 없다.

지평선이 끝없이 펼쳐진 평야 지대와 능선에 온통 심어진 올리브나무도 인상적이지만, 구릉과 산에 줄지어 늘어선 수많은 풍력발전기로 보아 스페인은 풍차의 나라, 아니 바람의 나라라 해도 좋을 듯하다. 지중해와 대서양의 물결이 만나고, 유럽과 아프리카의 바람이 만나고, 기독교와 이슬람이 만나 넓은 이베리아반도를 한껏 달아오르게 한 스페인, 이곳은 어느 쪽에서 보면 끝이고 멈추는 곳이지만 다시 보면 새로 시작하는 곳이다.

대륙의 거친 소용돌이를 피해 이베로족, 켈트족, 서고트족 사람들이 따뜻한 지중해의 바람이 불어오는 유럽대륙의 끝자락에 보금자리를 틀었다. 또한 아랍과 아프리카 대륙의 무어인들이 뜨거운 모래바람과 함께 바다를 건너 비가 내리는 온화한 땅에 들어왔다. 강들의 대지라 부르는 이베리아반도에서 무어인이 통치하던 800여 년은 이슬람국가였다. 가톨릭과 유대교를 서로 인정하는 관용과 포용의 사회였다. 경제적 부흥과 함께 서유럽에서 가장 찬란한 예술과 건축 등으로 각 도시의 번영을 누렸었다.

하지만 종교의 광풍으로 갈등과 대립이 격렬해지면서 각자의 왕국에 몸을 맡긴 수많은 기사가 이슬처럼 스러져갔다. 신사조 르네상스가 유럽을 휩쓸자 기사들의 전쟁은 끝나고 학문, 예술, 건축, 상업 등 다시 활력을 찾게 됐다.

국토 회복 전쟁이라는 스페인 통일 과업을 이룩한 이사벨 여왕은 지구의 끝을 향해 간 콜럼버스가 발견한 아메리카 신대륙을 통해 해가 지지 않는 패권 국가를 이룩하는 초석을 놓게 된다. 통일된 스페인 가톨릭 왕조는 이슬람과 유대교를 철저히 배척하는 강력한 통치로 인해 더 이상 관용의 국가는 아니었다. 그나마 이슬람 사원을 가톨릭 성당으로 사용하여 과거 역사를 회상할 수 있는 여지를 남겨두어 다행스러웠다.

마드리드 그란비아 거리가 시작되는 스페인 광장에 우뚝 솟은 마드리드 탑에는 세르반테스의 상과 돈키호테, 산초, 둘시네아 등 작품 속 인물상들이 있다. 근대소설의 시초라 일컫는 「재기才氣 발랄한 향사鄕土 돈키호테 데 라만차」의 작가 세르반테스는 군인, 노예, 세금 징수원과 투옥 생활로 굴곡진 인생을 살아내면서 일반 사람들이 볼 수 없는 피폐한 사회구조를 보았던 것 같다.

지중해는 오스만 터키 제국이 지배하고 있었으며 대서양에서는 영국이 시민계층의 사회적 진출에 힘입어 신흥강국으로 발돋움하고 있던 즈음, 스페인은 여전히 식민지 라틴 아메리카를 폭력적으로 통치하고, 국내에서는 이교도 처단으로 갈등을 증폭시키고 있었다. 어리석은 과거 이념에서 벗어나지 못하고 세계의 변화를 따라가지 못해 무너지는 것을 막아내지 못하고 있었다. 세르반테스는 당시 이런 사회에 경종을 울리려 한 것이리라.

넓은 라만차의 평원에 흙먼지가 일며 멀리 말 탄 사내가 햇빛에 반짝이는 창끝을 겨누고 풍차의 언덕으로 힘차게 달려오는 듯하다. 이룰 수 없는 꿈을 꾸고, 이길 수 없는 적과의 싸움에서 좌절보다는 인간의 존엄과 정의에 대한 확신과 믿음으로 또다시 일어서 나아가는 인간의 위대함이 엿보인다.

콘수에그라 언덕에서 알곡을 빻던 풍차는 우리의 삶 속에서 사라졌지만, 지금 언덕 위에 굳건히 서 있는 이 풍차는 여전히 사라지지 않는 돈키호테의 모습이다. 한 시대의 성쇠도 단순한 과거가 아니라 미래를 여는 시간의 실마리였음을 새삼 느낀다.

거인의 날개가 다시 펄럭인다.

오래된 다리

Don't Forget '93

아드리아 해변 남북으로 길게 뻗어있는 크로아티아의 영토사이에 끼어 있는 보스니아의 땅 네움에서 하룻밤을 지내고 모스타르로 향하는 버스에 탔다. 차창에 간간이 빗방울이 부딪친다. 유독 이번 여행길에는 비가 잦다. 반짝이는 태양 아래서는 산뜻하게 세련되어 보일만 한 것들도 착 가라앉아 칙칙하고 음울해 보인다. 가이드가 이야기해주는 보스니아의 서글픈 역사에 빠져들 즈음 차창에 스치던 빗방울이 걷히고 파란 하늘이 보이기 시작한다.

돌투성이 산이 병풍처럼 둘러선 척박한 아드리아 해안으로부터 멀어지며 강이 흐르고 평지가 나타난다. 봄비에 채 잎도 나기 전 서둘러 핀 꽃들이 수줍게 고개를 드는 아침, 푸른 네레트바강이 꿈틀거리며 굽이친다. 어제까지 줄곧 아드리아 해안의 돌투성이 산을 마주하다 오늘은 자연이 주는 풍요로움을 한껏 즐기면서 강을 따라 내륙으로 깊숙이 들어간다. 우기의 끝 무렵인 3월 말 발칸 내륙에 때아닌 눈이 1m 20cm가 넘게 내렸다더니 강물이 넘칠 듯 힘차게 흐른다.

우리는 모스타르의 스타리모스트를 보러 가는 길이다. 스타리모스트 (starimost)는 '오래된 다리'라는 뜻이다. 모스타르(mostar)라는 도시의 이름은 이 '다리의 파수꾼(mostari)'이라는 의미에서 유래되었다. 네레트 바강이 흐르는 이곳에는 1,400년대 이전부터 이미 나무다리가 강의 양편을 이어주고 있다가, 1566년 오스만제국의 슐레이만 술탄의 지시로 폭 5미터, 길이 30미터, 높이 24미터의 다리가 만들어지게 되었다. 1,088개의 하얀색 돌로 건설된 아름다운 아치형 다리는 오스만제국의 위세를 드러내기 위해 최고의 건축 기술이 투입된 것으로 당시에는 최고 높이를 자랑하며 가장 완벽한 단일 아치라 평가받았다. 열강들의 싸움터로 이용되었던 수많은 전쟁에도 건재했던 이 다리는 보스니아 내전 중이던 1993년 파괴되었다가 다른 나라들의 도움으로 2004년 복원되었다. 지금 우리가 보러 가는 다리는 '오래된 다리'가 아니고 '새 옛 다리(new old bridge)'인 셈이다.

가톨릭 구역에서 내린 우리는 아직도 총탄 자국이 선명하게 남아있는 건물들을 둘러보면서 시장 골목으로 들어선다. 부활절 아침임에도 상인들이 거리에 앉아 예쁜 레이스와 수를 놓은 패브릭 제품이나 스카프를 펼쳐 보이며 관광객들의 발길을 잡는다. 아직 조용한 광장에 부활절 예배를 보기 위해 일찍 나선 사람들이 드문드문 보이는 성당을 지나 스타리모스트에 가까이 다가서자 다리 앞쪽에 건물의 탑이 위압적으로 버티고 있다. 이 탑이 다리의 파수대로 무기 창고로 사용하기도 했다고 한다.

네레트바강을 사이에 두고 동쪽은 무슬림들이 서쪽은 가톨릭 주민들이 살고 있다. 그 강 위에 높이 솟은 스타리모스트가 그들의 왕래를 도와주고 있었다. 강 이쪽에는 성당의 높은 첨탑 위에 세운 십자가가, 강 건너 마을에는 모스크의 돔 위로 미나렛이 높이 솟아 있다. 강의 양안에는 봄볕에 피어나는 푸르름과 기운차게 흐르는 에메랄드빛 강물이 평화롭고 아름답게 보인다.

다리를 건너 이슬람 지역으로 들어선다. 부채꼴과 원형 그리고 사각형 등 기하학적 문양으로 조약돌을 바닥에 깔아 놓은 길거리를 걸어본다. 지금도 현대적이고 아름다운 조약돌 거리는 공간이동으로 다른 세계에 들어선 기분이다. 그 양편으로 오스만 시대의 터키풍 건물과 오래된 시장이 있어 색색의 스카프와 구리판을 두드려 만든 접시와 그릇, 주전자와 램프들이 즐비하다. 금방이라도 터번을 두른 젊은이를 태운 양탄자가 눈앞으로 날아오고, 램프 속에서 주인의 부름을 받은 지니가 불쑥 튀어나올 것만 같다. 다리 건너 가톨릭 지역 시장에서 파는 물건들과는 많이 다르다.

우리는 하얗고 매끈한 대리석 다리를 건너며 사진을 찍는다. 몸을 조금만 움직여도 이색적 풍경이 화면에 담기니 신기하다. 서양의 문명과 동양 문명이 만나는 곳, 기독교의 성당과 이슬람의 모스크가 한눈에 들어오는 곳, 30미터의 거리를 두고 수백 년간 다른 종교를 가지고, 다른 삶의 방식으로 공존하며 살아온 사람들, 한때 서로가 서로에게 총질한 적도 있지만 지금은 그들이 자랑으로 삼는 다리를 건너 다정한 담소와 애정을 나누며 평화롭게 살아가고 있다. 이쪽으로도 저쪽으로도 자유롭게 서로 오갈 수 있는 이 다리 위에 서니 비장한 느낌이다.

유고 연방이 해체되고 슬로베니아, 크로아티아가 독립하고 세르비아 역시 독립한 후, 1991년 이슬람 44%, 세르비아계 정교회 31%, 크로아티아계 가톨릭 17%의 주민들로 구성되었던 보스니아도 독립을 위한 국민투표를 실시하였다. 그때 당시 정교국가의 확장을 꾀하던 세르비아계의 방해로 지도자들이 암살당하는 사건이 있었음에도 보스니아는 가까스로 독립을 하게 되었지만, 종교적 갈등이 표면화되면서 결국 내전으로 치닫게 되었다.

세르비아 정부가 보스니아 내전에 직접 참여하여 보스니아의 무슬림들을 대량 학살하며 영역을 넓혀갔다. 보스니아는 초기에 정교국가를 건설하겠다는 세르비아 민병대에 대항하여 가톨릭계와 이슬람계가 연합하여 대항하였다. 그런데 1993년, 주요 거점 지역인 모스타르에서 크로아티아계 가톨릭 주민들이 이슬람계와의 약속을 깨고 스타리모스트를 폭파하고 말았다. 또한 세르비아 정교계의 영역확장에 크로아티아계 가톨릭 주민들도 자극받아 그들 역시 영역확장에 나서게 되어, 이 사건을 계기로 가톨릭, 정교, 이슬람의 종교전쟁으로 비화되었다.

남슬라브 민족들이 살고 있던 발칸지역을 주변 강국들이 오랫동안 자신들의 이익에 따라 경계를 이리저리 제멋대로 난도질한 탓에 다문화 약소국인 보스니아 내전에서 대량 학살과 인종청소라는 끔찍한 결과를 가져왔다. 특히 세르비아의 믈라디치는 보스니아 헤르체고비나의 이슬람 마을 스레브니차에서 8,000여 명을 학살하고 강간하는 등 인권적 잔혹 행위를 하였다. 보스니아에서 종교로 패가 갈라진 채 싸우던 그들은 평소 서로 잘 아는 친구였으며 이웃이었고, 서로 즐거울 때 웃고 슬플 때 같이 울던 학교 동창이며 지인들이었다. 일단 전쟁이 시작되자 그들은 이웃까지 서로 죽이는 야만인이 되어 버렸다.

파수대 건물 입구에 들어서면 'DON'T FORGET '93'이라는 문구가 새겨진 표지석이 있다. 이 문구는 도심의 상가에도 있으며 심지어는 식당에도 표지석을 두어 주민들은 물론 관광객들에게까지 기억을 상기시켜 주고 있다. 아름다운 돌의 예술품 스타리모스트가 파괴되던 날, 다리를 사이에 두고 수백 년간 함께 살아오던 이웃들끼리 서로 총부리를 들이대고 싸웠던 그들의 아픈 역사를 다시는 되풀이하지 않겠다는 뼈저린 성찰과 결의가 담긴 'DON'T FORGET '93'이라 새긴 표지석이 오히려 아름다운 석조다리 스타리모스트보다 짠한 감동으로 다가온다. 표지석을 늘 곁에 두고 잊지 않으려는 그들의 마음이 절절하게 전해진다. 부활절을 알리던 성당의 종소리가 유난히 가슴 깊이 울린다.

산책길 풍경 1

지난겨울은 눈 없이 지낸 건조한 계절이었다. 요즘 유성 반석천 수변 산책길 둑 경사면 여기저기에는 이름 모를 풀들이 말라 누런빛을 띠고 있다. 철이 바뀌어 봄이 되어도 들려오지 않던 비 소식이 다행이랄까, 엊그제부터 이틀 동안 가랑비가 내리다 한두 번은 소나기가 되어 쏟아졌어도 냇물은 여전히 바닥에 닿아 있다.

대지를 흠뻑 적시지는 못했어도 오랜만에 내린 비로 초목들이 한층 싱그러워지고 제 색깔을 뽐내느라 바쁘다. 초록으로 물든 천변에 울긋불긋 피어난 꽃들이 이렇게 아름답다니. 산책길 옆으로 초여름의 꽃들이 가는 목을 하늘로 뻗고 손을 활짝 펴고는 살랑대는 바람결에 앞으로 한 번 뒤로 두 번 몸을 흔들어대며 군무를 추고 있다. 나를 환영하는 꽃 군무에 흠뻑 빠져 산책길에서 나도 모르게 콧노래를 흥얼거린다.

상쾌한 기분이다. 목을 길게 늘인 샛노란 금계국 활짝 웃으며 달려드는 티 없는 아이 얼굴 같아 꼭 껴안아 주고 싶다. 메마른 대지에서도 금계국은 샛노란 색깔만큼이나 활기찼다. 목마를수록 꽃은 목을 길게 뽑고 하늘을 향해 간절히 바라는 모양새다. 가는 꽃대를 곧추세우고 태양을 당당하게 바라본다. 이 기세를 꺾지 않도록 도와주소서 하고 기도라도 올리는 것일까? 노란 금계국은 둑의 경사진 돌 틈 사이에서도 길섶에서도 끈질기다. 한번 심어 놓으면 꽃밭을 거의 점령하여 그들만의 영토를 만들어간다. 하늘거리는 가냘픔에도 강렬한 노란색으로 우릴 유혹하는 강인한 생명력에 감탄할 수밖에 없다.

이 샛노란 꽃들 사이에 검붉은 꽃술과 노란 꽃잎이 화려하게 하나둘 보이기 시작하더니 몇 걸음 만에 이 꽃들의 세계가 펼쳐진다. 한 이틀 대지를 적셨던 비구름을 걷어내고 절절하게 기다려 왔던 기쁨에 겨워 머리를 바짝 치켜든 기생초다. 기생초는 요염한 기생이 화려하게 치장하고 춤출 때 펼쳐진 치마 같아 보인다고 붙여진 이름이다. 혀를 내밀 듯 길게 뻗은 노랑 꽃잎들이 둥글게 둘러싼 가운데는 꽃술이 뭉쳐있다. 짙은 포도주 빛깔이 꽃술을 물들이다 흠뻑 넘쳐 노란 꽃잎까지 절반쯤 얼룩진 모습이 예쁘고 화려해 보인다. 스쳐 가는 바람에 벗겨질 듯 벗겨지지 않는 기생의 모자 아래로 백옥의 얼굴이 드러나고, 소매 끝의 섬섬옥수가 허공을 휘젓는 손놀림이 흐느끼듯 물결치는 꽃이다.

바람 따라 춤추는 다른 한쪽에는 우직해 보이는 붉은토끼풀이 홍자색 꽃으로 뭉쳐 피었다. 마주난 석 장의 잎은 끝이 뾰족하고 하얀 화살촉을 그려 넣은 방패 모양이다. 강한 인상만큼이나 행복과 약속에 대한 믿음이 견고하니 나를 잊지 말라는 꽃말까지 갖게 되지 않았을까? 이 꽃도 산책로를 따라 여기저기 무리 지어 피어있다. 한 뿌리에서 자라 한창 꽃피는가 하면 벌써 빛깔이 바래고 누렇게 씨앗을 맺기도 한다. 초록의 풀밭에서 아직은 붉은 자줏빛을 은은하게 발하고 있다. 꽃을 잘 모르는 나는 처음엔 엉겅퀴꽃으로 알았다가, 위로 뻗은 꽃줄기 위로 홍자색 꽃잎이 뭉쳐 피어 자운영인가 했지만 다른 꽃이었다. 식물을 잘 모르면 혼동하기 쉽다. 우리가 잘 아는 하얀 꽃이 피는 선토끼풀과 달리 붉은토끼풀은 옆으로 뻗어 위로 자라 뭉친 꽃잎이 많고 색이 자운영이나 엉겅퀴꽃과 비슷해 보인다. 어쨌든 이 토끼풀들은 모두 유럽에서 들어온 외래 귀화종이란다. 천변이나 둑 경사면의 거친 땅에서 자라 꽃이 피어나는 것을 보면 이 꽃도 생명력과 번식력이 대단한 것 같다.

그런 꽃들 사이에 작고 소박해 보이는 흰 꽃이 초록의 풀밭에 무리를 이뤄 소금을 뿌린 듯 하얗게 피었다. 가냘파 수줍은 토종 꽃 같아 보이는 개망초는 손톱 크기의 앙증맞은 국화과의 하얀 꽃이다. 하얀 꽃들이 풀밭 위에 여기저기서 키 재기 하며 피어있는 모습이 밤하늘의 빛나는 별 같아서 무리를 이룬 모습은 은하수를 상상하게 한다.

구한말에 들어온 이 꽃은 새로 부설하는 철도를 따라 피었다고 하여 철도꽃이라고도 불렸다고 한다. 왕성한 번식력으로 길가 빈터나 묵정밭에 우거져 있는 것으로 유명한 이 꽃은 잡초라는 뜻과 우거진다는 뜻으

로 망초莽草라고 이름 지어졌다. 망초는 그렇게 묵정밭을 책임지는 잡풀이 되었다.[1]

또 우리나라는 나무나 열매의 이름 앞에 '개-'자가 들어가는 초목을 하찮게 여겼다. 이런 멸시를 받기는 해도 춘궁기에 개망초를 베어다 나물로 무쳐 허기를 때웠고, 달걀 비린내를 잡아준다고 하여 달걀말이에 넣어 요리했다 하여 달걀풀이라고도 불린다고 한다. 그리 오래되지 않고도 우리 삶 속으로 깊숙이 들어와 있는 식물이다.

시인 문태준은 개망초꽃은 공중에 뜬 꽃별 같다고 했고, 밭일하는 어머니의 얼굴 혹은 영혼이라 했다. 개망초의 꽃말은 화해라니 묵정밭 둑가에 앉아 밤하늘의 별과 별빛으로 하얗게 빛나는 개망초꽃을 바라보며 서로의 서운한 감정이라도 풀어볼까나?

6월 중순 이즈음에, 내가 매일 산책하는 길에는 이렇게 금계국, 기생초, 붉은토끼풀 그리고 개망초가 서로 경쟁하듯 피어난다. 가끔씩 꽃 사이에서 개양귀비가 타오를 듯 빨간빛으로 다른 꽃들을 압도하기도 한다. 이 식물들은 무리를 이루어 꽃을 피우거나, 홍일점으로 무리 속에서 빛난다. 서로 섞여 다양한 색깔과 모양으로 한 폭의 그림을 그려내기도 한다. 이 실개천을 따라 꾸며진 꽃길에서 나는 마음의 치유를 받으며, 모네의 정원이 이렇게 아름다웠을까? 하는 생각을 해본다.

---

1) 네이버지식백과_한국식물생태보감1: 〈망초〉

우리 산천에 들어와 토종 식물의 영역에 파고들어 생태계를 교란한다 하여 번식력이 강한 외래 귀화종 식물들로 구박받기도 하지만 수변에 피어있는 이 식물들이 없다면 도시의 수변이나 둑 주변이 척박하고 삭막해졌을 것 같다. 토종 꽃들이 이처럼 피었으면 좋았겠지만, 망가지고 버려진 땅에서 버텨냈을까? 이런 꽃처럼 화사하게 피지는 못했을 거라고 짐작해 본다.

올해처럼 가물어 누렇게 말라가는 식물들 가운데 외래종이지만 화사하게 피어나는 꽃들로 인해 도시 생활로부터 지치고 상처받은 몸과 마음을 위로받기도 한다. 그렇게 도움을 받을 수 있고 우리 성정이 편안해질 수만 있다면 비록 외래종이라 하더라도 굳이 제거하지 않아도 좋을 것 같다. 그리고 토종 꽃을 개량하여 외래종처럼 보기 좋고 번식 능력도 강화한다면 우리 토종 꽃들도 더 많이 볼 수 있을 텐데 하는 아쉬움도 있다. 이미 우리 삶에 들어와 귀화한 식물들을 더욱 개량하여 더 훌륭한 한국의 식물로 거듭날 수 있게 한다면 외래종 토종 구별 없이 우리의 자연을 더 풍성하게 만들 수 있지 않을까 생각해 본다.

산책길 풍경 2

유성천을 따라 한 걸음 한 걸음 느긋하게 걷는다. 집에서 조금 내려가면 반석천에서 흘러오는 작은 개울이 유성천과 합류하고, 이 천은 그곳에서 한 2km 정도 더 내려가 유림공원 끝에서 갑천과 합쳐지면서 조촐한 강의 모습을 이루며 금강으로 흘러간다. 물가에 늘어선 풀과 꽃들도 싱그럽고, 한여름의 짙어진 갈대와 수초 사이에서 몸단장하며 일광욕을 한가롭게 즐기는 물오리나 백로를 바라보며 걷는 기분이 상쾌하고 좋다.

가끔씩 산책길에서는 갈대 사이의 웅덩이에 낚싯대를 드리우고 일산 아래서 세월을 낚는 사내도 보이고, 시원한 다리 밑에서 자리를 깔고 장구를 치며 리듬에 몸을 맡긴 여인도 볼 수 있다. 때로는 감성의 흐름에 빠져 색소폰 연주하는 신사와 버스킹하는 대학생들의 음악 소리에 귀를 기울여보기도 한다. 어느 다리 아래에서는 화투 놀이를 하며 노년을 즐기는 할머니들의 웃음소리에 나도 빙그레 미소를 머금게 된다. 그러나 장마철 무더위와 햇볕이 따가운 요즘에는 산책길에서 매일 만나던 모습들이 하나둘 사라지고, 줄지어 옆을 스쳐 가는 자전거 행렬도 보기 힘들어졌다.

지난 선거 때 어느 정당이 일주일에 나흘만 일하고 휴식을 취하면서 인간다운 생활을 할 수 있어야 한다고 주장하는 것을 들은 적이 있다. 이제는 우리도 선진국이 되었으니 선진국답게 개인적인 삶을 풍요롭게 보내야 한다는 것이다. 그렇게 된다면 얼마나 좋을까. 나도 그러한 삶을 살 수 있기를 얼마나 그려 왔던가. 실제로 근래에는 복잡한 도시를 떠나 자연 속에서 지친 몸과 마음을 보듬고 위로하며 살고자 하는 사람들이 많아졌다. 텔레비전에서도 도회지의 치열한 생활을 떠나 조용하고 경치 좋은 전원주택에서 자신만의 삶을 여유롭게 펼치는 사람들의 모습이 자주 등장하곤 한다. 그들은 늘 꿈꾸던 여유로운 삶을 현실로 만들어가는 사람들일 것이다. 그러나 나는 물질적으로나 시간상으로 넉넉한 삶을 위해서는 그만한 자격을 갖추어야 하고, 의욕과 투지로 그 준비를 철저히 한다는 강박으로 늘 결핍을 느끼고 부족하다는 생각을 많이 했던 것 같다.

산책하는 동안 지나치며 보게 되는 야생화들이 클로드 모네의 그림들을 생각하게 한다. 신화와 종교, 전쟁과 역사 등의 무거운 주제에서 벗어나 일상의 삶의 모습인 소풍, 뱃놀이, 즐거운 식사, 해변, 정원 등을 인상적으로 표현한 모네의 그림들을 나는 좋아한다.

「파라솔을 들고 있는 여인」은 눈부신 햇살 아래 산들바람으로 옷이 날리고 야생초가 흔들리며 그윽이 향기라도 뿜어내는 듯한 풍경과, 금방이라도 모습이 바뀔 것 같은 구름이 스틸 컷 같아 보인다. 소풍을 나왔다가 야외의 싱그러움을 즐기는 부인 카미유의 모습을 불현듯 캔버스에 담아낸 그림이다. 「점심」에서는 가족과 함께 식사 중이던 모네가 집안으로 들이비추는 빛에 영감을 받아 벌떡 일어나 캔버스에 붓과 물감을 부지런히 놀려 그려낸 그림인 듯, 보통 사람들의 삶이 녹아 있어 정감이 간다. 성서 이야기나 귀족들의 초상화처럼 경직되어 있는 그림보다는 주위의 일반 사람들이나 일상적인 풍경으로부터 받는 화가 자신의 인상을 그려낸 그림에서 따뜻함이 느껴진다. 그가 가족을 얼마나 아끼고 사랑했는지 전해오는 이야기가 있다. 그즈음 모네는 아들의 대부에게 이렇게 편지를 썼다고 한다.

"작은 오두막 안의 따뜻한 난로와 편안한 가족의 미소가 나를 기다리고 있다네. 자네가 우리 아들을 보면 좋으련만. 그 아이가 있어서 정말 행복하네."

사실 초기의 모네는 카미유를 만나면서 아버지와 관계가 불편해지고 생활비가 끊겨 생활고로 힘들어했다. 그나마 소소한 가족의 행복을 안겨주었던 아내 카미유마저 죽게 되어 실의에 빠지기도 하였다. 인생도 빛과 그늘이 있고 빛에 의해 수시로 바뀔 수 있다고 생각했을까?

시시때때로 바뀌는 빛의 변화에 색깔이 미묘하게 달라지는 모습을 표현한 연작이 성공을 거두고, 새로운 가정도 이루면서 모네의 생활에도 여유가 생기게 되었다. 시골 지베르니의 땅을 조금씩 사들여 연못을 만들고 아치 다리를 놓아 멋진 정원을 만들어가고, 또 집을 증축하여 아름다운 색깔로 꾸미며 죽을 때까지 그림의 모델이 되어줄 모네의 정원을 완성해간다. 모네는 정원사로서 꽃밭을 가꾸고 연못에 수련을 키우고, 색의 마술사로서 빛에 의해 달라지는 사물과 자연의 변화를 캔버스에 담으며 만년을 보낸다.

「지베르니, 모네의 정원」과 「수련」의 연작이 이렇게 탄생하였다. 보는 시각이나 공간에 따라 색과 느낌이 달라짐을 포착하여 그것을 그림으로 표현하는데 헌신한 모네가 존경스럽다. 같은 풍경을 끊임없이 그리면서 같은 사물에서 변화하는 빛과 느낌을 찾아내고 표현하기 위해 화가로서 정말 치열하게 집중하였다. 그러면서도 이 그림들의 모델이 되는 아름다운 자연환경을 만들며 그 속에서 살아갈 수 있었던 것은 구애받지 않는 여유로움이 있었기 때문이지 않았을까. 사물을 통찰하는 집중력은 쫓기는 삶에서는 어려움이 많다. 여유로운 마음이 집중력을 높이고 위대한 작품의 탄생을 가능하게 할 수 있었던 것이리라.

산책길에는 건강하고 여유로운 사람들의 모습이 보인다. 자전거 페달을 힘껏 밟는 젊은이의 모습에서, 고요한 웅덩이 위로 떠 있는 찌를 침묵으로 바라보는 사내의 얼굴에서, 중년을 넘어선 여인이 두드리는 장구 소리에서, 나이 지긋한 신사가 감정에 몰입하여 부는 색소폰 소리에서, 젊은이들의 노랫소리에서 그들 나름의 삶의 풍요를 느낀다. 모네와 같이 거창한 작품을 만들지는 못하더라도, 한 땀 한 땀 소중하게 부족한 빈 곳을 채워가며 열심히 자신의 가치를 높여가는 보통 사람들이 아름답다. 아무것도 하지 않는다고 여유롭다는 것은 아닐 것이다. 하고 싶은 일과 할 수 있는 일을 찾아 스스로 몰두하며 만족한다면 여유로운 삶이고 즐거운 인생이 아니겠는가?

한 걸음 한 걸음 내딛는 나의 발걸음도 가벼워진다.

늦게 피는 꽃

입동이 며칠 남지 않았다. 개울에서 물안개가 피어오르고 풀잎에는 이슬이 차가워 보인다. 백로들도 어디로 갔는지 보이지 않고 물오리 몇 마리가 물장구치며 푸드덕댄다. 반석천 따라 걷는 산책길 주변을 깨끗이 벌초해놓아 이제 가을꽃이라고는 볼 수 없게 되었다. 둑 경사면에 듬성듬성 한 두 개씩 핀 노란 꽃이 눈에 확 들어온다. 철 지난 큰금계국이다. 초여름에는 산책길 따라 황금물결의 위세를 자랑하던 꽃이었다. 가을이 깊어 가는데 철 지난 꽃에 자꾸만 눈길이 간다. 늦게 피어 고고해 보이지만 조만간 내릴 서리에 꽃은 지고 말 것이다.

모든 식물은 제철에 꽃을 피운다. 식물들은 자신들의 고유한 생애주기를 정확히 따른다. 눈 녹기 전 풀섶에서 눈을 헤치고 피어나는 노란 복수

초, 눈 녹을 무렵 피는 매화, 그리고 앞 다투어 피는 봄꽃에도 순서가 있다. 개나리, 진달래, 벚꽃 순으로 꽃을 피운다. 무궁화와 배롱나무는 한여름에 3개월 정도 꽃을 피우고 가을 국화는 11월까지 두 달가량 꽃을 피운다. 식물의 개화 시기를 보면 자연이 얼마나 질서 정연한지 알게 된다.

그러나 가을 낙엽이 질 무렵 산중에 핀 몇 송이의 진달래나 노란 개나리꽃을 볼 때면 웬 조화라도 부리는 것인지 놀라지 않을 수 없다. 철모르고 핀 꽃들로 우리는 자연의 질서가 뒤죽박죽되었다고 이러쿵저러쿵 떠들어대지만, 자연의 회로에 오류가 발생한 것이라기보다는 식물에게 맞는 적당한 일조량과 기온으로 다른 계절에 아주 잠시지만 그 조건에 따르고자 하는 꽃의 본능이 발현하는 것도 자연의 질서 때문이라고 할 수 있다.

'좀딱취'라는 한국에서 가장 늦게 피는 야생화를 소개하는 『권혁재의 핸드폰 사진관』의 짧은 동영상을 보았다. 11월에 개화하는 꽃으로 크기는 5mm 내외이고 크기는 10~20cm로 작고 가녀려서 눈에 잘 띄지 않고, 제주도와 남해안에서 주로 자라고 최근에는 안면도에서도 종종 볼 수 있다고 한다. 낙엽이 쌓이고 기온이 영하로 떨어질 무렵 개화하여 사람의 눈에 거의 띄지 않는 슬픈 꽃이란다.

11월에 들어서면 벌과 나비는 이미 없어지고 벌레들마저 땅속으로 숨어 버린 시기여서 꽃이 피어도 수정을 할 수 없게 된다. 조영학 작가에 의하면 좀딱취는 암술과 수술이 따로 있지 않고 수술의 꽃밥이 떨어지면 암술이 되고, 그 과정에서 꽃이 다 피지 않은 상태에서 즉 폐쇄 상태에서 자가수정이 이루어진다고 한다. 이 꽃들은 3:7 정도로 타가수정 하는 개방화보다 자가수정을 하는 폐쇄화가 많다고 한다. 일반적으로 식물은 타가수정을 해야 각기 다양하고 우수한 성질들에 의해 진화하고 꽃도 커지며 튼실한 식물로 자란다고 한다. 그렇게 하여 다음 세대의 종자들은 주위 환경에 적응하여 환경 변화에 따른 생존력을 높일 수 있는 것이다. 그럼에도 생존하기 어려운 척박한 환경이지만 번식하려는 식물의 본능이 겨울이 오기 전 어떻게든 자가수정을 하여서라도 최소한의 종족보존을 위한 거란다. 추운 겨울을 앞두고 꽃을 피워야하는 처지가 애처롭기까지 하다.

안타깝긴 해도 좀딱취는 차가운 서리를 맞으며 낙엽 속에서 겨우살이를 하며 보낼 것이다. 한국 야생화 중에서 가장 늦게 피는 꽃인 좀딱취가 각박한 어려움에도 종족보존과 생존을 위해 스스로 살아가는 방법을 찾아낸 모습이 경이롭다.

반석천 산책길을 따라 어쩌다 보이던 노란 금계국이 된서리를 맞았는지 거의 사라졌다. 늦게 핀 꽃도 번식을 위한 준비를 해야 할 터이지만 그럴 여유가 없어 보인다. 봄에 피어야 할 꽃이 이제야 핀 것이다. 본능이든 자연의 조화든 철 지난 계절에 모습을 드러내어 씨앗도 맺지 못하고 찬 서리를 맞으며 처연하게 사라지는 것이 안타깝다.

남원 광한루원

초록초록 솟아나는 새싹들이 가랑비에 더욱 싱그럽게 보이는 날, 오작교에 들어서기도 전에 잉어들이 모여든다. 연못에 어른거리는 그림자를 보았는지 걸어오는 발소리를 들었는지 기다렸다는 듯이 다리 아래로 잉어들이 모여들었다. 붉은색, 노란색, 호화롭게 얼룩진 커다란 잉어들이 근엄한 수염을 드러내고 입을 뻐끔거리며 우리를 마중하고 있다. 잉어들이 놓은 오작교를 걸어 나는 은하수를 건너는 것인가?

잉어들이 환영하는 오작교에 서니, 언제였던가 오래전 우리 아이가 어렸을 때 친구들과 가족 여행으로 남원의 광한루원에 온 기억이 난다. 그중 생생하게 떠오르는 것은 못을 가로지르는 오작교 아래의 잉어들이었다. 아이들이 던져주는 먹이에 화려한 빛깔의 잉어들은 입을 뻐끔거리며 우르르 모여들었고, 아이들은 자지러지듯 환호하며 좋아했었다. 잉어는 이삼십 년은 산다는 데 그때의 잉어도 남아있을까? 아이들은 그때를 기억이나 하고 있는지, 어떤 인상이 남았을지 궁금해진다.

오래 남는 기억이나 인상이 우리의 삶을 지탱하는 힘일 거라는 생각을 해본다. 오작교란 그렇게 기억하고 잊지 못하는 사람에게 희망을 주는 다리일 터이다.

몽룡은 단옷날 긴 그네에 매달려 치맛자락 나풀대며 하늘을 날던 춘향에게 처음 빠져들곤 온통 춘향이 생각뿐이었다. 비록 기생의 딸이지만 미모가 빼어나고 문장에 능하며 새침한 애교가 가득한 춘향이다. 월매의 집에서 밤새워 사랑을 나누었지만, 한양으로 떠나야 하는 마음은 애달프기 그지없다. 몽룡은 남원을 떠나서도 춘향을 잊지 않고 과거에 급제하여 다시 남원을 찾는다.

백옥같이 흰 얼굴에 왼손으로 치맛자락을 감아올린 춘향의 영정이 앳된 모습이다. 세월이 흘러도 그때 그 모습이 변치 않는 영정을 바라보며 나도 젊은 시절의 풋풋했던 모습을 떠올려 본다. 학창 시절 조그만 일에도 미소를 띠고 잘 웃던 내 모습은 온데간데없고 이제 딱딱하게 굳은 모습만 남아 어떤 때는 거울 보기가 꺼려질 때가 있다. 그 시절 그 모습을 되찾을 수는 없어도 온화한 미소라도 짓게 해달라고 춘향에게 부탁해봐야겠다.

춘향이 타고 하늘로 올랐다는 긴 그네가 미동도 하지 않고 있다. 비안개 속에 그네가 하늘서 내려온 듯 높아 보인다. 아내는 잘 탈 수 있다며 그네에 올라선다. 발판에 발의 위치를 정하여 굳건히 디디고 손은 가슴 높이로 줄을 단단히 잡고 무릎을 굽혀 앞으로 구른다. 워낙 긴 그네여서 구르는 만큼 쉽게 앞으로 나가지 않는다. 예전의 그네를 기억해서인지 이렇게 긴 그네는 타 본 적이 없어 여러 번 애를 쓰다 내려오며 비가 오지 않으면 더 해볼 텐데 하며 핑계 아닌 핑계를 댄다. 아내도 춘향이처럼 하늘 높이 오르고 싶었으리라. 춘향이는 열여섯 일곱의 청춘이 꽃피는 무렵이고 아내는 이제 경로우대권을 손에 쥐는 나이에 미끄러지지 않은 것만 해도 안심이다.

이곳저곳 정원을 걷다 보니 큰 나무 한 그루가 서 있다. 느티나문가 하여 가까이 가보니 팽나무라는 안내판이 있다. 세종 원년(1419년)에 처음 누각을 지으면서 광한루원이 조성되었고 명종 13년(1558년)에 남산관의 정원수를 옮겨 심어 수령이 450여 년이 된다고 한다. 500년 사는 느티나무보다 수명이 길어 팽나무는 무려 1000년을 산다고 한다. 가을이 되면 노란 단풍으로 품위가 더해질 우람한 나무에 이제 막 조그만 녹색 잎들이 머리 자라듯 솟아나고 있다. 물오른 가지에 매달린 연한 잎들이 꽃송이처럼 예쁘다.

한국 정원의 모습이 이렇게 아름다운 것은 누각과 연못, 그리고 이런 나무들이 자연의 모습 그대로 어우러졌기 때문일 것이다. 이 아름드리 팽나무는 얼마나 많은 기억을 간직하고 있을까? 이제 막 솟아나는 잎새

만큼이나 많은 이야기를 품고 있을 게다.

달을 즐기기 위해 지었다는 수중 누각 완월정에서 악기 조율하는 음악 소리가 팽나무 아래서도 들린다. 달이 떠오르는 밤은 아니지만 가랑비가 소음을 재워 노래하는 가수의 목소리가 더 뚜렷하게 들린다. 나도 누각 이층에 올라 잠시 앰프에서 빵빵 터져 나오는 미완성의 음악을 듣는다.

눈을 감으니 휘영청 밝은 달 아래 음악이 흐르고 나무그림자가 춤춘다. 달 속의 연인들이 서로 마주 보고 미소 머금은 얼굴로 손을 잡고 덩실덩실 장단을 맞춘다. 오작교 위로 떠 오른 달이 살랑이는 물결에 둥실거리며 누각에 쉬어간다. 마치 천계에 있는 듯하다.

광한루원 정문 청허부로 천계의 세상에서 속계로 나왔다.

6부
이런 얘기 저런 얘기

디지털 세계의 감성

아내가 갑자기 서재로 들어와 처삼촌 부고를 늦게 보았다며, 세종시에 사는 처제가 오송역에서 출발하는 SRT 열차표를 이미 끊었다고 했다. 오늘 중에 함께 조문을 다녀오려면 그 기차를 타야 한다고 한다. 오송역으로 가려고 서둘러 구암역 플랫폼까지 들어갔지만 아무래도 한 시간 내에 그 기차를 타기에는 시간이 부족하다는 생각이 들었다. 하는 수 없이 우리는 유성에서 고속버스로 따로 가기로 했다. 휴대전화 문자를 늦게 확인한 것이 이런 번거로움을 자초하게 되었다.

고속버스 터미널에는 승차권을 파는 창구가 없어졌다. 창구 앞에 설치된 키오스크가 사람 대신 표를 팔고 있었다. 검지로 스크린을 톡톡 몇 번 두드리니 차표 두 장이 나온다. 처제도 휴대전화 액정을 톡톡 두드리며 차표를 샀고, 다시 휴대전화로 우리 차표를 취소했을 것이다.

현장에 가지 않아도 휴대전화로 많은 일을 손쉽게 처리할 수 있는 시대가 된 지 오래다. 휴대전화로 각종 물건을 주문할 수 있고, 송금을 하는 등 은행 업무뿐 아니라, 궁금한 사항들도 쉽게 알아볼 수 있고, 이동 중에도 멀리 떨어진 사람과 SNS로 채팅도 하고, 영화를 보거나 게임도 할 수 있다. 그래서 시간 가는 줄 모르고 손안의 휴대전화에 몰입하는 사람이 많다. 그들은 휴대전화를 손에 꼭 들고 있지 않으면 자신을 잃어버린 듯 불안해한다. 그런 이유로 요즘 휴대전화 중독 혹은 디지털 중독이라는 말을 자주 듣는다.

휴대전화의 메커니즘이 AI(인공지능)의 핵심이라고 한다. 전자통신과 빅데이터 그리고 디지털 콘텐츠 등으로 디지털 두뇌가 형성되어 인간과 사물이 소통하는 수준으로 발전하는 시대에 우리는 살고 있다. 앞으로는 영화에서나 보던 신기한 첨단 시대에 살아가게 될 것이다.

최근에 Open AI가 개발한 「Chat GPT」가 세간에 상당한 흥미를 일으켰다. 궁금한 것이 있다거나 의견을 들을 필요가 있으면 Chat GPT를 통해서 음성이나, 텍스트로 답을 구할 수 있다고 한다. 나도 호기심을 참지 못하고 작문을 요청해 보았다.

'산책로 풍경을 테마로 작문을 해줘'라고 하니 즉시 제목과 글이 음성과 텍스트로 출력되었다.

평화로운 산책로 세레니티

산책로는 분주한 도시의 평화로운 오아시스였습니다. 일상의 번잡함과 혼돈에서 벗어나 자연의 아름다움을 느끼며 휴식을 취하기 위해 사람들이 찾아온 것이었습니다. 길을 따라 늘어선 나무와 꽃은 그늘과 광채를 제공했고 근처 강물 소리는 마음을 달래주는 배경 멜로디를 만들어 냈습니다. 커플은 손을 잡고 산책하고, 아이들은 뛰고 웃으며, 친구들은 아이스크림콘을 따라 잡았습니다. 해가 저물어 하늘이 주황빛과 분홍빛으로 환하게 물들었습니다. 그곳에 있었던 사람들의 기억 속에 영원히 새겨질 완벽한 순간이었습니다. 산책로는 평온의 장소, 무엇이든 가능한 곳, 세상의 문제가 조금은 멀어지는 곳이었습니다.

깜짝 놀라고 흥분하지 않을 수 없었다. 글쓰기란 사람의 전유물이고 감성과 사고에 기반한 글을 컴퓨터가 스스로 쓸 수 있다는 것은 상상조차 할 수 없었기 때문이다. 내가 보기에는 이 글은 일부 문장이 이해되지 않는 등 완벽해 보이지는 않지만 나름대로 창의적이고 논리가 있어 보이며, 감성적인 면도 있다. 이것은 인공지능이 스스로 빅데이터를 통해 자신만의 대답을 할 수 있다는 것을 보여준 사건이었다.

얼마 전 사람과 컴퓨터 「알파고」가 바둑 대결하는 것을 본 적이 있었는데, 그때의 흥분도 이루 말할 수 없었다. 한국의 이세돌이 1승을 한 것 외에는 누구도 알파고를 이기지 못했다. 생각을 많이 하고 여러 수를 봐야 하는 두뇌 대결이라고 할 수 있는 게임에서 너끈히 인간을 이기는 장면이었다. 그런데 이 작문을 쓴 Chat GPT는 알파고처럼 바둑에 특화된 것이 아니라 보편적이고 다양한 빅데이터를 통해 우리에게 정보를 제공해 주는 것이기에 더욱 놀랍다. 아마 어느 분야 하나만을 특화한다면 그 부분의 업무도 전문적으로 수행할 수 있을 거라고 예견하고 있고, 오히려 사람보다 덜 편파적이고, 더 정확하게 일을 수행할 거라는 긍정적인 예측을 하기도 한다. 그러나 한편으로는 급속히 사람들이 할 일이 없어지고, 무력해지며, 또한 디지털 콘텐츠의 악용으로 끔찍한 불행을 초래할 것이라 경고하는 사람들도 있다.

나는 디지털 콘텐츠를 편리하게 사용하면서도, 그것이 감정 없는 삭막한 것일 뿐이고 사람 사는 세상에는 아날로그가 정서적으로 적합하다는 생각을 가지고 있었다. 그런데 컴퓨터가 어떤 주제에 대해 표현한 글이 인간의 감성과 별반 다르지 않다는 것에 두려움마저 들었다.

컴퓨터는 0과 1이라는 2진법을 사용하여 빠른 속도로 효율을 높여주지만, 어떤 질문에 '예', '아니오'로만 단순하게 대답하는 구조다. 예와 아니오라는 양극단의 사이에는 무지개처럼 다양한 색깔이 펼쳐져 있고, 예, 아니오라는 경우의 수로 그 색깔들을 모두 찾아내고 표현해낼 수 있으리라고는 생각하지 않는다.

그런 디지털의 세계에서 과연 인간적 감성을 가질 수 있을까? 경우의 수만 찾아가는 컴퓨터가 어떤 사안에 대해 예, 아니오라는 결정적인 판단 대신 스스로 '의문'을 품고 사고할 수 있을까? 또 인간이 가치 있게 생각하는 '정의'를 인식할 수 있을까? 나는 아직 그렇지 못할 것이라는 생각이다. 이런 이유로 컴퓨터의 감성은 허상이 아닌가 하는 의구심을 떨치지 못한다.

위 작문에 실려있는 감성도 남들이 제멋대로 흐트려 놓은 걸 주워 담은 잡동사니를 나열한 것이 아닐까 하는 생각에 이르면 허탈하고 두려워지는 것이다. 진정성 없는 감정이란 얼마나 무서운 것인가.

그리스 로마 신화에서는 제우스를 비롯한 많은 신들이 있다. 이 신들이 서로 얼마나 많은 감정, 특히 의심하고 질투하고 미워하고 사랑하고 있었던가. 본래 신이란 인간이 모르는 것을, 그리고 할 수 없는 것을 알고 있으며 무엇이든 할 수 있는 완벽한 절대자로 생각해 왔다. 그런데 신화에서는 신들의 이야기를 통해 감정에서 야기되는 수많은 문제를 풀어가는 것이 인간의 세계임을 보여주고 있다.

나는 인간이 의심하고 따져봄으로써 어떠한 관계의 원칙을 세우기도 하고 변화와 발전을 추구해오기도 하였다고 생각한다. 그래서 인간이 갖는 감정이 디지털 세계에 존재할까 하는 의구심이 드는 것이다. 컴퓨터는 의심을 발동하는 감정이 없어 명령에 따른 절차만을 수행하는 것이니, 디지털에 감성이 있다는 것은 허구라는 생각이 드는 것이다. 인공지능이 인간보다 우월하게 일을 처리할 수 있다 해도 인간이 갖는 감정까지 가질 수 있다고 생각하고 싶지 않다. 그런데도 미래에는 인공지능이 인간보다 더 강한 존재가 되어 가는 것 같아 두렵다.

빅데이터에서 인간의 감정을 주워 감상적인 표현을 하게 될지 또는 나름의 모방으로부터 새로운 창의력이 발동하게 될지 모르지만, 미래는 우리가 예상하지 못한 세상이 될 것이다.

인간이 프로메테우스의 불을 얻음으로써 새로운 세계에 들어섰듯이, 우리 역시 새로운 디지털 세계에 이미 들어서는 중이다. 미래는 어쩌면 불보다 강력한 디지털 콘텐츠가 인간의 미래를 좌우하고 인간은 그런 세계에 살게 될 것이다.

인공지능이 인간보다 우월한 상대가 되고 감성마저 인간을 압도하게 될지 나는 모른다. 그러나 그것이 인간과 더불어 발전하되 인간에게 두려움을 주는 존재가 되지 않길 바랄 뿐이다. 어쨌든 디지털 감성이라는 까다로운 실체가 나를 당황스럽게 하고 있다.

아! 백제금동대향로

진흙 속에서 천오백 년의 긴 어둠을 깨고 백제의 심장이 툭! 툭! 뛰기 시작하였다. 검은 피가 흐르는 차가운 뻘에서 밤새 불을 밝히고 발굴자들은 얼어가는 손 불어가며 심장 수술하듯 물 한 방울, 진흙 한 점 털어내고 닦아내었다. 찬란한 옛 모습 그대로 위용을 드러낸 백제금동대향로百濟金銅大香爐는 녹 하나 슬지 않고 세세한 선까지 살아 있어 봉황의 눈매나 악사의 표정 하나하나 생생하게 꿈틀거렸다.

금강의 볕은 따가웠다. 볕은 공주를 지나 부여로 흐르는 물결을 더디 흐르게 하였고 물결 위로 양안을 달구었다. 국립부여박물관을 찾아가던 여름날의 강변길에서 매미는 거칠게도 울었다. 천사백 년 전 백제의 여름, 통곡의 강에 거친 숨소리를 남겨둔 듯하였다.

아내는 부여에서 11년 그리고 마지막으로 공주에서 10년을 근무하고 교직을 떠났으니 백제의 숨소리가 남달리 들린다고 했다. 그 때문에 백제의 옛터를 자주 찾던 우리는 공주나 부여의 고분군과 석탑을 제외하고는 모두 무참히 파괴되고 사라져버린 빈터에서 토기와 기와 몇 조각만으로 왕국의 찬연했던 역사의 한을 달래야만 했다.

박물관에 도착하여 백제금동대향로가 전시된 제2 전시실의 특별실로 곧장 들어갔다. 향로는 어둠 속에 조명을 받으며 중앙에 자리하고 있었다. 이전에 찾아왔을 때는 신비함에 감탄만 하였을 뿐 향로와 혼연일체가 되어보지 못했다. 그러나 이번에는 천장 중앙에서 내려오는 빛을 받아 먼저 봉황의 눈이 예사롭게 보이지 않았다.

위엄을 갖춘 봉황의 작고 예리한 눈빛에 빨려 들어갔다. 그리고 나는 향로의 산 중 봉우리들 사이를 무언가 찾아다니고 있었다. 상상의 동물들이 내게 달려들기도 하고 멀어지는 곳을 지나 거문고를 연주하는 악사를 만났다. 눈을 가늘게 뜨고 깊은 생각에 몰두하는 그가 장인일 것이라 짐작했다. 아마도 그가 바로 섬세한 손놀림과 절제된 감성으로 백성의 염원을 담아 하늘에 닿을 형상을 만들어 낸 장인임이 분명하다.

장인은 생각이 많아졌다.
관산성 전투에서 부왕인 성왕을 잃은 위덕왕은 능산리에 사찰을 지어 부왕의 혼을 달래고 슬픔에 젖은 백제인들을 위무하고자 했다. 참담함에도 고결한 뜻을 받든 장인은 깊은 고민 끝에 은은한 향기를 풍기며 하늘까지 올라가는 향로를 떠올렸다.

웅진에서 백제 중흥의 기반을 마련한 무령왕께 장인의 할아버지는 금관을 만들어 바쳤으며, 선왕인 성왕의 사비 천도를 지켜본 그는 대대로 쇠를 부리며 살아온 야공이었다. 북에서 밀고 내려오는 고구려에게 빼앗겼던 백제의 근거지 한강 유역을 선왕께서 되찾아 국권을 회복하는가 하던 차에, 이번에는 신라가 그 땅을 빼앗아 가고 선왕의 육신까지 능멸하였다 하니 장인은 밤잠을 이루지 못하였다. 대장간의 쇳물은 성질이 사나워 쉽게 다루기 어려웠다. 장인은 잠념부터 비워야 했다. 쇳물을 녹이기 전 불 밝히고 향을 살라 천지신명께 고하고 선왕과 백제의 염원이 담긴 향로를 만들 수 있게 해달라고 무릎이 닳도록 엎드려 절하고 또 절하였다.

향로는 진흙 속에서 자라나 피어나는 연꽃에서 만물이 신비롭게 탄생하는 연화화생蓮花化生과 음양陰陽의 진리 속에 모든 백제의 염원을 담기로 하였다.
밑단 좌대는 상서로운 용이 용트림하며 구천지하九泉地下의 어둠의 세계에서 광명光明의 세계로 여의주를 치솟아 올리는 웅장한 모습을 세련된 투각기법으로 주조하였다.

용의 입으로 고귀하게 받들어 올려진 몸체는 연 꽃봉오리가 막 피어나는 모습으로, 하단과 상단으로 나누고 내부에는 향을 사르도록 만들었다. 이는 백제의 모습과 이상이다.
모든 이의 바람을 오롯이 모아 하늘로 밀어 올리듯 몸체 하단에는 피어

나는 연꽃잎 한 장 한 장 마다 끝부분을 살포시 휘어 튀어나오도록 장식하였다. 그 연꽃잎 위에 무예를 하는 사람과, 황새, 악어, 물고기를 삼키는 짐승과 상상의 짐승들을 도드라지게 한 가지씩 새겨 넣었다. 지금 비록 천둥과 번개가 쳐 힘들고 치열한 상황이지만 속세의 갖은 고난과 음습함 속에서 자라 꽃을 피워내는 연꽃처럼 머지않아 맑고 아름다운 세상이 열릴 것이라고 모두에게 말해주고 싶었다.

향로 몸체 상단에는 이상향으로 가기 위한 관문으로 신화의 세계를 펼쳐보았다. 불가와 도가 그리고 전래의 수많은 깨달음과 전설 같은 오래된 이야기들을 함께 체득하지 못하면 부질없는 수고에 인간들은 괴로움이 더할 뿐만 아니라 존재의 가치마저 상실할 테니. 화염이 치솟는 산봉우리와 그 사이 사이에 박산문博山文과 바위들, 긴 부리 새, 포수鋪首, 뱀을 물고 있는 짐승, 사자, 호랑이, 외수畏獸, 원숭이, 인면수신人面獸身, 인면조신人面鳥身, 코끼리 탄 사람과 신화의 세계들을 새겨 넣었다. 무려 그 봉우리가 74봉이 되었다. 새로운 세상이 펼쳐진다. 돌을새김으로 작업을 마치니 살아 움직이는 감동을 준다.
뚜껑 윗부분에는 가장 높은 다섯 봉우리 위에 목을 길게 늘이고 각기 다른 모양으로 봉황을 응시하는 기러기 다섯 마리를 얹었고, 그 안쪽으로 다섯 악사가 배소, 종적, 완함, 북, 거문고를 연주하는 모습을 조각해 넣었다. 다섯 명의 악사는 앉은 자세나 표정 하나하나 각기 다른 모습으로 손가락 하나까지 신경을 써 깎고 또 다듬었다. 까닥 실수하면 또다시 주조해야 하는 온 신경이 쓰이는 일이다.

몸체 상단 가장 높은 곳에는 태평성대太平聖代가 되어 나타난다는 봉황이 우아한 날갯짓과 함께 춤을 추며 내려앉는 모습으로 형상을 잡았다. 이로써 음과 양의 기운이 연꽃의 몸체를 감싸도록 신성하게 만들었다.

갈기를 세우고 커다란 이빨을 드러내며 용트림과 함께 솟구치는 용은, 한 다리는 높이 치켜들어 천공天空을 움켜쥐고 세 다리와 꼬리로 바닥을 굳건히 지탱한 채, 바람과 구름과 비를 휘모는 강렬한 기상으로 향로 몸체를 밀어 올리고 있었다. 은은히 흐르는 향연香煙은 봉우리 사이로 운해 깔리듯 잔잔히 흐르기도 하고 하늘로 치솟을 때도 있었다. 다섯 악사가 연주하는 음악 소리가 울려 퍼지고 기러기들이 노래 부르고 춤추자 상서로운 영조靈鳥 봉황이 무지갯빛 하늘로부터 여의주를 부리 아래 괴고 꼬리는 치켜든 채 우아한 날갯짓으로 살며시 몸체 상단의 보주寶珠에 앉는다.

전시실은 여전히 어둠에 싸여있고, 향로는 좌대 위에서 고고한 모습으로 또렷하게 빛을 발하고 있다. 다른 전시실을 둘러보고 돌아온 아내가 옆에 조용히 서 있는 줄도 몰랐다.

향로의 몸체 가장 높은 봉우리에서 봉황을 옹위하듯 둘러있는 기러기는 하늘과 지상을 왕래하는 사신이라고 백제인들은 믿고 있었다. 온조왕 때 궁중으로 기러기 100여 마리가 날아들어 인걸들이 백제로 모여 번성할 것이라 하였다. 백제의 원류인 북부여와 고조선, 그리고 그 이전의 선조들이 살던 광활한 북방의 땅에서 찾아와 남쪽의 왜나 남중국까지 갔다가 되돌아가는 기러기 떼를 보며, 백제인들은 고토에 대한 향수를 달랬다.

장인은 오랜 삶의 뿌리였던 우리의 수많은 신화와 전설 속에 등장하는 동물과 악사들의 악기들을 향로에 하나하나 새겨 넣었다. 마지막으로 어둠 속에서 거대한 용이 천둥과 번개로 한바탕 휘몰아치고는 검은 구름 사이로 한줄기 달빛 아래 가녀린 연꽃 한 송이를 여의주 물 듯 고요히 들어 올리는 모습을 정성껏 다듬었다.

장인은 향로의 동물들과 신선에게 새로운 세상을 위한 신화를 주문했다. 사라진다 해도 항상 존재할 것을. 잠깐은 사라질지라도 어떻게든 살아남아 후손들에게 역사를 전해주기를.

격랑의 백제가 절박한 순간에 처하여도, 향로에 담긴 백제인의 응축된 마지막 자존심은 지켜야 했다. 삼신산三神山의 이상향이 이곳 백제 땅에서 실현되길 바랐기 때문에, 백제인들은 백제금동대향로만은 사비 땅 밖으로 벗어나도록 할 수 없었고 외세에 능멸당해서는 안 된다고 생각했다.

백제금동대향로는 검은 피가 되어 흐르던 긴 어둠을 깨우고 금빛 찬란하게 허허로운 백제 유적 사이로 날개를 활짝 펴고 불사조가 되어 우리 앞에 나타나 온 국민을 감격하게 했다. 사라진 역사에서도 백제인들의 혼은 면면히 이어 오고 있어, 그들의 장쾌한 기상과 찬연한 문화가 우리의 붉은 핏속에 녹아 있으려니 생각하니 향로를 대하는 가슴이 뭉클해 온다.

새로운 태평세대가 다가오려나, 한줄기 향불의 연기와 은은한 향기에
봉황의 날갯짓에 따라 다섯 악사들이 당장이라도 연주하고 기러기는 춤
을 출 듯한데.

---

* 상상의 동물 이름은 네이버 지식백과의 [문화원형백과 백제금동대향로]_2005. 한국콘텐츠진
  흥원의 자료에서 인용하였습니다

〈작가의 변〉

　백제금동대향로는 사실 위덕왕 때 만들어졌다는 기록은 없다. 백제의 영토가 가장 넓고 활발했던 시절인 근초고왕 때는 공주(웅진)가 수도였고, 향로가 발견된 곳은 부여(사비) 능사의 절터이다. 또한 위덕왕(554년~598년)은 선왕의 굴욕적인 전쟁 패배 이후 전쟁보다는 내치와 문화 융성으로 중국과 왜와의 외교에 치중하였다. 그의 재위 기간도 45년간이어서 문화융성의 기록이 많이 보인다. 그러나 태자에게 왕위를 물려주지 못하고, 아좌태자는 위덕왕 44년에 왜로 건너가 쇼토쿠태자의 스승이 되어 일본 문화에 혁혁한 발자취를 남기게 된다. 그리고 백제는 위덕왕 사후 대략 60여 년이 지나서 멸망(663년)하게 된다.

　백제금동대향로는 금속공예품으로 신라의 에밀레종(성덕대왕신종, 771년 제작) 등 보다 훨씬 일찍이 뛰어난 금속 기술을 백제의 장인들이 보유하고 있었다는 것을 의미한다고 한다.

　음양의 원리에 의해 만들어진 향로는 아래쪽의 용은 음의 세계에 있지만 웅장하고 힘찬 모습의 양이다. 그러나 위쪽의 봉황은 양의 기운을 갖고 내려오는 암봉황으로 어머니같이 대지를 포근히 감싸는 음의 모습이다. 이렇듯 한 사물에서도 음과 양을 섞는 섬세한 백제인의 철학이 엿보인다.

나한테 주어진 길을 가야겠다

"그럼, 순교한 것이네요."

"그렇지. 민족의 광복을 위해 순교했다고 볼 수 있지. 암울한 일제시대에 문학 하는 청년으로서 문학으로 독립운동하였고, 기독교인 대학생이었으니까."

미수米壽의 노교수는 카랑카랑한 목소리로 말씀하는 동안 잊은 듯 찻잔 잡은 손을 놓지 못하셨다. 김우종 교수의 문학 강좌를 끝내고 수필가 홍 선생의 호의로 백화점 찻집에 우르르 모여 앉으니 자연스럽게 윤동주 시인의 이야기가 다시 시작되었다.

문예 계간지 『창작산맥』에서는 2017년 봄 호를 윤동주 시인 탄생 100주년 특집으로 만들기로 하였다. 나도 윤동주 시인에 대한 수필 원고를 내고 싶었으나 거의 모든 국민이 존경하는 인물에 대해 자세히 알지도 못하면서 마치 그분의 훌륭한 시에 영감이나 감성을 받은 듯 가식적으로 쓰고 싶지는 않았기 때문에 이번 글쓰기를 포기하고 있었다.

노교수는 오늘따라 초롱초롱한 눈빛으로 강의하며 윤동주 시인에 대한 이야기도 곁들어 주셨다. 문학관이 세워진 경위를 설명하며 윤동주 시인을 기리는 사업이 『창작산맥』의 모티브인 '사랑과 평화'와 맞닿아 있다고 하신다. 한 국가가 부패하여 정의롭지 못하면 서민들은 하소연할 곳 없어 괴롭고 혼란스러운데 하물며 나라마저 빼앗긴 국민은 그 비참함을 어찌 비길 수 있었겠는가 라며, 특히 문학인 등 지식인이나 지도자의 지조나 올바름이 국민을 안정시키고 든든한 국가를 만드는 길이라는 요지로 강의하셨다. 문학이 거친 사회를 보듬어 갈 수 있고, 또 그래야 한다는 것이다.

일제 강점기 이전에 윤동주 일가는 1900년 북간도로 이주하여 1917년 그곳에서 태어났다. 평양에서 숭실중학교, 서울에서 연희전문을 나온 그는 일본 도시샤同志社 대학에 유학 중 1943년 독립운동에 참여하였다는 이유로 체포되어 1945년 2월 16일 29세 나이로 후쿠오카 형무소에서 세상을 떠났다. 조국 광복 6개월 전 죽기까지 형무소에서 생체실험으로 추정되는 주사가 사망원인으로 알려져 있다. 윤동주는 그의 조국에서 태어나지도 못했고 조국에서 영면하지도 못했다.

윤동주는 일찍이 조부가 교회의 장로였기 때문에 기독교 영향을 받았다. 기독교인으로서 유순해 보이는 외모 뒤에는 어둠 속에서 새벽을 기다리는 수도사나 희생의 십자가를 지는 예수 같은 단단한 내면의 소유자였던 것 같다.

그의 작품들은 어둡지만 순수하고 결연하다.

초기에는 상실된 자아와 절망적 상태에서 고뇌의 시간이 많았음을 표현했다. 시간이 갈수록 조여 오는 일제의 침탈에 결연한 마음의 의지를 갖기 시작한다. 1941년 즈음 「십자가」에서 조국의 광복을 위해 순교하겠다는 결단이 그러하다.

... 모가지를 드라우고 /꽃처럼 피어나는 피를 /어두워 가는 하늘 밑에 /조용히 흘리겠습니다.

「서시」에 이르러서는 가장 아름다운 시어로 모든 것을 내놓고, 부끄러움 없이 나한테 놓여진 길, 그것은 순교자의 길을 한 치의 망설임 없이 갈 것이라는 결의가 보인다,

... 별을 노래하는 마음으로 /모든 죽어가는 것을 사랑해야지 /그리고 나한테 주어진 길을
/걸어가야겠다. //오늘 밤에도 별이 바람에 스치운다.

언제라도 목숨을 내놓을 준비가 되어 있음을 이렇게 조용하고도 아름답게 표현했기에 일제는 두려웠을 것이다. 이는 마치 예수가 성서의 말씀

으로 유대인들을 결집했듯 시 몇 편만 세상 밖으로 나가면 식민지에서 억압받는 조선인들의 폭발적인 규합으로 이어질 수도 있다고 우려했을 것이다. 일제는 이런 이유로 서둘러 윤동주를 구속 수감하였고, 그를 생체 실험 도구로 이용하였다.

일본의 전 NHK PD며 작가인 다고 기치로多胡吉郎는 윤동주의 「서시」 중 '그리고 나한테 주어진 길을 /걸어가야겠다.'는 구절에 감동하여, 방송국을 그만두고 윤동주에 대해 심층 분석하며 연구하여 한국 사람보다도 윤동주 시인에 대해 더 잘 아는 일본사람이라고 불리고 있다.『창작산맥』에 윤동주 시인에 대한 심층 평론을 연재도 하였다. 청년 윤동주가 걸어간 길은 국가와 민족에게 위대한 발자취로 남아있는 것이다.

김우종 교수는 오래전부터 윤동주 시인의 생애와 문학작품 등을 연구하면서 그의 시비를 어렵게 도시샤대학에 세울 수 있었다고 하셨다. 힘들어도 다음은 후쿠오카 형무소에도 시비를 세우기 위해 백방으로 노력하는 중이라고 하신다.

문학이나 사상이 펼치는 정신적 저항운동이나 사랑과 평화가 어떤 면에서는 무력보다 더 큰 위력이 있다는 생각을 가져 본다.

좋은 부모 되기

온천마을 작은도서관에서 「좋은 부모가 되기 위한 마음 근육을 키우고 싶다면?」이라는 주제로 강좌가 있었다. 강사는 어린아이들에게 절대적으로 영향을 끼치는 존재 중 첫째는 부모라 한다. 아이들도 부모의 행동 하나하나를 배우고, 부모의 사고를 그대로 따라 하려고 한다는 것이다. 그런데도 아이들에게 어른처럼 능숙하지 못하다고 탓하기만 하면 그 아이는 상처받고 삐뚤어지기 쉽다는 것이다. 부모의 잘못된 행동도 쉽게 따라 하므로 아이들 스스로 판단하지 못한 채 잘못된 길로 들어설 수도 있다. 그 때문에 부모들은 항상 아이들의 처지에서 바라보는 눈이 필요하다고 한다.

아이들은 호기심과 모험심이 많아 어른이 생각하지 못한 일들을 상상하고 뜻밖의 행동을 하기도 한다. 호기심은 아이들이 성장하는데 필요한 영양분이라고 할 수 있다. 세상에 태어나 아직 겪어보지 못한 것들을 눈으로 보고 귀로 들으니 궁금한 것이 얼마나 많겠는가? 그래서 아이들은 부모에게 끝없는 질문을 하게 되고, 부모는 그 수많은 질문에 대답하기에 지쳐 회피하는 시기가 찾아오게 된다.

때로는 부모에게 들은 얕은 지식으로 충족하지 못해 아이들은 나름 모험심을 발휘하는 행동을 감행하기도 한다. 새로움에 대한 갖은 상상으로 세상에 한발을 들여놓는 순간이다. 이렇게 시작한 모험심으로 아이는 평생 잊지 못하는 지식과 추억으로 그의 사고를 키워가는 것이다. 부모는 이때 깜짝 놀라 그런 행동에 기대하기도 하지만, 어린아이들의 창의력과 독립심이 크게 좌우되는 중요한 시기에 오히려 어찌해야 할지 몰라 전전긍긍하며 걱정이 커지는 것이다.

일본인들이 많이 키우는 코이라는 관상어가 있다. 이 물고기는 자라는 환경에 따라 작은 어항에서는 5~8cm정도, 연못이나 큰 수족관에서는 15~25cm나 큰다. 그러나 이 물고기를 마음껏 놀 수 있는 강물에 풀어놓으면 90~120cm까지도 클 수 있다고 한다. 이 물고기의 이름을 딴 '코이의 법칙'은 주어진 조건이나 환경에 따라 어떻게 달라질 수 있는지, 잠재된 능력이 얼마나 발휘되어 성장하는지를 보여주는 것이다.

또 앤드류 카네기의 말도 시사적이다. 일반사람들은 보통 25%의 능력을 발휘한다고 한다. 자기 능력을 50% 발휘하게 되면 다른 사람들의 존경받는 사람이 되고, 대단히 드문 경우지만 만약 능력을 100% 발휘한다면 그 사람에게 모든 사람이 고개를 숙이게 된다는 것이다. 보통 사람에게는 채 발휘되지 않은 잠재력이 70~80% 정도가 있어 잠재된 자기 능력을 조금이라도 더 발휘할 수 있다면 현재보다 훨씬 풍요로운 생활을 하는 자신을 발견하게 될 것이라는 이야기다.

내가 어렸을 때는 힘들고 어려운 일이 생기면 마음속으로 참을 인忍자를 세 번 써야 한다고 배웠다. 어린 내가 해야 하는 일은 어른들이 보기에 흡족한 일뿐이었고 나는 그런 기대에 부응하기 위해 가슴 속에 참을 인자를 새겨넣어야 했다. 그렇게 해서 어른들의 기대에 부응한 적도 있지만 그렇지 못한 일들이 많았다. 또 목표는 어른들이 정할 때가 많았고 목표가 달성되지 않으면 어른들은 쉽게 실망하고 나의 작은 소망은 무시되곤 했다.

자연히 재미있고 좋아하는 일을 하는 것은 사치라고 생각하게 되었다. 워낙 생계가 절박하던 시절이었기에 어른들의 그런 훈육이나 지시는 당연히 따라야 한다고 생각했고, 호기심이나 상상력을 발휘할 기회가 슬그머니 사라져버렸다.

이런 환경에서 교육받고 자랐기 때문인지 나도 이런 호기심 많은 아이를 감당하지 못해 무조건 억누르거나 제재했던 것 같다. 사실 아직도 아이들과 대화에 익숙하지 않다. 잘했을 때는 칭찬하고 실수에는 모른척할 수도 있어야 하고, 공부하라고 다그치기만 할 게 아니라 '너는 잘할 수 있어'라고 격려할 수 있어야 했다. 유리컵을 깼다면 '다친 데는 없니? 같이 치울까?' 같은 반응을 보이며 어린아이의 처지에서 동등하게 대하는 마음을 가져야 했지만 그렇지 못했을 때가 많다. 어른으로서 부끄러웠던 일들이다.

이번 강좌를 통해서 오히려 아이들보다는 내가 성찰할 수 있는 시간을 갖게 된 것 같다. 나이가 들어서도 여전히 고집스럽게 내 주장만을 펼치고 남의 이야기를 듣지 않는 버릇부터 고쳐야겠다고 말이다. 특히 자녀와 공감하는 능력을 키워야겠다. 나이가 많아도 부모로서 자식들과 함께 살아가는 방법은 그들의 마음과 내 마음이 서로 통할 수 있도록 노력하는 것이라는 생각을 하면서.

어린아이들은 어떻게 생각할까? 무엇을 좋아할까? 어떤 호기심을 갖고 있을까? 궁금한 마음으로 아동 서적을 뒤적였다. 호기심이 가득한 책 한 권을 뽑아 들었다.

『헉클베리 핀의 모험』은 헉클베리가 검둥이 짐과 함께 남북으로 길게 흐르는 미시시피 강을 뗏목을 타고 내려가며 갖가지 체험하는 이야기다. 모험심으로 목숨을 거는 위험도 뒤따르지만 이미 던져진 상황을 슬기롭게 헤쳐 나가는 흥미진진한 책을 다시 한번 읽어보려 한다.

샤갈의 마을에 내리는 눈

샤갈의 마을에는 삼월에 눈이 온다.
봄을 바라고 섰는 사나이의 관자놀이에
새로 돋은 정맥이
바르르 떤다.
바르르 떠는 사나이의 관자놀이에
새로 돋은 정맥을 어루만지며
눈은 수천수만의 날개를 달고
하늘에서 내려와 샤갈의 마을의
지붕과 굴뚝을 덮는다.
삼월에 눈이 오면
샤갈의 마을의 쥐똥만한 겨울 열매들은
다시 올리브빛으로 물이 들고

밤에 아낙들은

그해의 제일 아름다운 불을

아궁이에 지핀다.

김춘수의 시 「샤갈의 마을에 내리는 눈」이다.

샤갈은 초현실주의 화가로서 '마을에 내리는 눈'이라든가 '눈 내리는 마을'이라는 제목의 그림을 그린 적이 없다고 한다. 그의 고향 러시아(현재의 벨라루스)의 비테프스크(벨라루스의 도시)를 그린 그림이 눈 내린 모습을 담은 그림으로 거의 유일하다고 한다. 제목도 눈 내리는 마을이 아니다. 눈 내린 하얀 도시 지붕 위를 떠도는 지팡이를 가진 남자가 하늘에서 마을을 바라보는 「비테프스크 위에서」라는 작품이다. 김춘수 시인이 워낙 유명하여 이 시를 마주하면 눈 내리는 마을이라는 샤갈 작품이 있을 것 같은 착각에 빠지게 된다.

시인은 샤갈의 「나와 마을」이라는 작품에 깊이 빠져들어 창작의 착상을 하였다. 작품의 왼쪽에 소의 머리가 있고 소의 눈 밑에는 젖을 짜는 여인이 작지만 또렷하게 그려져 있으며 소의 눈은 오른쪽 사내를 빤히 바라보고 있다. 얼굴이 초록색인 사내의 눈과 입술이 하얗다. 위에는 교회와 마을의 집들이 밤인 듯 어둡게 그려졌고 그 밑에 일하러 가는 남자와 여자가 거꾸로 조그맣게 그려져 있다. 아래에는 흰 눈이 펄펄 날리며 올리브색 열매에 내리고 가냘픈 손으로 쥔 열매 송이가 붉은색으로 빛나는 중앙의 원을 향해 밀어 넣고 있다.

샤갈이 점묘법(작은 색점들을 찍어서 표현하는 화법)으로 변화를 준 그림에서 하얀색의 특징을 눈 내리는 마을로 김춘수 시인은 생각한 것 같다. 그리고 겨울을 막 보내고 분주히 젖을 짜는 아낙과 낫을 어깨에 메고 나서는 사내에게서 일을 시작하는 삼월이라고 해석한 듯하다. 그렇게 그림을 시로 바꾼 것이다.

「샤갈의 마을에 내리는 눈」에서 '샤갈의 마을에는 삼월에 눈이 온다'고 시작한다. 삼월은 본격적으로 봄의 서막을 알리는 계절의 변화가 시작되는 달이다. 겨울에 게을렀던 사내에게는 봄이 오는 것은 별 자극 없는 계절의 변화지만 삼월에 눈이 내리는 것은 푸른 정맥이 관자놀이에 솟구칠 정도로 정신이 번쩍 드는 일이다. 수천수만의 날개를 단 눈이 마을의 지붕과 굴뚝을 덮는 것은 기대하던 수많은 희망의 나래를 펴는 변화를 우리에게 가져다주고 이제 그 희망으로 할 일이 많아질 것이다. 생

동하는 봄이 찾아왔지만 겨울 열매가 올리브색으로 익어 가는 추운 겨울이 아직 물러갔다고 할 수 없다. 삼월에 눈이 오는 것은 봄을 시샘하는 것이지만 그래도 겨울 열매가 익어 가는 겨울의 끝자락에서 아낙은 가장 아름다운 밤을 위해 아궁이에 불을 때고 움트는 생명의 봄을 맞이한다.

새벽 어름에 천지가 하얗게 바뀌었다. 갑동 마을과 유성천 산책로에, 진터벌의 마을 지붕과 교회 종탑에, 거무칙칙한 아스팔트길에 소복이 쌓인 하얀 눈으로 어둠이 가시지 않은 새벽이 눈부시게 빛났다. 온 세상이 하얘지고 고요해졌다. 장날에 흥정하는 아낙의 소리도, 부침개 놓고 막걸리 한잔하는 사내들의 시끌벅적한 소리도, 좁은 길에 섰다 가다 섰다 가기를 반복하는 자동차 엔진 소리도, TV에서 요란하게 떠들어대는 홈쇼핑의 새된 소리도 하얀 눈 속으로 깊이 잠겼다. 춥고 어둡고 움츠렸던 겨울을 밀어내는 하얀 새벽이다.

이때쯤은 눈이 내리지 않을 텐데 하는 생각에 달력을 보았다. 3월 21일 날짜에는 춘분이라 적혀있다. 춘분에 비가 오면 풍년이 들고, 동풍이 불면 보리 풍년이 든다고 한다. 이번 겨울은 날씨가 몹시 추웠고 눈도 거의 오지 않았다. 눈 내리기를 얼마나 학수고대하며 기다렸던 겨울이었던가. 춘분에 내린 서설이 더욱 귀하고 반가웠다.

춘분설春分雪을 맞이하는 나의 마을은 시인의 「샤갈의 마을에 내리는 눈」과 어쩜 그렇게 똑같을까. 삼월에 내리는 고요한 눈 날림을 바라보고 있노라면 시인의 시구가 낭랑하게 들려온다.

생존을 위해 리듬을 맞춘다

세계적인 일본 작곡가 히사이시 조와 일본의 저명한 뇌과학자이며 의사인 요로 다케시의 대담을 책으로 엮은 『그래서 우리는 음악을 듣는다』가 나에게 상당히 매력적으로 다가왔다. 목차를 차근히 들여다보다가 「생존을 위해 리듬을 맞춘다」라는 소제목이 마음에 와닿았다. 책을 읽는 내내 공감하는 부분과 새로 알게 되는 부분들이 많아서 공부하는 느낌이었다. 청소년들을 위해 만화책으로 만들면 유익하고 재미있을 거라 생각도 해 보았다.

다른 동물에 비해 크고 잘 발달한 뇌 덕분에 인간은 지금 풍요롭게 살고 있다. 인간이 가진 감각기관이 다른 동물에 비해 우월하진 않지만, 인간은 생각하며 소통하는 사회적 동물로 진화됐다. 인간에게 가장 많이 사용되는 청각과 시각을 통해 판단하는 능력이 진화하여 도움이 됐을 것이다.

히사이시 조는 뇌는 영상보다 음악을 먼저 느낀다고 한다. 영화란 1초에 24프레임으로 만들어졌는데 프레임과 음악을 딱 맞춰서 만들면 항상 음악이 영상보다 빠르게 느껴진다고 했다. 그래서 3 또는 5프레임 늦춰서 음악을 넣으면 영상과 음악이 위화감 없이 받아들여진다고 한다.

요로 다케시도 시각과 청각을 통해서 들어온 정보가 뇌에 도달하여 '내가 무엇을 보고 있다', '내가 무엇을 듣고 있다'라는 의식이 발생하기까지의 시간이 서로 다르다고 말한다. 감각기관을 통해 들어온 정보는 뇌의 복잡한 경로를 통해 취합되어 이해되고 판단하는 의식을 갖게 되는 것은 인간뿐(?)이라고 했다.

귀를 통해 받아들이는 청각은 시간이 필요하지만, 눈을 통해 받아들이는 시각은 공간의 순간을 포착하는 것이다. 요로 다케시는 눈과 귀라는 타원이 겹치는 부분이 언어라는 것이다. 보고 듣고 느껴서 이루어진 것이 언어라는 뜻 일 게다. 플라톤도 '말이란 아무것도 아닌 대상에 풍부함을 불어넣는 존재여야 한다.'라고 하였다. 보고 듣고 느끼는 많은 것을 불어넣어야 살아있는 언어가 된다는 이야기가 아닐까. 백문이 불여일견이라는 말이 있듯이 아무리 주저리주저리 떠들고 들어도 단 한 번 보는 것만큼 적확하다고 할 수 없다.

하지만 눈은 보이지 않으면 알 수 없고, 귀는 보이지 않아도 들을 수 있다. 다시 말해 눈은 보이지 않으면 다른 감각을 동원해 판단하는 능력 보다, 귀가 들리지 않으면 다른 감각을 통해 판단하는 능력이 상대적으로 우월하다는 이야기일 거다.

'시각적인 요소는 명료한 아름다움이 있고 균형과 질서를 중심으로 삼지만, 음악은 강렬하고 어두우며 마음을 크게 움직이지요. 니체는 전자를 아폴론적, 후자를 디오니소스적이라고 나누어 표현했다.'고 요로 다케시는 이야기한다. 음악은 명료하지는 않지만 강렬하고 크게 마음을 움직일 수 있는 감성에 호소한다는 뜻 일 게다.

음악은 논리적인 경향이 강해 작곡가의 재능에는 수학적 재능을 동시에 가진 사람들이 많다고도 했다. 음악을 구성하는 요소는 '멜로디', '화음', '리듬'이라고 말한다. 그래서 특히 화음과 리듬은 수학의 순열처럼 규칙적인 걸 보면 수학적이고 논리적이라는 데 동의하지 않을 수 없다. 너무 논리적이어서 재미없을 것 같아도 음악이 우리 귀에 반복적인 리듬과 매혹적인 화음으로 자극하면 나도 모르게 종일 흥얼거리게 되고 디오니소스적인 감성에 빠져든다.

히사이시는 에스키모 부족들은 합창을 잘하고 몸에 리듬감이 배어 있는데 그 이유를 그들의 생활 환경 속에서 찾을 수 있다고 한다. 일 년에 단 두 번 고래를 잡는 데 서로 힘을 합쳐야만 고래를 잡을 수 있다고 한다. 바다에서 파도와 배의 흔들림에 리듬을 맞춰 함께 노래를 부르고 작업해야만 그나마 원하는 결과를 얻을 수 있기 때문이라고 했다. 만약에 그들이 고래를 잡지 못하면 혹한을 견딜 수 있는 영양분을 취하지 못해 겨울을 나기가 어렵기 때문이다. 그들은 노동요를 통해 생존의 절박함으로 리듬에 맞춰 노래와 춤으로 그들의 모든 것을 쏟아붓는 것이다. 에스키모인들이 고래잡이에서 노래를 부르고 리듬을 타는 것처럼, 다른 지역에서도 힘든 노동에는 예외 없이 노래가 힘이 되어주었던 예를 어렵지 않게 볼 수 있다.

또한 인간이 음악에 감동하기 쉬운 이유로 귀의 반고리관이 몸의 운동을 감지하여 평형을 유지하는데 뇌에 거의 붙어있어 청각은 인간의 정서에 강한 영향을 미치기 때문이다.

태아는 어머니의 뱃속에서 소리를 듣는다. 어머니가 편안해지면 태아는 안정되고, 또한 어머니의 심장 박동 소리를 듣기도 하고, 자궁에서 모국어의 억양을 익히기도 한다.

음악의 리듬에 자신도 모르게 몸과 발을 흔들며 박자를 맞추는 것은 인간만이 갖는 본능적이며 감성적인 행동이다. 보라 다른 동물들이 춤추고 노래하는 것을 보았는지. 가끔 짝짓기할 때 그들만의 음악적 몸짓을 보기는 하지만 인간처럼 항상 음악과 함께하는 일은 없는 것 같다. 인간에게는 음악이 가장 강력한 생존을 위한 표현이 아닐까 생각해 본다.

그래서 우리는 음악을 듣는다.

창경원 늑대

늑대를 보았다.

창경원 동물원에서 벚꽃놀이할 때였다. 벚꽃들이 작은 나비처럼 나풀거리며 늑대의 등과 얼굴과 콧등으로 내려앉았다. 눈과 코에 달라붙는 꽃잎들이 간지러운지 몸을 털다가 제자리에서 제 키 정도 팔짝 뛰어오를 때 나는 깜짝 놀랐다. 찢어진 입과 송곳니를 드러내고 치솟았다 착지하는 야생의 본능적 위압감에 놀랐고, 개별적으로 상대하기 힘든 동물을 인간이 이렇게 철저하게 구속할 수 있다는 것도 놀라웠다. 독일산 셰퍼드 크기쯤 되어 보이는 늑대가 갇혀있는 우리가 이동식 닭장같이 좁고 불편해 보였다. 날카로운 이빨 사이로 길게 내민 혀처럼 그의 몸이 우리 밖으로 튀어나올 것만 같았다.

그 이후 늑대를 직접 본 기억이 없다.

인간에게 늑대는 흔히 적대감과 공포감을 일으키는 동물로 알려져 있지만, 유럽에서 가문의 문장이나 군대의 휘장에 늑대를 사용한 것을 보면 용맹성이나 충성심을 갖춘 동물로 높이 평가했던 듯하다. 또한 중앙아시아 초원이나 아메리카 대륙에서는 신으로 여기기도 하였고, 어떤 부족들은 마법을 부리는 존재로 인식하였다고도 한다. 이런 다양한 시각들은 인간들이 영민한 자연의 한 구성원이었던 늑대들과 같은 영역에서 마주칠 때마다 서로 맞서지 않고는 지낼 수 없었다는 것을 의미한다.

실제로 늑대는 인간과 많이 닮았다. 늑대는 무리를 지어 생활하며 짝을 맺으면 죽을 때까지 제 짝과 생활한다고 한다. 어미가 새끼를 낳으면 한동안 사냥도 나가지 않고 새끼를 키우는 데 전념하도록 하고, 새끼의 어미가 없으면 무리에서 공동으로 새끼를 돌본다고 한다. 무리를 이끄는 대장 늑대가 있어 철저하게 무리를 책임지고 통솔하면서 다른 늑대들도 그의 지위를 인정하고 서열을 지키며 따른다고 한다. 각각 자신의 역할을 다하며 책임감과 충성심, 협동심을 가지고 서로를 배려할 줄 아는, 동물들로서는 흔치 않은 집단사회를 이루고 사는 영리한 동물이다.

인간의 영역이 대하의 흐름처럼 늘어나면서 원래 그 땅에 존재하던 동물들의 영역을 잠식해 들어가자, 인간과 동물들 사이에 피할 수 없는 영역 싸움이 시작되었다. 희생양들이 생겼다. 늑대는 자신들의 생존을 위한 본능적인 행위를 했을 뿐이었겠지만 인간에게는 커다란 도전에 직면한 것이다.

인간의 측면에서 보는 늑대는 지나치게 영리하고 교활하여 끊임없이 인간들을 괴롭히는 나쁜 동물로 인간들은 영민한 늑대를 악마라고 여기게까지 되었다. 인간들은 동물들이 갖지 못한 무기의 위력으로 늑대의 영역 속으로 깊숙이 침투하여 그들을 박멸해 나갔다. 초원에 살던 늑대는 깊은 산중으로 밀려나고 쫓겨나 구슬픈 울부짖음만 남긴 채 사람들 시야에서 사라지고, 일부의 늑대는 사람의 손에 붙잡혀 동물원 우리 속에 갇혀 버렸다.

동물을 자신의 영역에서 쫓아낸 인간은 동물과의 사냥이나 영역 싸움에서만 치열했던 것은 아니다. 인간끼리의 영역 싸움에도 골몰하여 늑대와 싸우듯 자신에게 도전하는 자는 가차 없이 해치우려는 심리가 있는 듯하다. 자신을 떠받들지 않고 뜻이 맞지 않는 경우가 있다면 그들과 결전을 벌이고, 계급을 정하고, 자신의 발아래 두려 한다. 그런 위세로 상대방을 두려움에 떨게 하여 길들이려 한다.

힘을 다투는 권력의 영역에서는 개인 간, 세력 간, 당파 간, 나라 간의 심한 충돌이 발생하거나 내부의 반란까지 일어나는 것을 우리는 자주 볼 수 있다. 인간들끼리의 다툼에서는 적을 알아내는 것이 어렵다. 언제든 어디서든 '양의 탈을 쓴 늑대'가 두렵다.

개인의 무제한의 탐욕이 배신을 낳는 일들을 수없이 겪었기 때문에 인간들끼리는 늘 불안해한다. 흡족하지는 않더라도 자신의 영역에 인간은 나름의 성을 쌓게 되는 것이다. 선을 긋고 방책을 세우고 심지어는 토담도 아닌 거대한 석조물로 벽을 쌓고도 모자라 해자까지 설치하면서 불안감을 해소하려 한다.

자연 속에서의 늑대는 사라졌어도 인간 늑대와의 싸움은 끝나지 않았다.

　구한말 외세가 밀려 들어오는 와중에 우리 조정은 서로 자신들의 이익에 맞는 외세를 등에 업고 우왕좌왕 권력다툼에 골몰하였다. 관료들의 탐욕과 부패가 백성들에 대한 핍박으로 가중되자 이에 참지 못한 동학은 부패 척결, 내정개혁 등을 내세우며 일어서기 시작하였다. 동학농민혁명을 통해 조정에 '백성을 편안히 하고, 외세를 몰아낼 것 등' 간절하게 요구하며 무장 시위를 벌이게 되었다. 그러나 무력한 조정은 무자비한 일본의 힘을 빌려 희생양으로 수많은 농민군을 살해하고 진압하였다.

　종국에는 외세에 잡아먹힐 것을 뻔히 알면서도 조정의 대신들과 양반들은 힘센 강대국에 안주하려는 비열한 수단을 쓴 또 다른 늑대 같은 인간이었다. 결국 조선왕조가 마지막으로 쇄신할 수 있는 기회를 놓쳐버린 것이다.

　그 결과 이빨을 숨기고 발톱을 감춘 일본에 나라를 빼앗기는 운명이 되었다. 일본은 을사늑약 등으로 우울한 순종의 기분을 위로하겠다는 명목으로 1909년 창경궁 안의 전각들을 부수어 동물원을 설치하고 유원지를 만들도록 하였다. 독립국으로서 500여 년 이어져 내려온 조선왕조의 궁궐인 창경궁은 사라지고 창경원으로 이름이 바뀌었다. 거창한 이름의 대한제국의 왕은 국권을 박탈당하고 동물원 우리 속에 갇힌 늑대처럼 힘없는 존재로 전락했다.

유신정권 이후 민청학련 등 일련의 사건들로 사회가 급속도로 뒤숭숭하던 1970년대 대학 시절, 벚꽃 흩날리던 창경원의 그 늑대가 수십 년이 지난 지금 왜 갑자기 떠올랐을까? 작금의 한반도 주변 정세와 국내의 정치 상황이 그 당시의 상황과 비슷해서일까? 그 당시 묘한 잔상이 지워지지 않는다.

윤회輪廻의 강

온천마을 도서관 접수 데스크에 앉아 지난주 빌린 책을 마저 읽느라 몰두했다. 결국 도서관에서는 다 읽지 못하고 반납하지 못한 채 집으로 가져와야 했다. 책을 읽다 허리도 펼 겸 작품 전시장을 들렀다. 도서관이 유성문화원 안에 있어서 문화원 전시장을 자주 들러 작품들을 감상하곤 한다.

지금 전시하는 것은 『인도의 추억』이라는 사진전이다.

점심 식사 시간이어서인지 전시장에는 사람이 아무도 없다. 작가도, 접수 데스크를 지키는 사람도 없이 데스크에 브로셔 몇 권과 방명록 그리고 사인펜 몇 개가 있을 뿐이었다.

작품 「이 곳으로」가 무척 인상적이었다. 전시장의 적막함 속에 조명 불빛이 작품을 집중하여 바라보게 하였다. 겹쳐 보이기도 하고 뿌옇게 보이기도 하여 최근 침침해진 눈 때문이 아닌가 하고 안경을 잡고 초점을 맞춰보았다. 작품명 아래에 브로셔에서는 볼 수 없었던 작가의 소감을 찬찬히 읽어 보았다.

「이 곳으로」

이 세상 모든 것이 이 곳으로 모인다.

물도
사람도
새들도
그리고 이것들도

새들이 왜 이렇게 많이 모여들까?

배를 타고 강 주변을 돌아보면서 유독 새들이 많이 모여들었다.
상류에서 발원한 한 줄기 물도 이 곳으로 모이고.
세계 각지에서 수 많은 사람들도 이 곳으로 모인다.
(······)

갠지스 강가에 나무를 쌓아놓고 수많은 시신을 화장하고 그 잔해를 강에 버리는데, 그 옆에는 온몸을 강에 담그고 정화하는 의식을 하거나 신성하다는 강물을 마시는 장면을 텔레비전의 영상을 통해 여러 번 봤기 때문에, 이 사진이 새삼스럽지는 않았다. 우리는 질겁할 일이지만 혐오스럽기보다는 신앙의 중심, 세상의 중심이라 믿는 인도인이 숭배하고 신성시하는 갠지스 강에서의 중요한 의식이라니 이해할 수밖에.

작가는 같은 장소의 다른 사진들을 중첩하여 기억이 많이 남는 인상적인 것은 진하게, 그리고 기억이 점점 흐려지는 순서로 거의 기억이 나지 않는 것은 아주 흐리게 작업하여 한 프레임 안에 여러 장면을 한꺼번에 넣었다. 갠지스 강으로 모이는 수많은 배와 수많은 사람이 겹쳐있었고, 화장터 일 듯한 강 언덕과 집들이 거의 보이지 않을 정도로 흐릿하게 멀리 보였다. 기억과 망각의 세계가 한꺼번에 드러나 있는 듯, 서서히 기억이 망각의 세계로 떠나버리는 듯한 작품이었다.

현세의 인간에게 윤회는 결코 망각할 수 없는 기억의 세계이지 않을까?
끝없는 윤회의 강을 작가는 대상을 달리하여 잡아낸 찰라에서 영겁으로, 죽음과 탄생으로, 망각과 기억으로, 여러 장면도 모두 하나인 듯, 한 프레임 안으로 끌어들였다고 볼 수 있다. 이 신성한 강에서는 브라만 계급이든 불가촉천민이든, 과거였든 현재이든 구별 없이 내세를 향해 떠나는 길은 모두 똑같다. 불타오르는 장작불에 육신을 정화하고 신성한 갠지스 강에서 새로운 탄생을 하는 윤회의 세계로 함께 흐르는 것이다.

전설에 따르면 갠지스 강은 하늘을 흐르던 강이었는데, 시바신이 자기 머리카락으로 사로잡은 강의 여신을 땅으로 내려보내 지상에서 흐르게 되었다는 것이다. 이런 신성한 강이기에 인도 사람들은 갠지스 강에 몸을 담금으로써 모든 죄와 질병들을 정화하는 것이라고 믿는다. 또한 갠지스 강은 죽음 이후의 세계로 연결되는 관문으로 죽은 사람을 화장하여 강물에 뿌림으로써 망자를 미혹으로부터의 번뇌와 얽매임에서 벗어나게 해주고, 다음 세계로 보내 주는 곳이다. 망자를 보내 주는 죽음의 강이지만 해탈할 수도 있는 탄생의 강이기도 하다. 인도의 중심사상이 되는 윤회 가운데 현세가 바로 이 갠지스 강인 것이다

윤회는 인간이 죽어도 그 업에 따라 육도六道의 세상에서 생사를 거듭한다는 불교 교리이자 힌두교 교리이다. 육도란 첫째는 지옥도로서 가장 고통이 심한 세상이다. 둘째는 아귀도이다. 굶주림으로 고통을 심하게 받는다. 셋째는 축생도로서, 네발 달린 짐승을 비롯하여 새, 물고기, 벌레, 뱀 등으로 태어나 고통을 받는다. 넷째는 아수라도이다. 노여움이 가득한 세상으로써, 남의 잘못을 철저하게 따지고 들추고 규탄하는 사람으로 태어나게 된다. 다섯째는 인간이 사는 인도人道이고, 여섯째는 행복이 두루 갖추어진 하늘 세계의 천도天道이다. 곧 인간은 현세에서 저지른 업業에 따라 죽은 뒤에 다시 여섯 세계 중의 한 곳에서 내세來世를 누리며, 다시 그 내세에 사는 동안 저지른 업에 따라 내내세來來世에 다시 태어나는 윤회를 계속하는 것이다.

윤회를 한다는 것은 결국 괴로움이므로, 이 괴로움을 끊는 것은 열반과 해탈을 통해서만 멈추어진다.

갠지스 강에서 목욕하고 정화하는 현세의 사람이나, 망자로서 불에 정화되어 강에 뿌려진 육신의 잔해가 그 영혼만은 더 나은 곳에서 환생하길 바라는 간절한 소망들이 사진의 영상 속에 꽉 찬 듯하다. 그 사진을 한참을 바라보면 강 위를 날고 있는 새들이 영혼을 인도하는 안내자처럼 느껴진다. 어느 곳으로 데려다줄까?

해탈하지 못한 자의 윤회는 괴로움이다. 해탈하여 윤회가 멈추기를 간절히 바라는 사람 중 하나인 내가 저 뿌연 사진 속 어딘가에 있는 것 같았다.

7부
책은 나의 스승이다

『고요한 돈강』

『아침 그리고 저녁』

『분노의 포도』

『에덴의 동쪽』

『모순』

『여인의 초상』

『눈 Kar』

『하얀 성』

『남아있는 나날』

『고요한 돈강』

지난 주 장마전선이 형성되면서 구름이 두터워지고 가끔씩 비가 내리더니 이번 주에는 주로 중부이북지역이나 수도권에 집중적으로 비가 쏟아질 거라고 한다. 강으로 모여드는 빗물들이 무서운 기세로 흐르기 시작하자 가득 차오른 격류가 군남댐을 덮치고 임진강이 범람하여 피해를 입을까 걱정하는 주민들을 TV 화면으로 보았다. 임진강에 기대어 사는 주민들이 몇 년 전 이북 황강댐의 예고 없는 방류로 범람하였을 때 그보다 작은 군남댐으로는 홍수 조절을 할 수 없어 인명사고를 비롯해 큰 피해를 보았다. 남과 북은 국경 없이 흐르는 강에서조차 전쟁과 이념 대결로 평화를 유지하는 것이 요원해 보인다. 문득 러시아 작가 미하일 숄로호프의 『고요한 돈강』이라는 대하소설이 떠오른다. 나는 이 소설을 한 달이나 걸려서 읽었는데 결코 강은 고요하지 않았다. .

제1차 세계대전이 끝나갈 무렵 러시아는 1917년 2월 혁명으로 로마노프 왕조를 무너뜨리고 공화정을 세웠으나 10월 혁명으로 볼셰비키 공산 정권이 다시 세워진다. 남부 러시아 돈강 유역의 카자흐들은 전쟁과 혁명의 회오리로 숱한 갈등과 파괴라는 참혹한 늪으로 빠져든다.

작가는 고요한 돈강이 혼탁하게 흐른다는 노래로 글의 서막을 시작한다.

가래로도 일구지 않았네, 그 이름도 드높은 우리의 땅은…
이름 높은 이 땅은 말발굽으로 일구어지고
이름 높은 이 땅에 뿌려진 것은 카자흐 머리
고요한 돈강을 수놓는 것이 과부라면 아버지인 돈강을 메우고 피는 건
고아들
아, 돈강 물결은 아버지 어머니의 눈물로 넘치네

오, 우리들 아버지 고요한 돈강
오, 고요한 돈강 어이하여 흐린 물결 흐려서 흐르는가?
아, 고요한 돈강 어이하여 물결 흐림 없이 흐를 수 없는가!

우리 돈강 물결 밑바닥에서 차가운 맑은 물이 솟아나는데
우리 돈강 강물에 사는 은빛 물고기가 물 흐려 놓네.

크림전쟁이 끝나고, 그리고리의 할아버지 프로코피 멜레호프는 부인

으로 맞이한 튀르키예 여자와 함께 고향으로 돌아온다. 그리고 카자흐와 튀르키예인의 피가 섞여 태어난 아버지 판테레이는 일리니치나와 결혼하여 페트로, 그리고리 형제와 딸 두나시카를 낳았다.

그리고리는 이웃집 유부녀 아크시냐와 사랑에 빠져 있었다. 이를 못마땅하게 느껴온 판테레이는 아들을 강제로 미론 그리고리에비치의 딸 나탈리야와 결혼시킨다. 결혼 생활에 만족하지 못한 그리고리는 아크시냐와 사랑의 도피 행각을 벌인다. 그들은 대지주의 집에서 하인으로 생활하며 정착하는 듯 싶었으나, 제1차 세계대전으로 그리고리는 징집된다.

아크시냐는 딸을 병으로 잃고 외로움에 빠져든다. 주인 집 아들 에브게니 중위는 미모가 뛰어난 하녀 아크시냐를 유혹한다. 아크시냐는 저항 없이 그를 받아들인다. 전쟁에서 돌아온 그리고리는 두 사람을 폭력으로 응징하고 본처인 나탈리야에게 돌아간다. 안정된 가정생활을 꾸미고 행복을 찾아갈 무렵 볼세비키 혁명으로 내전이 일어난다.

전투에서 용맹하기로 소문난 카자흐들은 내전에 참전하게 되어, 그리고리는 반혁명세력인 백위군에 편성된다. 그동안 어느 편에도 속하고 싶지 않았던 그리고리는 살기 위해 전투에만 몰두할 뿐이다. 타타르스키 마을에서는 반혁명분자의 색출과 처형으로 공포에 떨게 된다. 그런 가운데 그의 장인 미론 코르슈노프와 형 페트로가 처참한 죽음을 맞는다. 이에 대한 분노로 그리고리는 형이 이끌던 반혁명군 카자흐 부대를 맡아 지휘하며 적위군을 괴롭힌다. 그러나 반혁명군은 분열되어 자주 패전하게 되고, 전쟁에 대한 환멸을 느끼며 잠시 고향에 돌아온다.

아크시냐는 에브게니로부터 버림받고 다시 남편 슈테판에게 돌아와 살고 있었다. 옛사랑을 잊지 못하는 그리고리는 꺼져버린 그녀의 사랑에 불을 지피고 다시 불륜의 관계에 빠져든다. 임신한 그리고리의 처 나탈리야는 이에 깊은 충격에 빠져 낙태를 시도하다 죽음에 이른다. 혼란스런 상태에 빠진 그리고리는 반혁명군의 패색이 더욱 더 짙어가자 아크시냐와의 사랑만이 현실의 혼란에서 벗어날 것이라는 생각에 반혁명군의 피난길에 합류한다. 그러나 아크시냐는 티푸스에 걸려 생사가 오락가락하게 되어 부득이하게 남에게 맡기고 반혁명군과 함께 떠난다. 전장에서 어느 것이 옳고 그른지, 왜 싸워야하는 지, 어떤 처신이 나을지 방향조차 잃어버린 그리고리는 적위군에 가담하게 된다. 그는 오로지 전쟁이 요구하는 카자흐의 기병 전사일 뿐이었다.

혁명군의 장교로 제대하여 고향에 돌아왔다. 자신의 아들과 딸을 돌보던 여동생 듀냐시카의 남편이자 옛 친구인 미시카는 그 마을의 볼셰비키 마을위원장이 되어 반혁명분자들을 색출하는데 여념이 없었다. 매제인 그는 그리고리가 반혁명군의 장교로 뛰어난 활약을 했음을 알고 상부 볼셰비키에 자수할 것을 권한다. 그리고리는 형 페트로를 죽인 미시카에게 감시당하고 이념적으로도 쫓기면서 갈 곳을 잃고 만다. 그가 슈테판의 집에 들러 아크시냐를 만나고 있을 때, 듀냐시카가 몰래 아크시냐를 찾아와 남편이 그리고리를 색출하러 왔다고 알려준다. 다급하게 그리고리는 아크시냐에게는 재회를 약속하고 두냐시카에게는 자신의 아이들을 부탁하며 처참한 심정으로 마을을 탈출한다.

자신의 의지와는 관계없이 비적단의 일원이 되어 전투에 참여하고 하루하루를 근근이 버틴다. 이 전쟁터에서 어느 편에도 속하지 않고 오로지 아크시냐만을 생각한다. 드디어 아크시냐를 만나 함께 도망가는 중에 한 방의 총알이 아크시냐의 몸을 관통한다. 그리고리는 가슴에 안겨 붉은 피를 쏟는 아크시냐를 안고 오열한다.

전쟁과 혁명으로 이념화 되어가는 과정에서 전통적인 카자흐의 생활은 하나씩 무너져 내렸다. 튀르크어로 카자흐란 '자유로운 사람'을 의미한다. 푸른 초원의 유목인들은 거칠기는 하여도 늘 자유로운 사람이었다. 그런 그들에게 이념의 굴레가 씌워지고 삶이 제약받게 된다.

이념이나 행동에 구속되지 않고 누릴 수 있는 자유가 얼마나 소중한지 작가는 이야기하고 싶었을 게다. 또한 처참한 전쟁과 혁명의 와중에서도 사랑은 꽃피는 것이어서 인간의 진정한 사랑이란 어떤 것인지, 자유와 사랑은 그 대가를 치르지 않고는 쟁취할 수 없다는 것을 작가는 이야기하고 있다.

카자흐들은 돈강은 고요해 보이나 결코 깊은 곳에 담긴 의미를 밖으로 표출하지 않는다고 생각한다. 가볍게 쏟아내는 이념의 말과 행동들은 깊은 물 속으로 가라앉아 그 의미는 잃게 마련이다. 격류도 오래지 않아 깊은 물 속으로 빠져들며 겉은 고요하고 도도하게 흐르는 것이다. 그러나 속에서는 예측하지 못한 암초에 부딪히고 소용돌이가 일던 강이 아니던가.

돈강은 아버지의 강이고, 결코 평화롭게 가래로 일군 땅이 아니고 카자흐의 머리를 바치고 말발굽으로 일구어진 땅이다. 그리고 고아들로 돈강을 메우고 피운 땅이다. 그 돈강의 아롱거리는 물결은 아버지 어머니의 눈물이다. 고요한 강의 주변에 사는 사람들은 이념 전쟁을 치르면서 그저 물처럼 떠밀려 흘러가면서 부서지고 깨지고 서로 부딪치며, 깊은 강물 속의 격랑이 이는 것처럼 지난한 삶을 살고 있음을 보여준 것이다.

그리고리는 차례로 가족을 잃어 마지막으로 아들만 남는다. 돈강 물결 밑바닥에서 맑은 물이 솟아오르듯 새 생명으로 이어지는 카자흐의 아들은 여전히 삶을 이어갈 것이다.

숄로호프는 전쟁과 혁명으로 소용돌이치는 세상 속에서도 그저 끊임없이 고요히 흐르는 돈강처럼 삶은 계속되는 것이라고 말하고 있다.

『아침 그리고 저녁』

『아침 그리고 저녁』이 우리나라에 소개되었을 때는 2019년이다. 욘 포세는 2023년 노벨문학상을 받은 노르웨이 작가로 희곡을 많이 썼고 어떤 면에서는 입센을 능가한다는 평을 받기도 한다.

이 책에는 모든 문장에서 마침표를 찾아볼 수 없다. 쉼표가 대부분이고 어쩌다 한 번쯤 물음표가 나오는 특이한 문장 구성이다. 당연히 마침표가 있을 자리에 없는 것은 문장이 갖는 매너리즘을 깨는 것이다. 문장은 마침표를 찍음으로써 완성이 된다. 그래서 그 뜻과 의도와 전달하고자 하는 의미를 명확하게 한다. 쉼표란 문장이 완성되지 않았으나 그다음 연결되는 구문과 연결함으로써 보다 세련되게 보완하기 위한 것이다.

아침 그리고 저녁이라는 의미는 하루의 시작과 끝을 이야기한다. 그러면 인생의 시작과 끝은 무엇인가? 책에서는 탄생과 죽음으로 이야기한다. 기억이 없는 탄생이나 부족하고 불분명한 어릴 적보다는 생생한 기억을 해내는 인생의 마지막 무렵이 하고 싶은 말이 많을 것이다.

자신의 탄생을 자신이 보거나 기억할 수는 없다. 어부 요한네스는 태어날 때는 기억이 없다. 대신 아버지 올라이가 동동거리며 태어나는 아기로 인해 이런 생각 저런 생각에 빠져든다. 그렇게 탄생에 대한 짧은 챕터가 끝나고 이 책의 나머지 대부분은 요한네스의 회상으로 이루어진다.

'당신의 첫 기억은 무엇입니까?' 라고 질문이 온다면 대부분 여섯 일곱 살 이후가 대부분이지만 어떤 사람은 서너 살 때의 기억까지도 더듬는다. 그러나 최근에는 부모들이 태어날 때부터 어린 시절의 사진이나 영상을 만들어 그때의 이야기를 많이 들려준다. 그런 부모 덕분에 요즘 아이들은 훨씬 앞당겨진 어린 시절까지 기억하게 된다. 심지어는 기시감이라 할지 태어나 탯줄을 막 끊은 아기의 모습도 자기의 기억인양 생각될 때도 있다고 한다. 기억에는 없어도 실제 있었던 일들의 기록과 흔적에 의한 세뇌가 상상력 속에서 자신의 또렷한 기억으로 남을 수도 있다. 기억이란 그 사람의 경험에서 소환되는 것이기 때문이다.

탄생은 중요하다. 탄생이 없으면 죽음도 없기 때문이다. 탄생에 대한 기억은 없지만, 죽음에 가까울수록 수많은 기억과 생각에 파묻힌다. 특히 의미 있는 사고는 뇌리에 더 또렷하게 남게 된다.

'그는 일어난다, 그리고 문득 몸이 가볍다, 무게가 거의 없는 듯하다, 요한네스는 생각한다, 이거 이상한 걸,' (35쪽)

요한네스는 주전자에 커피를 넣어 끓이고, 빵에 브라운 치즈를 얹어 아침을 만들고, 담배를 말았다. 부엌에는 이미 세상을 떠난 에르나의 의자가 식탁에 외롭게 있었다. 에르나와의 사이에서 일곱 아이나 낳았다. 그리고 그대로 남아있는 물건들은 무게라고는 느낄 수 없고 깃털처럼 가볍게 느꼈다. 이상한 분위기가 감싸인 이른 아침이었다.

오늘은 자전거를 타고 부둣가에 가기로 했다. 창고로 가서 자전거를 보니 타이어에 바람이 빠져 타기를 포기하고 다락과 주위를 둘러보았다. 물건은 그대로였으나 가벼워 보여 이상하다고 생각했다. 걸어서 부두로 나가기로 했다. 친구 페테르와 난바다가 아닌 곳에서 낚시나 했으면 좋겠다고 생각했다. 아, 페테르는 죽었지, 맘씨 좋은 구두장이 야코프도 죽었고.

그가 지나가는 언덕에 그의 막내딸 싱네의 집이 보였다. 거기나 가볼까? 아직 일어나지 않았을지도 몰라. 사위가 일에서 돌아왔을까? 싱네는 매일 나한테 들르곤 하는데. 그냥 만으로 내려갔다.

'멈춰 서서 만의 보트하우스들을 내려다보니 그것들 역시 어딘가 다른 느낌이다, 요한네스는 선 채로 눈을 감는다, 무슨 일이 일어난 거지? 보는 것마다 변해있으니, 눈앞의 보트하우스들 역시 너무 무거운 동시에 믿을 수 없이 가벼워 보인다, 대체 그에게 무슨 일이 일어난 것일까? 요

한네스는 생각한다.' (49쪽)

부두에서 게 잡이 나가려는 페테르를 만나 난바다로 낚시하러 간다. 요한네스는 페테르의 몸을 만져보고 싶기도 하고 그에 관해 물어보고도 싶으나 참았다. 과거 페테르와 서로 머리를 깎아주며 돈을 아끼던 일이라든지, 그와 서로 왕래하던 일, 인심 좋은 구두장이 야코프에게 돈을 꾼 일이 있었지만 이자도 받지 않던 일과 많은 일들이 떠오른다. 그리고 페테르가 요한네스에게 실한 게를 잡아 노처녀 페테르센에게 가자고 한다.

요한네스는 바다낚시를 하기 위해 루어를 던지지만, 바닷물에 1미터 이상 들어가지 않는다. 몇 차례 시도를 해봐도 미끼는 여전히 가라앉지 않는다. 그리고 배에서 이런저런 실수를 연발한다. "대체 왜 그러나?"라고 페테르가 물으면 그저 자존심에 "아니야,"라고만 했다.

'바다가 더 이상 자네를 원하지 않는구먼, 페테르가 말한다.' (81쪽)

우리는 이렇게 책의 중간을 넘어서면 요한네스의 영혼이 이미 죽은 자의 영혼들을 만나 과거를 회상하며 배회하는 플롯이라는 걸 알게 된다.

"사람은 가고 사물은 남는다" (43쪽)

나는 이 구절이 마음 깊이 남는다.
사람들은 세상을 떠날 때 아무것도 가지고 갈 수 없다. 육신을 막 떠난 영혼들은 아직도 세상에 남아있다고 생각할지 모른다. 아침에 먹던 빵과 담배 그리고 남아있는 식탁에는 아내의 의자가 보인다. 그리고 최근에 매일 찾아오는 막내 딸 싱네가 아른거린다. 죽은 페테르가 다가와 배를 타고 난바다로 나갈 때 갖은 추억의 회상에 휩싸인다. 추억의 회상도 남은 사물이라 할 수 있다. 요한네스의 배회하는 영혼을 마중하기 위해 페테르는 잠시 이승으로 내려온 것이다.

페테르와 함께 저승으로 떠나면서 싱네와 목사가 흙을 한 삽씩 뜨는 것을 바라본다.

데미 무어와 패트릭 스웨이지가 열연한 영화 『사랑과 영혼』이 기억난다. 완전히 세상을 떠나지 못한 샘(패트릭 스웨이지)의 영혼이 이승의 몰리(데미 무어)에게 그녀를 향한 사랑이 여전하다는 것을, 그리고 자신은 아직 떠나지 않고 남아있다는 것을 집요하게 전하려는 노력을 볼 수 있었다.

사람들은 세상에서 영혼이 완전히 떠나기 전까지는 어떤 식으로든 그 세계와 연이 끊이지 않아 서로를 기억하는 거라고 생각한다. 그래서 떠난 자에 대한 그리움으로 마음 아파한다.

세상을 떠났다고 해도 아직은 떠난 것이 아니라고 작가는 이 글에서 결코 마침표를 찍지 않았지만, 마침표를 찍지 않았다고 세상을 떠난 자가 언제까지나 머물 수 있는 것은 아닐 것이다.

『분노의 포도』

메마른 붉은 대지에 밟히는 자국마다 회색빛 먼지가 피어오르고 있다. 톰 조드는 회색빛 뿌연 대기를 뚫고 몇 년 만에 집으로 돌아간다. 태양의 열기로 뜨겁게 달구어진 먼지가 날리는 길에서 힘겹게 천천히, 그러나 쉬지 않고 기어가는 조그만 거북을 잡아 자신의 재킷으로 감싼다. 오랜만에 만나는 동생에게 줄 선물이다.

가족들은 지독한 가뭄으로 농사도 망치고 그로 인해 진 빚으로 자기 고향에서 밀려나게 된다. 은행의 토지회사가 밀어대는 트랙터는 땅에 이랑을 내면서 성큼성큼 집을 향해 조여오고 있다. 마당마저 트랙터의 로터리 칼날에 갈리고 햇빛에 반짝이는 날을 들이대며 심장까지 갈아버릴 참이다.

차량을 개조해 만든 화물차는 고향을 등지고 66번 고속도로를 서서히 달린다. 값나갈 재산이라고는 찾아볼 수 없는 생필품과 12명의 사람을 싣고 행여 차가 길에 서기라도 할까 조심조심하면서 톰과 엘은 차창을 통해 들어오는 뜨거운 태양에 살을 태우며 교대로 운전한다. 그들에게는 2,000km나 떨어진 오클라호마 고향까지 날아온 젖과 꿀이 흐른다는 캘리포니아의 구인 전단지만이 희망의 지도다.

차곡차곡 쌓아 올린 짐 위에 매트리스를 깔고 그 위에 식구들과 케이시 목사는 서로의 몸을 비벼가며 덜컹거리는 화물차에서 생활한다. 보금자리를 잃어버린 이주자들은 캘리포니아 언덕 위의 하얀 집을 꿈꾼다.

그러나 연로한 할아버지는 달리는 차 위에서의 생활을 견디지 못하고 죽자 밤에 몰래 장례를 치른다. 할아버지는 캘리포니아에 가면 포도송이로 얼굴을 문질러 그 즙으로 세수를 할 거라고 툭하면 얘기했었지만, 길에서 횡사하게 되고 아들 노아와 사위는 제 갈 길로 흩어지고 만다. 목사 케이시도 싸움에 말려든 톰 대신 경찰에 끌려갔다.

차는 밤새 달려 캘리포니아에 가까워졌지만 오클라호마에서 온 오키들이라 부르며 멸시하는 사람들이 캘리포니아로 가는 것을 방해한다. 차량을 세우고 수색하겠다고 하자 식구들은 뭐라도 잘못되는 일이 생길까 수색받는 일을 꺼리는데, 어머니는 당당하게 올라와서 조사하라고 한다. 그중 한 사람이 할머니의 모습을 보고 귀신이나 본 듯 화들짝 놀라 차량을 그냥 통과시킨다. 어머니는 이동 중 밤에 죽은 할머니를 껴안고 행여 가는 길이 늦어질까 혹은 탈이 날까 봐 아무에게도 알리지 않은 것이다.

캘리포니아는 달콤한 전단지 내용과는 달랐고 일자리는 구할 수 없었다. 있었다고 해도 식구들이 한 끼 해결하기도 어려웠다. 모여든 이주민들은 무려 삼십만 명이나 되었다. 과수원에서 5센트의 품삯은 일자리를 찾아오는 사람들에 의해 다음날 2.5센트로 낮추어졌다. 그 일마저 없어 굶는 사람이 부지기수였기 때문에 품삯을 제멋대로 낮추어도 항의조차 할 수 없었다. 농장주들은 제때 수확하지 못해 상해 가는 과일들을 모두 버려야 할 처지에 있었지만 넘치는 이주자들의 값싼 노동력으로 그때그때 일을 끝낼 수 있었고 많은 이문을 볼 수 있었다. 가난한 사람들이 많을수록 부자는 더욱더 돈을 벌게 되고 위세도 누릴 수 있었다. 가난한 이주민들은 좌절하였고 극도로 증오심을 가슴에 품게 된다. 이들에게는 미래가 없었다. 오직 분노만이 포도송이처럼 알알이 영글어가고 있었다.

새로 일하게 된 농장의 분위기를 알려고 작업을 끝낸 톰은 통제구역을 넘어 밖으로 나간다. 그곳에서 지주들에게 대항하기 위해 이주민들을 규합하여 농장 앞에 진을 친 목사 케이시를 만난다. 어둠 속에서 케이시는 지주들에게 고용된 경비들에 의해 몽둥이로 머리를 맞아 죽게 되고, 톰은 이에 흥분하여 공격한 사람을 죽이게 된다. 톰은 감옥에서 가석방되어 나왔기 때문에 당당하게 굴 수 없어 몰래 집으로 숨어들어왔다. 어머니는 톰에게 살기 위해서라도 멀리 도망치라고 설득한다.

갈 곳도 없지만 일할 곳도 없는 이곳에서 더 이상 버틸 수가 없어 식구들은 떠나기로 한다. 이때 갑자기 비가 쏟아진다. 천막촌은 홍수로 물에 잠기기 시작하고 딸 샤론의 로즈는 출산의 진통을 겪는다. 어머니는 비가 들이치는 차에서 물을 끓여가며 딸을 보살피고, 아직 어린 루티와 윈 필드는 옆집으로 대피시키고, 엘은 차를 수해로부터 구해보려 애를 썼 으나 포기하고 만다. 큰아버지와 아버지는 사람들과 함께 천막촌의 차와 식구들을 보호하려 삽으로 둑을 쌓는다. 그러나 비는 그치지 않고 폭류 가 되어 거칠어진다. 뿌리째 뽑혀버린 커다란 나무가 폭류에 휩쓸리며 둑 을 뭉개버리고 차는 침수되고 만다. 차 안에서 샤론의 로즈는 사산한다.

그들의 모든 노력은 수포가 되었고 맨몸으로 이곳을 탈출하기로 한다. 일곱 식구는 거칠어지는 물결을 헤치고 겨우 높은 곳으로 올라가 비를 피할 수 있는 헛간을 발견하게 된다. 이곳에는 엿새 동안 굶어 거의 죽어 가는 남자와 어린아이가 있었다. 그 남자는 목화밭에서 일하다 병까지 얻게 되어 이제는 삶을 기약할 수 없는 처지였다.

어머니는 딸에게 넌지시 눈치를 주며 식구들 모두 방에서 나가라고 한 다. 샤론의 로즈는 자신의 젖은 몸을 감싼 이불 한쪽을 열고 가슴을 드 러내고

"드셔야 해요."

그녀가 말했다. 그리고 몸을 움직여 가까이 다가가서 그의 머리를 잡 아당긴다.

"자!"

그녀가 말했다.

"자요."

그녀의 손이 그의 머리 뒤로 돌아가서 머리를 받쳤다.

인간은 자연의 혜택을 받아 풍요로움을 누리는 사람도 있지만 그런 풍요로움을 누리기는커녕 하루의 끼니를 어떻게 해결할지, 하루의 잠자리를 어디에 마련할지, 헐벗은 몸에 무엇을 둘러야 할지, 무너져 내리는 마음을 어떻게 추스를지 모르는 사람들도 있다. 그들에게는 현실이 지옥이다. 풍요로움을 누리는 사람들은 달콤한 사탕발림으로 지옥의 바다에 빠진 사람들을 꾄다. 그들의 감춰진 비열함이 드러날 때는 힘없고 가여운 사람들은 비탄하며 절망에 빠져버린다. 그럴 땐 신마저 등을 돌리는 것 같다. 톰 조드 가족의 고통이 바로 그런 것이 아닐까.

톰 가족을 통해 한쪽에서 무너져가는 공동체를 다른 한쪽에서는 다시 일으켜 세우는 모습을 그리고 있다. 가뭄과 지주들의 횡포로 견디기 어렵고 절망할 무렵 톰 조드가 식구들 앞에 나타나 힘이 되어준다. 싸움에 말려든 톰의 분노로 사람이 다칠 때는 목사 케이시가 대신 경찰에 끌려간다. 피폐해진 이주민들 사이에서도 선한 사람들로만 이루어진 천막촌이 생기기도 한다. 농장주에 대항하기 위해 사람들이 규합하기도 하고 비에 범람하려는 천막촌에 서로 힘을 모아 둑을 쌓기도 한다. 딸 샤론의 로즈는 사라진 애인만을 그리며 식구들의 힘을 빼기만 하던 철부지였지만 사산하고 모든 것을 잃어버린 순간에서는 그녀 역시 공동체의 일원으로 인간애를 발휘한다.

사람과 사람 사이에서 즉 공동체 안에서 인간은 생각하고 행동한다. 공동체 안에서 자신에게 좋은 것은 타인에게는 불편할 수도 있다. 모르는 사이에도 자신의 이익을 위해 상대를 괴롭히게 되는 일도 있다. 그런 일로 증오와 분노가 일고 갈등이 일어나기도 한다. 소통하지 않고 공감하지 못하는 공동체에서 흔히 일어나는 일이다. 서로 이해하고 힘을 합친다 해도 누군가는 손해를 볼 수는 있지만 그런 것을 감수하고 극복해 나가는 것 또한 공동체이기도 하다. 그래서 공동체란 가족과 함께한다거나, 같은 지역 사람들과 함께하거나, 같은 목적을 가진 사람들과 함께하면서 자신보다는 서로가 바라는 공동선을 이루어 나가는 것이다.

때에 따라 비록 쓸모없는 일이 될지라도 사람들은 천천히 끊임없이 어디론가 기어가는 거북처럼 공동선을 향해 가는 것이다. 늘 이상주의를 꿈꾸지만, 현실은 그렇지 못하더라도 우리에게는 숭고한 인류애가 남아 있다는 것을 이 소설에서 보여준다.

자본주의 경제를 추구해 오던 미국의 1930년대에 몰아닥친 경제공황으로 서민들에게 닥친 고통과 인간의 연약함과 강인함을 잘 그려낸 존 스타인벡의 작품이다.

『에덴의 동쪽』

광활한 지역으로 이루어진 나라답게 스케일이 크다고 느낀 소설이다. 언제 닥칠지 모르는 폭풍을 무릅쓰고 대서양을 건너 도착한 미국 동부, 그러나 그곳에서도 정착하지 못한 세대들이 대를 이어 다시 말과 수레에 몸을 싣고 수천 킬로미터의 여정을 거쳐 젖과 꿀이 흐른다고 믿고 싶어하는 태평양 연안으로 달려간다. 그들의 욕망과 분노와 증오, 한편으로는 깊은 가족애와 사랑 등 인간 본연의 깊고도 복잡한 감정들이 고스란히 드러난 가히 미국을 대표하는 소설이라 할 수 있다.

작가 존 스타인벡은 캘리포니아의 살리나스 계곡의 흙과 바람 그리고 태양 아래 꿈틀대는 초목과 꽃들을 자세하게 표현하며 소설을 시작한다. 계곡의 강에는 물이 흐르고 나무와 화초들은 꽃을 피워 아름답게 보인다. 그러나 강은 겨울 우기에 그 계곡을 적셔 초목의 갈증을 해소하고 짧은 우기가 지나면 웅덩이에 가까스로 물이 남을 뿐이다.

애덤을 편애하는 아버지는 군인으로서 자기 삶이 영광스럽다고 여기며 애덤이 그를 이어받기를 원한다. 동생 찰스보다 나약하고 순진한 애덤은 한 살 차이의 찰스에게 두들겨 맞기도 하고 그의 못된 버릇에 곤경에 처하기도 한다.

기병대에서 4년을 복무하고 제대한 애덤은 익숙지 못한 집안의 분위기에서 도망치듯 다시 군에 입대한다. 그러는 사이 찰스는 아버지의 농토를 개간하여 부농으로 일구어간다. 아버지 사이러스 트래스크는 재향군인회를 활용해 대단한 영향력을 발휘한다. 그가 죽자 부통령과 국방부 장관이 조문할 정도였고 막대한 유산을 자식들에게 남긴다.

캐서린은 어려서부터 품행이 좋지 않았음에도 영리하고 매우 예뻤기 때문에 주위 사람들의 시선을 끌 수 있었고 그녀의 요구를 잘 들어주도록 이끄는 재주가 있었다. 그녀는 자신의 목적을 위해 악마적인 행동도 서슴지 않았다. 부모가 자기 행동에 못마땅해하며 간섭한다는 이유로 집에 불을 질러 부모를 살해하고 사라진다. 사창가의 포주를 만나 동거하다가 그녀의 불손한 행동에 화가 난 포주의 주먹과 채찍과 돌로 무자비하게 맞는다.

캐시는 얼굴이 깨지고 터지고 일그러져 만신창이가 된 채로 도망쳐 찰스의 집으로 숨어든다. 애덤은 그런 그녀를 지극정성으로 간호한다. 애덤은 캐시를 사랑하게 되고 결혼 신고까지 한다. 숨어있을 곳이 필요했던 캐시는 그의 행위에 거부하지도 않지만 온종일 아무 일도 하지 않고 멍하니 흔들의자에 앉아 있을 뿐이다. 형에게 늘 불만이고 시기심이 가득한 찰스와 몰래 정을 통한다.

애덤은 캐시와 캘리포니아로 이주하여 에덴동산이라도 꾸미려는 듯 옥토를 사들인다. 캐시는 쌍둥이를 낳고는 젖 한 번 물리지 않고 총으로 애덤을 쏘고는 집을 나가버린다. 캐시는 이름을 케이트라 바꾸고 어느 도시의 유곽으로 숨어든다. 빼어난 미모에 영악한 그녀는 다른 사람의 감정을 잘 파악하는 뛰어난 재주로 유곽을 번창하게 만들고는 주인을 독살하여 유곽을 차지하게 된다.

애덤의 두 아들 아론과 칼렙은 이란성 쌍둥이로 외모도 다르다. 다른 외모만큼이나 아론은 명석하지만 순한 편이었고 칼은 독하고 사악한 면이 있었다. 어머니의 손길 없이 중국인 집사 리의 손에 자란다. 쌍둥이 자식에 대해 보살핌이라고는 거의 없는 애덤은 아버지처럼 아론을 편애한다. 아론은 공부도 잘하고 명석하여 스탠퍼드 대학생이 되지만 칼은 툭하면 사고를 치며 항상 문제아로 주변의 주목을 받는다.

애덤은 멀지 않은 도시에서 캐시가 창녀 생활하고 있다는 것을 알고는 찾아간다. 그러나 사랑했던 캐시와는 함께 살 수 없다는 것을 깨닫고 뒤돌아서서 더 이상 존재하지 않는 사람으로 생각하기로 한다. 늘 그렇듯 사람 사는 세상에는 영원한 비밀이 없는 법, 아들 칼도 어머니의 존재를 알게 된다. 어머니가 창녀라는 사실에 그럴 리가 없다며 찾아간 칼은 충격을 받고 어머니의 근황을 그의 형 아론에게 알려준다. 이 일로 캐시는 자살하고, 아론은 대학 생활을 그만두고 군대에 입대했지만 전사하게 된다. 연이은 충격에 애덤은 뇌졸중으로 쓰러진다.

집사 리는 침대 위쪽으로 가서 시트 자락으로 환자의 얼굴에 흐르는 땀을 닦아 주었다. 그리고 감긴 눈을 내려다보며 나지막이 말했다.
"고마워요, 애덤. 정말 고마워요. 당신은 내 친구예요. 입술을 움직일 수 있겠어요? 입술을 움직여서 아들의 이름을 불러보세요."
애덤은 지친 눈으로 칼을 바라보았다. 그의 입술이 조금 벌어지는가 싶더니 이내 다물어졌다가 다시 움직이려고 했다. 곧이어 그의 가슴이 불룩하게 부풀어 올랐다. 그의 입에서 거친 숨이 뿜어져 나왔다. 입술 사이로 한숨 소리도 새어 나왔다. 한숨에 섞여 나온 속삭임은 허공에 매달려 있는 것 같았다.
"팀셸…"
이윽고 눈이 감기면서 그는 영원히 잠들었다.

우리는 '에덴'을 더할 나위 없이 포근하고 평안한 곳으로 생각한다. 그러나 유대교나 기독교에서는 죄를 짓고 부끄러워하며 쫓겨났던 곳이다. 카인은 하느님을 흡족하게 하던 아벨을 질투하여 죽이는 씻지 못할 죄를 짓고 에덴의 동쪽 놋으로 간다.
'팀셸'은 구약성서 창세기 4장 7절에 하느님이 카인에게 말씀하는 중에 나오는 단어라고 한다. 흠정역 성서[1]에는 "너는 죄를 다스릴 것이다." 라고 쓰였지만, 미국 표준 성서에는 "너는 죄를 다스려라."라고 되어 있다 고 한다.[2] 전자는 약속으로 신의 예정설을 뒷받침하지만, 후자는 명령과 복종을 의미할 수도 있다고 애덤의 집사 리는 이야기한다. 히브리어의 팀 셸은 '할 수도 있을 것이다.'라고 해석할 수도 있어 그 참된 의미는 "다스 릴 수도, 다스리지 못할 수도 있다."라는 것으로 인간이 선과 악 사이에 서 자각의 의지로 악을 다스리고 선을 행할 수 있다고 이해해야 한다고 말한다.

칼에 대한 편견을 버리고 그에게도 선택의 기회를 줘야 한다는 리의 설득에 대한 애덤의 답이 '팀셸'이라면 애덤 역시 결국 원죄에 대한 새로 운 시각을 받아들인 것으로 보인다.

인간은 스스로 선택할 수 있고 그 책임도 져야 한다는, 그래서 인간은 위대하고 숭고해질 수 있는 것이다.

이천 년 동안 유럽에서 뿌리 깊게 남아 벗어나지 못한 원죄론으로 속 박된 종교적 사상을 미국의 존 스타인벡은 운명이라 포기하지 않고 스스 로 선택할 수 있다는 희망을 보았다. 이것은 미국의 원죄에 대한 새로운 전환이라 할 수 있다.

---

1) 흠정역欽定譯성경은 제임스 1세의 명에 의해 편찬된 성경의 영어 번역본 중 하나이다.
2) 한국천주교성경 「창세 4-7」 "너는 그 죄악을 잘 다스려야 하지 않겠느냐?"

미국인들은 원래 아메리카 대륙에 살던 사람들이 아니다. 그들은 어떤 이유든 자신들의 고향 유럽을 떠나 이주해온 사람들이다. 장래가 녹록지 않을 것이라는 생각에 마음을 다잡고 움직인 사람들이다. 이주지에서 살아가는 동안 질투와 시기 등 알게 모르게 잘못된 일로 고민하기도 하고 사랑과 영화로 행복해하기도 한다. 그들 스스로 선택한 일이기에 그 결과에 책임을 질 수밖에 없는 것이다.

비록 죄를 지어 에덴의 동쪽으로 쫓겨났지만, 그다음의 삶은 자신의 선택으로 선을 행하며 악을 멀리하는 삶을 살아갈 수 있다는 것이다. 결국 '네가 잘 행하면 너를 받아들이지 않겠느냐?' 이 말은 카인에게 삶의 희망을 주는 일종의 약속이 되었다.

자신들의 땅을 떠나 새로운 땅으로 이주한 미국인들에게는 새로운 이 땅이 본인들의 앞으로의 행동에 따라 기회의 땅이 되기를 바라면서 이 글을 썼을 거라 짐작해 본다.

존 스타인벡은 '이전에 저술한 모든 책은 이 책을 위해서였다'고 말했다고 한다.

『모순』

양귀자의 장편소설『모순』은 「작가 노트」에서 그동안 마감 시간에 쫓겨 써온 글과는 다르게 구속받지 않고 글에만 몰두하여 쓴 글이라고 했다. 연재해야 하는 글은 마감 시간이 가까울수록 글을 쓰기 위해 집중력을 발휘할 수는 있겠지만 시간에 쫓겨 깊은 생각과 내용을 정리하거나 교정하기 어려웠다고 한다.

쌍둥이로 태어난 엄마와 이모의 생일은 4월 1일이다. 그들은 만우절의 거짓말처럼 그날 결혼도 함께 한다. 쌍둥이로 태어나 한 몸과 같은 존재니 서로 다르지 않아야 한다는 외할아버지의 뜻이었다. 그러나 그들은 전혀 다른 삶의 궤도에서 살아간다.

이모는 이모부가 가정에 충실하지만, 계획대로만 살아가는 심심한 성격이라고 말한다. 아버지는 화끈한 성격이지만 술만 먹으면 언제 어떻게 일을 저지를지 모르고 툭하면 집을 나가 들어오지 않을 때가 많았고, 지금도 몇 년 동안 집에 들어오지 않는다. 그래서 아버지가 없는 거나 마찬가지로 엄마는 시장에서 양말을 팔아 생계를 유지하느라 억척같은 성격으로 바뀌었다. 이모는 생활의 어려움을 모르고 명랑하게 살아간다. 엄마와 이모는 딸과 아들을 둘씩 두었는데 딸은 딸대로 아들은 아들대로 서로 동갑이다. 이모의 자식들은 모두 유학을 떠났다.

엄마의 딸 안진진은 여러 가지 아르바이트로 등록금을 모아야 하고, 군대를 제대하고 돌아온 남동생은 조무래기 같은 친구들 앞에서 조폭의 보스 행세를 하고 싶어 한다.

주인공 안진진은 두 남자 나영규와 김장우를 사귀는데 누구를 결혼 상대로 정해야 하는지 쉽게 선택하지 못한다. 나영규는 매사에 철두철미하고 계획대로 삶의 궤적을 그려 나가며 유쾌한 성격이다. 김장우는 쉽게 결정을 내리지 못하고 계획 없이 즉흥적으로 행동하며 밝은 모습을 보기가 쉽지 않다. 나영규를 만나면 그의 의도에 따라 잘 짜인 데이트 스케줄로 가보지 못한 곳을 찾아가고 먹어보지 못한 맛집에서 음식을 즐기지만, 그녀의 생각이 파고들 틈이 없다. 김장우를 만나면 자신의 의도대로 리드할 수 있고 나영규와 함께했던 좋은 데이트코스를 슬그머니 답습하며 즐기곤 한다.

김장우는 안진진과의 데이트가 불발되자 카메라를 둘러메고 홀로 지방으로 출사 나간다. 남도 여행에서 열흘 만에 돌아온 김장우는 야생화

사진을 준다. 실처럼 가늘고 눈처럼 흰 꽃이 하늘을 향해 총총 피어있는 모습이 아름다운 실풀꽃, 정말 만나기 힘든 꽃으로 무성한 타원형 잎들 속에 숨죽인 이름도 소박한 흰젖제비꽃, 계곡을 이동하다 우연히 발견했다는 푸른 잎사귀 속에 숨어서 깜박깜박 조용히 빛나고 있는 큰들별꽃을 보고는 저 홀로 숨어서 이렇게 아름답게 살아도 되는가 하며 김장우는 그냥 울어버렸다고 했다. 그는 희미한 것들을 만나면 이렇게 선명해진다고 안진진은 생각한다. 그녀는 김장우의 순수하고 애틋한 성격에 호감을 갖게 된다.

어느 날 이종사촌 주리가 집으로 찾아온다. 사랑하기만 하면 결혼할 수 있다는 주리에 대해 안진진은 결혼은 많은 것을 고려해야 하는 중요한 사업이라고 한다. 주리는 결혼을 사업이라고 생각하는 것은 옳지 않다고 강조한다. 안진진의 남동생 진모가 폭행 사건으로 교도소에 가 있는 것은 아버지로부터 영향을 받았기 때문이라고 주리는 서슴없이 이야기한다. 그러나 안진진은 우리 가족이 평탄하게 살지는 못했지만 오히려 그런 삶에서 많은 지혜를 얻고 행실이 좋지 않은 아버지로부터도 요긴한 가르침을 받은 셈이니 앞일을 헤쳐 나가는데 크게 걱정할 정도는 아니라고 대거리한다. 동갑내기 주리와 결혼, 직장, 가족관계에 대해 많은 이야기를 나누지만 가까운 혈연관계임에도 좀처럼 좁힐 수 없는 거리감을 느낀다.

안진진이 엄마같이 느끼던 이모가 자살한다. 유복하고 평안한 이모의 생활을 부러워했는데 오히려 그런 생활이 독이 되었든지 삶의 의미를 잃어버리고 무기력해져 안진진의 엄마가 부러웠다는 유서를 남긴다. 어머니는 시장에서 양말 장사로 악착같이 살았으며, 진모의 폭행 사건을 형법 안내 서적을 공부해가며 온 힘을 다해 기운차게 대처했고, 쌍둥이 자매인 이모의 죽음에도 크게 동요하지 않고 견뎌낸다. 이모는 이런 엄마를 좋아했었다.

안진진은 김장우와 여행도 함께 다니며 결혼까지 약속했지만 나영규와 결혼한다.

삶의 모순을 그려 나간 책이다. 한 사람이 가진 모순적인 감정을 분리하여 표현하는 데는 쌍둥이만큼 좋은 소재가 없다고 작가는 말한다. 소설을 읽다 보면 그런 것이 모순일까? 하는 생각이나 사건들을 많이 읽게 된다. 어찌 보면 각각의 삶 자체가 모순투성이고 그 모순을 숙명적으로 받아들이면서 살아가야 하는 것이 인간인지 모른다.

나로서는 '모순'이 쉽게 정리되지 않는 어려운 말이다. 모순이란 어느 방패라도 뚫을 수 있는 창과 어떤 창으로도 뚫을 수 없다는 방패 이야기다. 어떤 문제라도 해결할 수 있거나 어떤 어려움도 이겨낼 수 있는 재주가 있다면 그건 신만이 갖는 특별한 것이다. 인간이 이룰 수 없는 일에 마지막으로 믿고 의지하려는 희망이란 단어 자체도 모순 아닐까? 설령 그렇다고 해도 모순 속에서는 실낱같은 희망으로도 괴력 같은 힘을 발휘하기도 하기 때문일 것이다.

불행과 행복, 죽음과 삶, 증오와 사랑, 빈곤과 풍요와 같이 대척점에 있는 말들을 우리는 분리하여 좋은 것만 갖추려 한다. 이런 반대의 생각과 말과 행동들은 그 이면이 함께 존재한다는 것을 누구나 다 안다. 마치 동전의 앞뒷면과 같은 것이다. 동전의 앞뒷면은 아무리 나누어도 다시 앞뒷면이 생겨 결코 분리할 수 없다.

행복의 이면에는 불행이 웅크리고 있고, 새로운 탄생으로부터 죽음이 다가오고 있고, 지독한 증오의 밑바닥에는 사랑이 깔려 있고, 빈곤을 들추어 보면 그 아래 풍요의 싹이 있는 것이다. 우리는 마음먹기에 따라 전혀 다른 세상을 함께 볼 수 있는 것이다. 모순이란 신의 영역이고 모순을 알아차린 인간에게는 신성이 있을 것이라고 나 혼자 생각해 본다.

『여인의 초상』

도서관 서가에서 뽑아낸 책 제목을 바라보며 초상肖像이란 단어를 사전에서 찾아봤다. '사진, 그림 따위에 나타낸 사람의 얼굴이나 모습'이라는 외형적인 의미와 '비춰지거나 생각되는 모습'으로 내면적인 의미를 담고 있다. 그 당시 사회가 담고 있는 여성의 초상은 무엇인지, 시간이 흐르며 변화하는 모습은 어떤 것인지를 작가 헨리 제임스는 어떻게 다루고 있을지 궁금해졌다.

이사벨 아처는 뉴욕 올버니에서 태어나고 자랐다. 아버지가 돌아가시고 자매들만 남은 집에 이모가 찾아와 막내인 이사벨을 영국 이모의 집 가든코트로 데려간다. 큰 저택에는 몸이 아픈 이모부 대니얼 터챗씨와 사촌 오빠인 랠프가 함께 살고 있었다. 이사벨은 미모가 뛰어난데다 총명하여 주위의 관심을 끌었다. 이사벨은 올버니를 떠나면서부터 유럽에서 많은 것을 보고 배우겠다고 결심했다. 여성에게도 독립심과 자유 의지가 있어야 한다는 것이 그녀의 소신이었다.

이사벨은 영국의 귀족이며 준수한 외모와 교양까지 갖춘 워버튼 경으로부터 청혼받지만 거절한다. 또 어려서부터 친구이고 미국에서 방적공장을 경영하며 사업으로 성공한 캐스퍼 굿우드의 청혼도 거절한다. 랠프는 똑똑하고 예의 바른 이 아가씨에게 사촌임에도 은근히 연정을 품는다. 그리고 랠프는 필요한 것을 함께 상의하고 도와줄 뿐 아니라 유럽에 대해서도 많은 걸 알려준다. 비록 여성이라 할지라도 유럽 각지에서 여러 가지를 느끼고 배워야 한다고 이사벨과 함께 공감한다.

이모부 터쳇씨는 미국에서 영국으로 와 이모의 권유로 은행을 경영하며 큰 부를 축적했다. 그러나 지금은 아픈 몸으로 온종일 의자에 앉아 지낸다. 그의 아들인 랠프는 폐가 좋지 않아 외부 활동을 최대한 줄이고 주로 집에서 요양하는 처지다. 건강이 나빠지자 터쳇씨는 랠프와 유산 상속에 대해 상의한다. 가족들의 마음에 든 이사벨이 꿈을 실현하자면 돈이 필요할 것이라며 랠프는 자기에게 물려줄 유산 중 상당한 거액을 그녀에게 주었으면 좋겠다고 아버지를 설득한다.

이 저택으로 멀부인이 이모를 찾아온다. 지적인데다 빼어난 외모로 사교계는 물론이고 영향력 있는 인사들과 교제가 많은 인물이다. 멀부인은 이사벨에게 이렇게 이야기한다. '인간을 둘러싼 모든 껍데기도 결코 인간과 분리할 수 없는 것이다. 자아란 우리에게 붙어있는 모든 것 속으로 흘러 들어갔다가 다시 흘러나온다. 내가 골라 입는 옷에도 개인의 자아를 스스로 표현한 것이다. 집이며 가구, 옷, 우리가 읽는 책, 사귀는 친구, 이 모든 것이 자아를 표현한 것이다.' 이사벨은 그녀의 지적이며 아름다운 모습과 세련된 태도에서 신뢰감을 느낀다.

그녀처럼 되고 싶은 이사벨에게 멀부인은 준수한 외모의 길버트 오스먼드를 신랑감으로 소개한다. 오스먼드는 미국인이지만 이탈리아에서 미국으로 돌아갈 생각이 없어 보인다. 그는 미적 취향이 뛰어난 사람으로 골동품이나 미술품 등을 모으며 남들보다 뛰어난 예술적 감각과 지성을 가졌다고 자부한다. 이사벨은 그와 결혼하기로 한다. 비록 오스먼드가 빈털터리긴 해도 자기의 힘을 보태면 그의 고상한 취미를 함께 누릴 수 있을 거라는 꿈을 꾼다. 오스먼드는 그동안 수도원에 있다 돌아온 팬지를 세상 떠난 아내와의 딸이라고 소개한다. 이사벨이 잘 키워줄 거라는 기대를 하는 것 같다.

오스먼드는 이사벨을 찾아오는 사람들을 언짢게 생각한다. 빈털터리에 허세와 오만이 가득한 오스먼드를 못마땅하게 여기는 인물들이 이사벨 곁을 하나씩 떠난다. 그리고 오스먼드는 이사벨을 속박하며 아무것도 할 수 없게 만들어 간다. 오직 그의 의사에 따라 움직이도록 이사벨을 가스라이팅하는 것이다. 이사벨은 로마의 집 어둑한 방에서 오스먼드와 멀부인의 수상한 접촉을 감지한다. 그녀는 나중에 오스먼드의 여동생 제미니 백작 부인으로부터 팬지가 그들의 딸이라는 이야기를 듣는다.

영국 이모에게서 랠프가 위중하다는 전보를 받는다. 오스먼드는 사촌이란 별 관계가 없는 사이라며 랠프에게 가는 것을 반대한다. 그러나 이사벨은 언제 세상을 떠날지 모를 랠프에게 문병 가기로 하고, 떠나기 전 수녀원에 다시 들어간 팬지를 만나러 간다. 영국으로 사촌 오빠를 보러 간다고 하자 팬지는 자신을 두고 떠나지 말아 달라고 한다. 팬지는 아빠와 멀부인이 두렵다고 했다. 이사벨은 팬지에게 다시 돌아온다고 했지만, 로마를 떠나면 다시 돌아온다는 확신을 할 수 없었다.

가든코트의 저택에서 이사벨은 그녀에게 물려준 거액이 랠프의 유산이었음을 알게 된다. 이사벨이 꿈을 실현하는 데 도움이 되도록 랠프가 자신의 몫을 할애한 것이었다. 랠프가 세상을 떠나자 주위 사람들은 이사벨이 로마의 오스먼드에게 돌아가지 않기를 바란다. 그리고 캐스퍼 굿우드는 이사벨에게 청혼에 대해 다시 한번 더 생각해달라고 요청한다. 이사벨은 주위의 권고나 다시 받은 청혼으로 평온한 삶을 누릴 수 있었음에도 그녀는 다시 로마로 돌아간다.

미국 여성의 모험심과 투지가 읽히는 소설이다. 미국과 유럽 문화의 차이를 곳곳에서 느낄 수 있다. 자유스럽고 독립적이며 모험심이 가득한 미국인들에게는 유럽인들은 인습으로 안온함에 머물려 한다는 인상을 지울 수 없다.

귀족의 부인이 되어 돈과 명예를 누리고 편안하게 원하는 꿈을 실현할 수 있었지만, 부유한 사업가와 사랑을 나누며 풍요로운 생활 속에 자아 실현할 수 있었지만, 그녀는 그것은 자유를 속박하는 것이고 독립심을 걷어차는 것으로 생각하는 것 같다. 그래서 그녀는 결혼에 대한 열망에 빠져드는 일이 없기를 간절히 기도했다. 여자가 특별히 취약하지 않다면 홀로 살 수 있어야 한다고 주장하기도 했다.

계절이 바뀌듯 인간도 시간에 따라 변화해 간다. 변화하지 않는 것은 죽은 것이나 마찬가지다. 변화하는 가운데 성숙하기도 하고 도태되기도 한다. 유럽인들이 인습에 머물려 한다는 것은 스스로 도태돼가고 있다고 할 수 있다. 유럽인들은 한때 도태되지 않기 위해서 신대륙을 찾았고 거기서 새로운 변화에 적응하였다.

이사벨이 미국에서 영국으로 올 때, 그녀는 자신이 변화하는 모습을 느낄 수 있었다.

그녀가 영국에서 다시 로마로 가는 길은 어떤 선택이었을까? 영국은 구습에 머물러 있는 곳이고, 로마는 새로운 변화가 있는 곳일까? 그렇지 않다면 로마는 어떤 곳일까?

인습을 거부하고 변화를 받아들인다고 꼭 독립하는 것은 아닐 것이다. 변화를 거부하고 자기 뜻을 관철하는 것만이 자아를 실현하는 것도 아닐 것이다. 인습과 변화 사이에 조화라는 삶의 균형추를 놓는 일이 필요하다고 이사벨은 생각하지 않았을까? 로마는 인습과 변화를 함께 다룰 자기 자신만이 갖고 있는 균형추가 필요한 곳이라고 생각했을 것이다.

『눈 Kar』

오르한 파묵의 『눈 Kar』은 튀르키예 북동부 국경 도시 카르스(Kars)를 배경으로 하고 있다.

12년 전에 독일로 망명했던 시인 카(Ka)는 히잡 쓴 소녀들의 계속된 죽음과 시장 선거를 취재하기 위해 카르스에 찾아간다. 그것은 명분이었고, 그것보다는 대학 시절에 사랑했던 이펙이 이혼했다는 소식을 듣고 다시 만나길 간절히 기대하고 있었다. 위험천만한 폭설을 뚫고 간신히 카르스에 도착했지만, 바로 이 도시는 눈으로 외부와 단절된다. 유명 연극인 수나이 자임도 같은 버스로 카르스에 발을 딛는다. 다음날 아타튀르크 추종자인 군부와 서구화에 찬동하는 세속주의자들의 세력을 이끌고 수나이 자임은 쿠데타를 일으킨다. 보수적인 이슬람 근본주의자들의 세력을 꺾어버리려는 시도로 인명 살상까지 일어난다.

　카디페가 히잡을 벗으면 자살하겠다고 선언한 것에 대해 극도로 혼란스러워하고 있는 무슬림들이 있었다. 자살은 죄악이라는 코란에 배치될뿐더러 신념이 될 수도 없는 것이기 때문이다. 히잡을 고수하기 위해 저항했던 무슬림 여학생들에게는 독보다 더 치명적이라고도 했다. 이 세상의 모든 악과 잔인함의 원인은 모든 사람이 똑같이 생각하는 것의 결과라고 카는 말한다. 튀르키예에서 신을 믿는다는 것은 어떤 집단, 어떤 단체에 들어가는 것으로 시작한다는 것을 그는 알고 있었다. 종교에 입각한 국가체계를 세우는 사상이라는 의미일 것이다.

　카의 취재에 의하면 자살한 히잡 소녀들은 우울증과 연애 문제로 자살했음을 알게 된다. 그리고 그녀들의 리더격인 카디페는 히잡 사건을 장난으로 시작했으나 이제는 정치적으로 나서게 됐다고 했다. 군부의 현대화를 지지하는 무신론자들이나 세속주의자들은 이슬람 근본주의자들에 대한 탄압으로 생각하는 히잡 소녀 자살 사건에 전전긍긍해왔다.

　그때 교육연구원장이 살해되고, 배후자로 여겨진 강경한 정치적 이슬람주의 지도자인 라지베르트가 수배 중에 체포된다. 카는 이편저편에 다니면서 그들의 주장을 듣고 중재에도 나서지만, 이슬람 측으로부터는 신뢰를 얻지 못한다. 무신론자일 뿐만 아니라 라지베르트가 붙잡힌 것은 카 때문이라는 소문도 있다. 한편 이펙의 전 남편이었던 무흐타르는 고문을 당하고 시장 출마를 포기한다.

쿠데타의 주역인 수나이의 제안으로 전국에 생중계되는 연극을 하기로 하는데, 그 연극에서 카디페가 배우로 무대에 올라 히잡을 벗어버린다면 감금된 라지베르트를 몰래 석방하겠다고 약속했다. 이 역시 카가 도맡아 중재하게 되고 그 과정에서 이펙이 한때 라지베르트의 정부였으며 이제는 그녀의 동생 카디페가 그의 정부라는 사실도 알게 된다.

노련한 연극인인 수나이는 무대에서 카디페에게 히잡을 벗으면 자신을 쏘라고 권총을 건네준다. 카디페는 "자살한다고 지옥에 가지는 않아요. 단지 민족, 종교 그리고 여자의 적을 없앤다는 생각으로 당신을 죽일 거예요."라는 대사를 한다. 연극이라 생각한 카디페는 정말로 권총으로 수나이를 쏘게 되고, 수나이는 무대에서 피투성이가 되어 죽는다.

사흘 동안 눈 내리는 카르스에서 서구주의와 아타튀르크주의를 평계되며 수나이 자임과 그의 동료들이 단행했던 잔인한 폭력이 끝나고 외부와 통하는 길이 열린다. 그리고 프랑크푸르트로 돌아간 카는 이슬람 원리주의자에게 암살당한다.

하염없이 내리던 눈의 결정체는 모양이 모두 다른 육각형이라는 사실을 카는 알게 된다. 눈 내리는 모습을 보며 '눈의 고요함은 나를 신에게 가까이 가게 만드는 것 같다.'라는 경건한 생각을 하게 된다. 무신론자라는 생각이 서서히 무너지고 있는 자신을 발견하게 된다.

카는 사건의 고비 때마다 신의 영감을 받는지 초록색 노트를 꺼내 시를 쓴다. 여느 때는 나풀거리며 내리고 어떤 때는 폭풍처럼 쏟아지는 눈처럼 떠오르는 시상을 그 즉시 그 자리에서 써 내려갔다. 카는 4년 동안 쓰지 못했던 시를 카르스에서 「천국」, 「총에 맞아 죽다」, 「사랑」, 「개」 등 29편의 시를 썼다고 알려졌으나, 초록색 노트의 행방이 묘연했다. 해설자로 소설에 등장하는 작가 오르한 파묵은 이 시를 찾아 다시 재구성하기 위해 카의 자취를 일일이 더듬어 찾아다녔지만 시의 흔적을 모두 찾을 수는 없었다.

눈을 연상하면 군대 생활하던 강원도 전방이 가장 먼저 떠오른다. 이 소설의 카르스와 공통점이 거의 없어 보이는 그곳에도 겨울이면 눈이 무척 내렸다. 눈으로 고립되는 전방의 초소들, 눈의 모양만큼이나 다양한 젊은이들의 집합체, 산에서 내려다보이는 하얀 북녘땅, 그들과의 대결 상태가 어쩌면 소설의 배경과 비슷해 보였다고 할까.

무엇보다도 겨울이 다가오고 눈이 내리면 산꼭대기 벙커에서는 산악 도로가 끊길까 하여 눈 치우기에 급급했다. 혹독한 추위와 쏟아지는 눈은 우리의 또 다른 적이었다. 국경의 경계선처럼 선을 그어놓고 남북한이 서로 대치하는 모양이 서구화를 지지하는 세속주의자들과 보수적인 이슬람주의자들의 대결 현장처럼 보여 그런 엉뚱한 생각이 들었는지도 모른다.

소설 속 조그만 국경 도시 카르스는 외부의 힘에 이끌려 서로를 아르메니아인, 쿠르드인, 아제르바이잔인, 튀르키예인, 세속주의자들, 공산주의자들, 이슬람 원리주의자들로 인위적으로 구별하여 분리하는 사회가 되었다. 서로 공감하지 못하고 같은 정체성을 공유하지 못하는 정치적 갈등과 이분적 사고로 골머리를 앓는 모습이 우리 사회와 비슷해 보였다.

작가는 이같이 이념적으로 복잡한 도시에 여러 인물을 등장시켜 놓치지 않아야 할 제각각 서로 다른 사건의 이야기를 끌고 간다. 복잡한 플롯으로 다양해진 이야기의 흐름이 어떻게 흘러갈지 무엇을 표현하는 것인지 처음에는 감 잡기 어려웠다. 그러나 그것들을 점차 귀결시켜가는 작가의 노련한 솜씨에 감탄하지 않을 수 없다. 눈은 소설 전체에서 사건의 동기로, 다양한 감정의 표현으로, 다정해도 곧 헤어져야 할 관계로, 연약한 듯해도 자신만의 뚜렷한 정체성으로 카에게는 제 삼의 캐릭터였다고 나는 생각한다.

　눈은 감정을 뭉클거리게 하는 힘이 있다. 세상을 순식간에 바꾸는 변화의 상징이다. 무엇이 있든 얼마나 많든 눈은 모조리 덮어버린다. 그렇다고 그 아래 있는 것을 휩쓸어 버리지는 않는다. 쌓인 눈 위에서는 세상의 본질을 정확히 볼 수 없다. 눈 아래 바뀌지 않는 본래의 모습이 그대로 있음에도, 세상이 바뀌었다고 생각하게 만든다. 연약하지만 힘이 있고, 힘이 있지만 우격다짐으로 제압하지 않는다. 눈의 결정체가 아름답게 보여도 한순간이라는 사실을 생각하지 않을 수 없다.
　이상은 현실을 가리는 외피일지 모른다.

　"인생은 이상을 위해서가 아니라 행복을 위해서 존재하는 거요."라고 카는 카디페에게 말한다.

『하얀 성』

'베네치아에서 나폴리로 가는 길이었다. 튀르키예 함대가 우리 길을 가로막았다….'

튀르키예 함대에 붙잡힌 '나'는 파샤(오스만제국 시대에 대령보다 높은 계급의 고위 공무원 및 군인에게 주어진 칭호, 여기서는 군 지휘관을 말한다.)의 요구로 개종할 것을 여러 번 강요받지만 거절했다. 언젠가 내 고향 이탈리아를 찾아갈 수 있을 것이라는 생각을 멈출 수 없었다. 그리고 나를 똑 닮은 '호자'의 노예가 된다. 나는 호자에게 이탈리아의 말과 내가 알고 있는 지식과 학문을 가르쳤고, 호자는 나에게 튀르키예 말과 이곳에서 필요한 각종 지식을 알려주었다. 나는 궁에 출입하는 그를 위해 조언과 협조를 아끼지 않았다.

호자는 한동안 궁으로부터의 부름을 받지 못해 좌절감에 휩싸이고 안절부절못했다. 무언가 할 일을 찾아 책을 들척이기도 하였으나 그것으로는 그의 마음을 추스르지 못했다. 어느 날 저녁 내 방으로 찾아와 어떤 이유에선지 "왜 나는 나일까"라는 철학적 명제를 갑자기 토해냈다. 내 머릿속에는 이 말의 근거가 될 어떤 예나 생각은 없었다. 나는 당시 그에게 괴롭힘을 당해 기분이 상하여 그만큼 복수하겠다는 생각으로 가득 차 있었다. 당신의 이기적인 권태 때문이라고 빈정대는 내 조롱에도 불구하고 "그러니까 내가 뭘 어떻게 해야 해? 거울이라도 봐야 하나?"라고 그는 말했다.

내가 처음 붙잡혀 파샤 밑에 있을 때의 일이었다. 대부분 스페인 사람들이 감옥에 끌려 왔는데 그 중 관심이 가는 한 사람이 있었다. 팔은 잘려 나갔지만 희망을 품고 있었다. 그의 조상 (세르반테스로 추측)도 자신과 같은 처지였지만 결국 구조되어 성한 나머지 팔로 기사 소설을 썼다고 했다. 살기 위해서 이야기를 꾸며 내어야 했던 시기에, 이야기를 쓰기 위해 살아남기를 꿈꾸던 이 사람을 떠올렸다.

나는 먼저 엠플리에 있는 우리 농장에서 나의 형제자매, 어머니와 할머니와 함께 지냈던 그 아름다운 날들에 대해 글을 몇 장 썼다. 이렇게 노예가 되기 전까지의 좋고 나쁜 모든 경험을 회상하고 음미하다 보니 급기야 나 자신이 이 일을 즐기고 있는 걸 깨달았다. 호자도 내가 쓴 글을 읽어보고는 같은 책상에 앉아 동양에서 수입된 비싼 종이에 '왜 나는 나인가'라는 제목을 적고는 글쓰기를 시작했다. 그 제목 아래 그는 남에 대한 비난을 글로 가득히 써댔다. 얼마 동안 그렇게 글을 썼지만, 우리가 만족하는 어떤 결론에는 도달하지 못했다. 그리고 그는 나에게 우리는 우리의 진짜 생각을 써야 한다고 했다. 거울을 들여다보면 자기 모습이 보이듯, 자기 생각을 들여다보면 본질을 볼 수 있다고.

그의 기막힌 비유에 나는 자극받아 감정이 동요되었다. 나도 종이에 '왜 나는 나인가'라고 제목을 썼다. 그 순간 내 머릿속의 수줍었던 추억들을 써 내려갔다. 그리고 호자의 글을 읽고는 자신의 나쁜 점도 써야 한다고 했다. 부정적이고 나쁜 것이지만 쓰다 보면 자신의 부정적인 요소들을 알게 된다고.

그도 내가 쓰지 않은 비밀이 있다고 그것을 쓰라고 강요했다. 사소한 도둑질, 질투심 때문에 한 거짓말 등을 쓴 나의 글을 보고는 그는 나에게 나쁜 놈이라고 매질하였다. 나는 그에게 쓰는 것이 사실이 아니어도 되고, 다른 사람들이 그것을 믿을 필요도 없다고 했다. 그러다 보면 나와 닮은 사람이 어떤 사람인지를 알 수 있고, 어느 날엔 간 이런 경험이 쓸모가 있을 것이라고 말했다. 그는 그렇게 해보겠다고 하며 내게도 부끄러웠는지 글쓰기를 멈추지 않았다. 자기를 비판하는 글을 썼다가는 매번 찢어버렸다. 서서히 그가 긴장을 푸는 것을 보았다.

흑사병이 돌자 둘은 머리를 맞대고 전염병에 대처하는 방법을 강구하였다. 그 덕에 호자는 황실 점성술사가 되었다. 파디샤(왕, 최고통치자)의 지시로 그와 나는 거창한 무기를 만들기 시작했다. 비엔나를 점령하기 위해 그 무기를 끌고 갔으나 진흙탕에 처박혀 사용하지도 못했다. 전쟁은 패색이 짙어갔다.

우리는 성을 바라보았다. 성은 높은 언덕 위에 있었다. 깃발에 걸린 탑에 지는 해의 희미한 붉은빛이 반영되고 있었다. 그러나 성은 하얀색이었다. 새하얗고 아름다웠다. 어쩐지 이렇게 아름답고 도달하지 못할 존재는 꿈속에서나 볼 수 있을 거라는 생각이 들었다. 그 꿈속에서 황급히 다가가면 참가하고 싶은 축제, 놓치고 싶지 않은 행복이 있을 것만 같았다. 저녁노을에 붉게 비치는 모습이 도달할 수 없는 성으로 보였다.

아침에 공격을 개시했으나 병사들은 불길하다는 소문과 두려움에 떨었다. 자문을 잘못했다고 점성술사 호자는 위험한 처지로 빠져들었다. 호자와 나는 옷을 바꿔입고 그는 안갯속으로 사라졌다. 나도 나중에 비엔나 전쟁의 책임이 있다고 하여 이곳 게브제로 도망쳐 왔다.

그 시기에 나보다 십여 살 많은 에블리야라는 노인과 그 동료들이 갑자기 찾아와 여행기를 마무리하려 하는데 이탈리아 이야기가 필요하다고 했다. 나는 이탈리아를 모른다고 하자 노예에게 이탈리아에 대한 모든 이야기를 들었다는 걸 안다고 하며 지도를 폈다. 그리고 며칠간 우리는 이탈리아 지도 위를 여행하였다. 서로 바뀐 두 사람의 이야기도 그들은 알게 되었다. 내 손님도 나도 '그'를 생각하고 있다고 느꼈다. 하지만 에블리야의 머릿속에는 내 머릿속에 있는 '그'와는 전혀 다른 '그'가 있었다.

그는 분명 자신의 인생을 생각하고 있었을 것이다. 나는 절대 혼자가 되어 살지는 못하리라는 것을 알고 있다. 에블리야는 "서로의 삶을 바꾼 그 사람들이 새로운 인생에서 행복해질 수 있을 거라고 믿습니까?" 나는 대답하지 못했다.

나는 당신이 지금 막 다 읽은 이 이야기를 그때 처음 구상했다! 내가 쓴 것들은 내가 꾸며 내는 것이 아니라 마치 누군가가 내게 단어들을 천천히 소곤거리는 듯, 서서히 문장으로 나열되고 있었다. "베네치아에서 나폴리로 가는 길이었다. 튀르키예 함대가 우리 길을 가로막았다 …."
그리고 곧 일흔 살이 되는 나이에 '그'의 생각에 전념하며 책을 마무리하려 한다. 그즈음 '그'라고 생각되는 사람이 찾아왔다. 그에게서 그에 관한 이야기를 들었다. 그리고 그는 허공의 끝없는 부분을, 존재하지 않는 초점을 바라보았다. 그리고 그는 마구 책장을 넘기기 시작했고 무언가 찾고 있었다. 결국 그는 자신이 찾던 것을 찾아 읽었다. 그가 무엇을 보았는지를 나는 물론 잘 알고 있다.

탁자 위 자개 쟁반에는 복숭아와 체리가 놓여있었다. 탁자 뒤에는 골풀로 짠 긴 의자가 있었고, 의자 위에는 초록색 창틀과 같은 색의 새털 쿠션이 놓여있었다. 곧 일흔 살이 되는 나는 그곳에 앉아 있었다. 그 뒤로 우물가에 앉은 참새와 올리브 나무와 체리 나무가 보였다. 이것들 사이에 서 있는 호두나무의 꽤 높은 가지에는 긴 끈으로 묶은 그네가 희미한 바람에 살랑살랑 흔들리고 있었다.

글 쓰는 사람은 읽는 사람을 위해 쓴다. 자신만의 글을 쓰고 감추어 두다고 하여도, 그 역시 남겨둔다면 누군가 또는 그 자신이라도 그 글을 읽게 될 거라는 걸 글 쓰는 이는 안다. 작가는 독자가 내 글을 어떻게 생각하며 읽을까 하는 깊은 고민을 하게 된다. 그리고 서로의 모습을 상상할 때가 많다. 그가 어떻게 생각할까? 나와 같은 생각일까? 그는 미소를 짓는데 나는 왜 화가 날까? 나는 이렇게 살아왔는데 그는 어떤 삶을 살아왔을까? 작가도 독자도 글 속의 인물인 양 빠져들기도 한다. 글은 글 쓰는 나와 글 속의 그가 심오하게 교감하는 곳이다. 또한 글 속의 그는 또 다른 나이기도 하기 때문이다.

『하얀 성』에서는 나와 그가 서로 가르쳐 주고 배우며 함께 일하며 상대를 동경해 왔다. 서구의 훌륭한 학식을 가진 사람이 되기를, 자유롭게 사는 동양의 남자가 되기를 서로 원했다. 세월이 흐르면서 외모나 지식 심지어 말투나 생각까지 닮아간다. 그렇지만 빼어박듯 닮았다고 해서 동일체는 아니다. 소설에 빠져들어 주인공이 나라고 생각할 때가 있지만 그렇다고 나와 주인공은 엄연히 다르듯이 말이다.

'왜 나는 나일까'라는 철학적 명제는 참으로 어렵다. 나는 나로서 그와 함께 깊은 교감으로 공감하고, 같은 신념으로 함께 행동하며 하나의 같은 감정을 갖는다고 동일체인가? 생각, 행동, 의지 따위가 완전히 하나가 되어도 객체가 다른 '나는 나일 뿐'이다. 또한 그 명제는 처한 여건에 따라 각기 다른 방식으로 표현되거나 구현되어 쉽게 정의 내리기 어렵다. '왜' 수많은 사람이 다양하게 삶을 영위하는지 그 이유를 잘 모르겠다.

그 이유를 글쓰기를 통해 하나씩 깨달아 가는 것이 인생이라고 작가는 이야기한다.

그는 내가 되어 내 고향으로 떠나고, 나는 여기에 그가 되어 남는다. 서로 바뀐 나를 찾아와 눈에 선한 이탈리아 고향 집을 멍하니 초점 없는 눈으로 바라보는 '그'는 분명 '나'이다. 결코 잊을 수 없는 나의 그리움을 그를 통해 투영하는 것이다. 바라보이지만 다다를 수 없는 하얀 성은 아무리 바뀐 삶을 산다고 해도 결코 내줄 수 없는 성과 같은 '나는 나일 뿐'이라는 정체성을 작가 오르한 파묵은 말하고 있다고 나는 생각해 본다.

일흔이 다된 나도 인생을 되돌아보며 글을 쓰고 있다. 내가 꾸며대며 쓰는 것이 아니라 마치 누군가가 내게 소곤거리는 듯, 단어와 문장이 되어 나열되는 나의 삶이 글이 되어 남기를 바라며.

『남아있는 나날』

동분서주하며 하루를 지낸 사람이 집에 돌아와 아름답게 노을 진 저녁 하늘을 바라본다면 얼마나 포근하게 느껴지겠는가. 대부분 사람에게 저녁은 하루 중 가장 좋아하는 시간, 가장 기다려지는 시간이다. 좌충우돌했던 지난 시간을 뒤로하고 황혼을 즐길 수 있다는 것이 얼마나 행복한 일인가.

가즈오 이시구로는 황혼의 시간, 남아있는 나날이 일생을 관통하며 가장 아름답게 느낄 수 있는 시간이라는 걸 우리에게 시사하고 있다. 자신에게 어떤 일이 있었던지, 무엇이 혼란스럽게 만들었든지 간에 앞으로 남아있는 나날만큼만은 자신에게 아름다운 인생의 선물이 되기를 기대하며 이 소설을 썼으리라는 생각이 든다.

스티븐스는 달링턴 홀에서 집사로 대부분의 인생을 봉사해온 사람이다. 달링턴 경이 죽고 새로 주인이 된 페러데이의 권유로 며칠간의 휴가를 얻어 영국 서부 지역으로 여행을 떠난다. 여행지에서 자신을 되돌아보고 남아있는 황혼의 의미를 깨닫게 된다.

스티븐스는 자신의 직업에 대단한 자부심을 품고 있다. 달링턴 홀에서 중대한 회담이 있던 날 저녁, 만찬 시중으로 바빠 달링턴 저택의 다락방에서 임종하는 아버지 곁을 지키지 못했다. 그는 달링턴 홀의 일을 가장 우선순위로 생각했기 때문에 어쩔 수 없는 일이라고 생각했다.

일에서 떠나 여행할 수 있는 여유가 생기자 오래전 달링턴 홀에서 총무를 맡아 나무랄 데 없이 자신을 보좌했던 켄턴 양을 만나기로 했다. 그녀가 보내준 편지들을 몇 번이나 읽어보고는 서부 지역으로 이 여행길을 잡은 것이다. 그 편지로 인해 그녀의 안부가 더욱 궁금해졌기 때문이다.

켄턴 양은 스티븐스 방에 화병을 들여놓아 답답한 분위기를 바꿔보려 하였지만, 그런 낭만적인 것에 자신의 마음을 빼앗기면 주인을 소홀히 섬길 수밖에 없다며 꽃을 거절했다. 그 이전까지 휴일에 외출하지 않았던 켄턴 양은 매주 휴일에 어떤 일이 있어도 외출을 하더니, 스티븐스에게 남자를 만나고 있음을 알린다. 얼마 후 그녀는 그 남자로부터 청혼받았다는 이야기를 스티븐스에게 하며 어떻게 해야 할지 여러 번 묻는다. 스티븐스는 그저 축하할 일이라며 켄턴 양의 마음을 헤아리지 못한다.

호텔의 휴게실에서 켄턴 양을 재회하였다. 나이가 들었음에도 가녀린 몸매에 우아한 모습을 잃지 않았고 자칫 거만해 보이기 쉬운, 빳빳하게 고개를 쳐드는 습관도 그대로 남아있었다. 아무튼 그녀를 다시 보게 되는 스티븐스는 기뻤다.

스티븐스는 편지 속의 구절들을 물어본다.

"에, 뭐랄까. '남은 내 인생이 텅 빈 허공처럼 내 앞에 펼쳐집니다.' 하는 식의 구절들이 보이더군요."

"맙소사. 그래요, 이따금 그런 기분이 드는 날이 있기는 하죠. 하지만 금방 지나가 버리곤 해요. (…) 제 인생은 결코 공허하게 펼쳐지지 않아요. 무엇보다도 우리에겐 이제 곧 손자가 생긴답니다. 아마도 여럿 중의 첫 놈이 되겠지만." 잠시 침묵 속으로 빠져들었다.

"당신은 어떤가요, 스티븐스 씨? 달링턴 홀로 돌아가면 당신에겐 어떤 미래가 기다리고 있을까요?"

"글쎄요, 무엇이 기다리고 있을지는 모르지만 공허함은 아닐 겁니다, 벤 부인. 그렇다면 얼마나 좋겠습니까마는 그럴 리가 없지요. 일 다음에 일, 그리고 또 일이 기다리고 있을 뿐이죠."

헤어져야 할 버스는 아직 오지 않았다.

스티븐스는 이제 헤어지면 보지 못할 텐데 꼭 듣고 싶은 이야기가 있다고 했다. 당신에게서 받은 몇 통의 편지에서 당신은 별로 행복해 보이지 않는 느낌을 받았다고, 혹 남편으로부터 부당한 대우를 받는 것은 아닐까? 하는 생각에 묻지 못하면 후회될 것 같다고 했다.

켄턴 양은 자신이 사랑하지 않는 남편과 결혼한 것이 처음에는 처량

하기도 하였지만, 지금은 그렇지 않다고. 이제는 남편을 사랑하게 되었다고 하며 다음 말을 계속했다.

"'내 인생에서 얼마나 끔찍한 실수를 저질렀던가.'하고 자책하게 되는 순간들 말입니다. 그럴 때면 누구나 지금과 다른 삶, 어쩌면 내 것이 되었을지도 모를 '더 나은' 삶을 생각하게 되지요. 이를테면 저는 스티븐스 씨 당신과 함께했을 수도 있는 삶을 상상하곤 한답니다."

여행지의 마지막 날 웨이머스의 선창가에 불이 들어오자 사람들은 환호성을 지르며 좋아했다. 단지 불이 들어왔을 뿐인데. 대부분 사람에게 있어 저녁은 하루 중 가장 좋아하는 시간, 가장 기다려지는 시간이다.

옆의 한 노인이 은퇴한 신사로 보았는지 스티븐스에게 퇴직한 인생이야말로 부부생활의 황금기라고 하면서 말한다.

"만날 그렇게 뒤만 돌아보아선 안 됩니다. 우울해지기 마련이거든요. 사람은 때가 되면 쉬어야 하는 법이오. 또 즐기며 살아야 합니다. 저녁은 하루 중에 가장 좋은 때요. 당신은 하루 일을 끝냈어요."

누군가 '저녁은 하루의 끝이 아니다'라고 했다. 낮의 바쁜 일상을 끝냈지만, 어둠이 깃든 저녁이 나에게 중요한 일의 모태가 되는 바로 그때일지도 모른다. 저녁 시간 선창에 불이 들어오는 것을 보며 사람들이 환호성을 지르고 즐기듯이 하루 일을 마무리하고 자신만의 즐거움을 찾을 수 있는 가장 활기찬 시간이기 때문이다. 늘 분주한 태양 빛이 내리쬐는 낮보다 어둠이 깃든 밤에 자신을 더 잘 돌아볼 수 있고 마음도 더 자유롭고 편안해지기 때문이다.

석양이 어스름해지기 시작하면 노랗고 붉어지는 노을빛처럼 상상의 나래가 우리를 포근히 감싸 안는다. 너무 노골적인 판단으로 어쩔 수 없었던 일들도 유연해지고 방식이 다른 세계가 있을 수 있다는 걸 저녁노을이 알려준다. 하늘이 파랗거나 하얗지만 않다는 걸, 시시각각으로 변하면서 다채로운 빛으로 이렇게 아름다울 수 있다는 걸 저녁노을을 만나서야 처음 보듯 감탄한다. 아름다운 상상 속에서 그렇게 원하던 꿈도 꿔보고, 새로운 삶을 설계하며, 자유롭고 풍요로운 하루를 채색하는 시간이기도 하다. 저녁은 하루의 끝이 아니고 꿈의 시작이다. 안식과 새로운 결심을 가져다주는 포근한 꿈 말이다.

황혼기에 들어서도 왜 그렇게 하고 싶은 일이 많은지. 변변치 못한 글 쓰는 일, 플루트의 아름다운 소리를 내려고 열심히 연습하는 일, 희미한 시력에 눈물 닦아가며 책 읽는 일, 물소리, 바람 소리, 새소리, 풀벌레 소리 들으며 산책하는 지금이 내 생애 최고의 나날이다. 나의 황혼기는 나의 황금기다.

작가의 작품세계

완성으로 나가는 도상

다림줄로 삶의 수직을 긋다

이철호 | 소설가·문학평론가_(사)새한국문학회 이사장

송대수 님의 수필은 통통 튀는 경쾌함이나 발랄함이 있는 것은 아니다. 찰싹거리는 연근해에서 한 번의 그물질로 고기를 잡은 것이 아니기 때문이다. 먼바다 잔잔한 심해에까지 내려가 건져 올리는 작가의 글이 그렇게 가벼울 리 없다.

진지함이라는 필사의 각오로 그의 글은 쓰여진 것이 아닌가 싶을 만큼 무게감이 있다. 그 무게감은 찬연한 빛 가운데 깃들인 그림자를 선명하게 조명하고 있어 한편 한편이 명작들로 탄생하고 있다.

신변잡기에서 시작된 글은 마음의 깊은 곳을 후비고 파들어가 심리적 의식을 따라 흘러간다. 깊은 사고에서 얻어지는 깨달음은 마치 해탈에 이르는 과정을 묘파해 내는 듯하다. 이러한 과정이란 빛만으로 이루어질 수 없을 터 그릇이 깨어져 더 큰 그릇으로 빚어지는 과정의 아픔 또한 서려 있어 그의 글은 완성으로 나아가는 도상으로 보이기도 한다.

한 편에서는 그의 수필은 군더더기가 없다. 생동감 넘치는 힘찬 조각처럼 덜하거나 뺄 것이 없는 완성도 높은 작품들로, 오대양 육대주를 넘나드는 것처럼 그의 소재의 지경은 무궁무진해 보인다.

신변잡기에서 인생과 자아의 깊은 성찰 그리고 자연과 세상사 등, 다양한 측면과 깊이로 본질을 탐구하고자 하는 작가의 경이로움은 마치도 건축가가 집을 짓는 것처럼 잘 설계되고 건축되어 '참을 수 없는 존재의 가벼움'이 만연한 세상에서 무게 중심을 잡아주는 무게추처럼, 수직을 바로 잡아주는 다림줄처럼 삶을 반추하게 하는 것이다. 그리하여 삶의 바른길, 풍성한 길이 무엇인지를 묻게 한다.

작품 중 먼저 눈에 띄는 작품은 단연 작가의 아이디어 빛나는 〈이모티콘〉이다.

우수, 대동강 물도 풀린다 했던가? 겨우내 쌓였던 눈과 얼음을 녹이고 마음에 켜켜이 쌓인 먼지마저 씻어내는 비가 어제부터 내렸다. 절기에 맞춰 내리는 비로 불어난 시냇물 소리를 들을 수 있는 봄을 나는 몹시도 기다려 왔다. 이 비는 겨우내 움츠렸던 겨울눈을 깨워 새싹과 꽃을 피워낼 봄을 재촉하는 전령사이다.

- 〈이모티콘〉

화자는 왜 이토록 서정적으로 글의 포문을 여는가.

언급했듯이 〈이모티콘〉에서 치밀하게 설계된 건물처럼 잘 축조되어진 글을 볼 수 있다. 처음 화자에게 이모티콘이 날아온 것은 카톡으로 장 본 품목을 적어 보낸 후였다. 화자는 짝짝짝! 박수로 환호하는 이모티콘 과 경례하는 이모티콘을 받는다. '이모티콘'에 대한 화자의 생각이 발화 하는 순간이다.

> 글과 말이 인간이 가진 최고의 표현일지라도 우리는 사진이나 그림을 보는 순간 말보다 먼저 느끼고, 글보다 더 많은 이해와 감상에 빠져든 다. 시간이 지나면서 사라질 수 있는 순간의 감정을 젊은이들은 이모티 콘으로 표현한다. 다양하고 애교 있는 이모티콘으로 표정을 실어 보낸 다는 것이 꽤 신선하고 매력적이다.
>
> - 〈이모티콘〉 중

다양한 감정을 이모티콘으로 공감하는 젊은이들이 유독 밝게 느끼는 이유는 감정을 감추고 드러내려 하지 않았던 굳어버린 자신의 표정에 대 비된 까닭이다. 즐겁고 행복했던 감정, 슬프고 비참한 감정을 제대로 느 끼고 표현하고 싶은 욕구는 아내가 보내온 이모티콘에서 확장된 의식의 결과이다.

놀랍게도 첫머리 서정성은 화자의 이모티콘에 대한 상징적 의미를 부 여하고 강화하는 치밀하게 의도된 것이었다. 기초공사에서 외관의 아름다움까지를 고려한 완벽한 축조물이 아닐 수 없다.

　자연이 나에게 주는 이모티콘에는 얼마나 희망찬 것들이 많은가. 이 봄
을 맞이하면서 자연이 나에게 보내준 자연의 이모티콘인 우수라는 단
어 하나에, 봄비라는 단어 하나에 오만 감정을 실어본다. 우리는 순간의
표정에서 살아가는 동력을 얻는 것인지도 모른다.

　화자는 지금 번뜩이지만 섬세하게 자연의 표정을 읽고 있다. 어떻게
자연에서 일어나는 일을 자연의 '표정'으로, 또 그 표정을 이모티콘으로
상징화할 수 있었을까. 이는 시적 응축이 내재된 표현으로 화자의 사유
의 깊이와 함께 시적 비약을 보여주고 있다.

　화자의 창의성이 빛나는 작품은 〈글코를 꿰다〉이다.

　글코란 글 짓는데 단어나 문맥의 연결을 위해 연속적으로 엮어나갈 수
있게 하는 동기
(라는 뜻으로 사전에 없는 단어를 바늘코에서 착안하여 새로운 단어를
만들었다. '바늘코'란 뜨개질이나 바느질할 때 바늘의 실을 거는 부분
이다)

　이는 부연 설명으로 본문에 비껴가 있는 문장이다. 글에 대한 화자의
마음이 얼마나 간절하고 진심 어린 것인가를 보여주는 단적인 예이다.

문득 떠오른 하나의 상像이나 어떤 영감이 '글코'가 될 것이다. 말하자면 글코란 하나의 사건을 해결하기 위한 단초端初인데 뜨개질로 목도리, 장갑, 옷을 만들어가듯 그 글코에서 한 편의 수필, 한 편의 글을 완성해 내겠다는 각오와 자세가 촘촘하게 씨실과 날실로 엮어있는 것이다. 마치 하나의 단초에서 사건을 해결해 나가듯 화자에게 떠오른 하나의 상이나 영감 또는 하나의 의문부호를 해결해 가는 과정으로서 글쓰기에 대한 진지한 탐구이다.

> 나에게 있어 꿈틀거림이란 체험과 생각에서 나오는 진정성이라 할 수 있다. 갖은 체험을 해보지 않고, 심연에 갇힌 생각을 드러내지 않는 글에서 무슨 진정성이 있단 말인가. …
> 이렇게 많은 생각과 이야기를 실과 바늘 삼아 글코를 하나하나 잡아야겠다.
> 앞의 글코를 잡아 생각이라는 실을 꿰어 다음 글코를 만들고, 또다시 실을 꿰어 옷을 만들 듯 글을 써나가야겠다. 할머가 지은 아름다운 옷처럼, 어부의 어망에 걸려서 월척처럼 멋진 글이 나올 수 있기를 바라면서.

화자에게 있어 글쓰기는 단순한 취미를 넘어서고 있다. 삶에 대한 해석과 방향을 하나의 소명처럼 받아들이며 고기를 낚을 어구를 준비하고 있는 것이다. 이제 깊은 바다로 나가 모두와 만찬을 즐기기 위한 월척을 낚아야 한다. 책 속의 수많은 꿈틀거림, 조상들이 이룬 삶, 화자가 외면했던 과거에서 수많은 생각과 이야기를 길어올릴 것이다.

　수필의 매력은 무엇일까. 솔직성의 고백이 수필이 가지는 독특하면서도 아름다운 특성이 아닐까 한다. 소설에서조차 완전한 허구는 존재하기 어렵다. 글 속에서는 경험하고 생각한 것들이 어쩔 수 없이 배어 나올 수밖에 없기 때문이다. 어쩌면 소설의 많은 부분이 '소설'이라는 방어막 아래 자신의 이야기를 쏟아내기도 하리라. 하지만 수필은 공개적으로 '나'의 이야기를 '솔직'하게 다룬다는 의미에서 다른 문학과는 구별되는 독특성이 있다. 이는 독자가 마음 놓고 삶을 탐구할 수 있는 묘본苗本이 되어질 수 있다. 다른 사람들이 어떻게 살아가고 있는지, 주어진 환경에서 화자는 어떻게 성장해 가는지, 어떤 특별한 상황에서 어떻게 반응하는지, 왜 화자는 실패할 수밖에 없었는지, 성공의 진정한 의미가 무엇인지… 이러한 모든 것들을 통하여 독자는 화자와 대화하며 삶을 바라보는 다양한 각도와 삶이 놓인 다양한 상황에서 안목과 통찰력을 가질 수 있는 것이다.

　특별히 SNS의 발달로 보여주기식 화려함에 치중되어 있고 AI의 발달로 딥페이크가 난무하고 있는 현실에서는 이러한 특성은 더욱 강조되고 보호되어야 할 가치로 부상할 것이다. 그리하여 수필문학은 하나의 새로운 전기를 맞이할 가능성이 크다.

　모든 수필이 그러하지만 〈골방에서〉 〈묵주〉 〈유선전화〉 〈노모의 울음〉 같은 수필에서 솔직성의 진중한 고백을 통한 울림은 소설이나 시 같은 다른 장르의 문학보다 독자의 마음을 사로잡을 충분한 이유가 된다.

T.V 화면이나 유튜브를 통해서 끊임없이 들려주고 보여주는 화려함에 시선이 끌려 미처 내가 누구인지를 잃어버린 채 헛된 삶을 갈망하며 살아가는 오늘의 현실에 작지만 강한 물음표를 던지고 있는 작품들이다. 영화 매트릭스처럼, 시대가 만드는 이 거대한 허상의 구조 속에서 우리는 이미 살아가고 있는 것이다.

먼저 〈골방〉에서는 화자의 어린 시절이 솔직하게 잘 그려져 있다. '외국산 석유난로'와 '식기세트'를 살 정도의 경제적 형편에 대해 '남들은 우릴 풍족하다고 여겼지만 여러 사정으로 어렵게 지내야 했다.'는 화자의 말이 쉬이 납득이 가지 않는다. 아마도 이전의 풍족했던 생활에 대비한 상대적인 빈곤감을 드러낸 표현이라 여겨진다.

비록 학교에서 배운 것을 실습한 것이지만 곳곳에 버려진 재료로 나 스스로 만들었다는 자부심에 기쁨이 넘쳤고, 생각지 못한 신비한 세계가 이 공작물 안에서 펼쳐진다는 사실에 심장이 뛰곤 하였다. 나도 크면 에디슨 같은 인물이 될지도 모른다고 생각하기도 했다. 꿈같은 희망이 가슴속 가득 차오른 것이었다.

스스로 신문을 돌리고 그 돈을 고스란히 모아 트랜지스터 라디오를 사달라고 하였던, 골방에서 만화경을 만들고, 사진기 원리를 이용해 주변의 사물을 탐색했던 소년. 비범함이 느껴진다. 하지만 비범함이 어디서 왔는지 경이로운 마음이 채 가시기 전에 아버지의 죽음 후 방황의 늪에

허덕이는, 예기치 않은 늦은 사춘기를 맞이하였다.

화자의 아버지가 돌아가시지 않았다면, 아버지의 죽음 후 더욱 결기를 세웠더라면 화자의 삶은 어떠했을까, 나폴레옹 같은 장군이 되었을까. 에디슨 같은 발명가나 링컨 같은 정치가가 되었을까… 자못 뒤돌아보게 된다.

고요한 서재에서 소년 시절이 명징하게 떠오르는 것은 잘난 척하던 많은 일들이 실패하고 나서였다. 바늘구멍 카메라의 원리처럼 우리가 볼 수 있는 세계가 똑바로만 보이지 않는다는 사실도 터득하지 못한 채 만화경같이 무한대로 펼쳐지는 데칼코마니의 화려한 세계만을 가슴에 허황하게 담아두었기 때문인지도 모른다. …

어느새 마지막 문장을 읽고 다시 글을 찬찬히 읽다보면 화자의 천재성인지 각고의 노력인지 놀라움을 느끼게 된다. 〈골방〉의 마지막 단락은 놀이를 삼았던 만화경과 바늘구멍 사진기 원리를 빗대어 전율적일 만큼 명징하게 인생이 묘파되어 있지 않은가.

재미와 함께 애잔함이 느껴지는 〈골방〉, 그 시절을 거쳐왔던 누구나 가만히 자신의 골방으로 들어서고 있는 모습이 보인다.

수필 〈묵주〉는 단순하지만 예사롭게 느껴지지 않는 제목이다.

5단 묵주 기도를 세 번째 반복할 무렵 열차는 대구역을 지나고 있었다.

골고다로 향하는 십자가만큼이나 무겁게 눈꺼풀이 내려앉는다. 묵주를 잡은 손끝에 힘이 빠지고 까무룩 정신이 아득해져간다.

글의 첫머리이다. '5단 묵주 기도를 세 번째 반복할 무렵 열차는 대구역을 지나고 있었다' 호기심을 불러일으키며 단번에 시선을 집중시킨다. 묵주기도를 하는 이유는 무엇일까에 시작되는 궁금증은 열차와 함께 글 속으로 지나가게 할 만반의 채비를 갖추게 한다. 다음 '골고다로 향하는 십자가만큼이나 무겁게 눈꺼풀이 내려앉는다'에서는 십자가와 눈꺼풀의 이 부조화가 어리둥절하다가 '까무룩 정신은 아득해져간다'는 데에 이르면 즐거운 비명을 지르게 되는 것이다.

이 단순한 3문장은 독자의 코를 꿰는 충분한 미끼가 될 것은 번연해 보인다.

이어지는 글은 제목이 시사하는 바와 같이 글의 첫머리처럼 호락호락하지는 않다. 사업실패에서 비롯된 망가진 일상과 영혼이 묵주기도를 통해 서서히 회복되어가는 과정이 열차가 역을 통과하며 지나는 풍경처럼 그려져 있다. 이는 일련의 과정에 속도감을 주며 자칫 무거워질 수 있는 주제를 힘차게 견인해 가는 역할을 한다.

첫 사업에 실패하면서 먼저 경제적 곤란을 겪게 되었다. 그다음 파산한다는 것은 물질적으로만 망가지는 것이 아님을 알게 되었다. 자존심이 처참히 무너지고 가라앉았던 갈등들이 한꺼번에 폭발하듯 드러나며 정신적으로 피폐해갔다. 겨우 추스르고 새로 사업을 시작하여 그럭저럭 꾸려가다가 IMF 사태 즈음에 또다시 사업을 접었다.

…

신부는 만남을 정리하며 말했다.

"교회에 한동안 나가지 않았다 해서 신자가 아니라 할 수 없어. 헤쳐 나가야 할 세상 일들을 승화시키는 것이 중요한 것이지. 그럼으로써 그것이 부활이야"

…

묵주알을 손끝으로 지그시 누르며 눈을 감는다. 집을 향해 달리는 기차가 어두운 터널을 빠져 나오자 구름 사이로 붉은 빛이 번지며 하늘이 환해진다. 저물어가는 저녁 빛속에 세상이 여느 때보다 또렷하고 평화롭게 다가온다.

마지막 문장을 첫머리의 문장과 비교해보라. 묵주로 시작된 첫머리와 끝머리는 완벽한 요철로 짝을 이루고 있다. '저물어가는 저녁 빛'이 서광曙光으로 읽혀지는 이유이다.

유선전화를 없애고 허전한 마음 위로 어릴 적 '까만 다이얼 전화기'가 오버럽되며 펼쳐지는 한 가족사는 일제강점기의 시대상과 더불어 애틋하고 애달프다. 〈유선전화〉에서는 한편의 소설로 각색되어도 좋을 이야기가 밀착된 언어 사이 켜켜이 쌓여있다.

보고싶었던 누이를 끝내 보지 못하고 돌아가셨던 아버지, 문맥 사이에서 죽음 앞에서도 의연했던 아버지를 느낄 수 있다. 전화번호부에는 전화기를 가진 사람들의 주소까지 적혀 있었다거나, 예전에 T.V 화면을 잠글 수 있도록 되어 있던 것과 마찬가지로 전화기를 돌리지 못하도록 열쇠가 있었다니 많은 이에게는 처음 접해보는 이야기일 수도 있겠다.

경부고속도로가 개통했다는 소식에 일본에서 건너온 고모부가 건네주었던 만년필은 생애 가장 귀한 첫 선물이었다는 감격도 고스란히 드러나고 있다.

〈유선전화〉는 특별히 자연스런 글의 흐름이 눈에 띄면서도 뛰어난 문장력이 돋보이는 글이다.

> 우리 가족은 같은 집에 거의 50여 년을 살았고 같은 전화번호를 사용하였다. 그래서 오랫동안 만나지 못한 사람들로부터 종종 연락받을 때가 있었고 생각지도 않게 찾아오는 사람도 제법 있었다. 빠르게 변하는 세월과 함께 이제 우리 집에서도 유선전화는 역사 속으로 사라졌다.

그러면서도 '늦은 밤 귀갓길, 주머니 속 깊숙이 찔러놓은 휴대전화의 온기가 손끝에서 온몸으로 퍼져 온다'며 비록 유선전화는 사라졌지만 여전히 삶은 계속되고 있다는 따뜻한 시선이 가족사의 애틋했던 마음을 달래주고 있다.

잘 설계된 건축물 같은 입체적인 아름다움이 〈노모의 울음〉에서는 유려한 문체와 더불어 더욱 깊어지고 있다. 이는 글 전체를 관통하고 있는 서정성이 독자의 마음을 매료시키기 때문일 것이다.

한편으론 〈노모의 울음〉은 장면1, 장면2, 장면3으로 크게 나누어볼 수 있는데, 카메라 앵글의 이동에 따라 장소와 분위기가 바뀌며 노모의 심리적 변화를 담아내었다고도 보여진다. 시간적 비약 속에 영상미가 아름답다. 화자가 그려내는 노모의 마음, 지고지순함은 풍부한 서정성으로 독자에게 영상화되고 있는 것이다.

장면1, 장인의 칠순 잔치이다. 칠남매가 다 함께 즐겁게 웃음꽃을 피운다. 장면2, 장인이 입원한 병원. 장인을 간병하는 장모님은 피로한 기색조차 없다. 아픈 장인조차 의외로 평화롭고 담담하시다. 두분의 다감하신 모습

장면3, 산소 아래 소류지 공원. 아흔여덟의 노모. 즐거운 한때를 보낸다. 하지만 '외로움이 노환의 몸속을 깊이 파고드는지' 끝내 헤어짐 앞에 울음을 터트리신다.

한 편의 수필에서 이토록 많은 이야기를 담아낼 수 있다니 … 과연 수필의 매력은 이런 것일까. 집약된 시간을 훌쩍훌쩍 뛰어넘으면서도 치밀하게 계산된, 그래서 버리거나 옮길 것이 없게 하나의 완벽한 구조물을 형성하고 있는 〈노모의 울음〉은 참으로 걸출한 작품이 아닐 수 없다.

세상을 살아가면서 우리의 이성으로는 이해할 수 없는 일들을 경험하기도 한다. 사실 인간의 눈으로는 너무 작아도 볼 수 없고 너무 커도 볼 수 없다. 또한 인간의 귀는 특정 주파수에만 반응하게 만들어졌다. 그렇지 않다면 우주의 가득한 소리들로 인간은 미쳐버릴지도 모른다. 이렇게 한계를 가진 인간이 어떻게 모든 현상들을 이해하며 설명할 수 있겠는가.

〈성묘〉에서는 이러한 신비한 경험이 어머니에 대한 애틋함이 더해져 더욱 경이로움에 젖게 하는 작품이다.

'연둣빛 푸름이 어느새 짙은 초록으로' 변해가는 도상에서 화자는 어머니 산소에 가고 있었다. 그런데 노란색 붉은 부리를 가진 새 한 마리가 화자를 좇으며 주위에서 맴돈다. 처음엔 어리둥절했지만 나중에는 어머니가 아닌가 하는 생각에 이르며 어머니에 대한 그리움이 왈칵 솟아오른다. 당신의 어머님에 대한 그리움은 식음을 전폐할 정도로 깊은 것이었다. 더 이상 미룰 수 없는 지경에 이르러서야 화자는 어머니를 모시고 처음이자 마지막 당신의 어머니 성묘를 할 수 있었다.

새와 어머니, 그리고 성묘의 이 삼각의 역학이 현실과 신비감, 깊음과 애틋함의 새로운 역학으로 공명하고 있다. 그만큼 울림이 큰 작품이 아닌가 한다.

결미 부분은 화자의 신비한 경험을 반증하는 구조로 신비감은 더욱 짙어지고 있다.

그즈음 산에 접해 사는 형님댁을 방문하니 형수가 아내에게 "어쩌면 좋아? 우리 어머니, 새로 환생하셨나 봐" 한다. 십여 일 베란다에 새가 매일 찾아와 가만히 앉아 있다가 날아간다는 것이다. 노란색에 붉은 부리를 가진 새였을까?

〈대리석 궁전에 사는 꿈을 꾸어요〉는 푸릇푸릇 새싹이 돋아나는 것만 같다. 미지의 세계, 그러나 아름답고 찬란한 세계를 향해 깃을 펼치며 날아가는 동경 어린 글이다.

> 우리 부부는 방 하나씩을 차지하고서 경쟁하듯 각자 자기 진도를 재촉
> 하고 있다.
> '나는 대리석 궁전에 사는 꿈을 꾸어요' 플루트 음률이 아름답게 들려
> 오고, 하얀 눈송이가 넓은 유리창을 스치며 사뿐사뿐 왈츠를 춘다. 눈
> 과 함께 찾아온 한파가 나를 붙들어놓아 연습하기는 더없이 좋은 날
> 이다.

'대나무 피리'에 대한 열정은 한 세계를 여는 문이다. 화자는 그 문을
열어 새로운 세계로 들어서려는 강한 집념을 보인다. 이는 세상의 가치
관에 혼동되지 않고, 세상과 나를 구분 짓는, 나다움을 지키며 살아가는
지극히 단순한 것인지도 모른다. 그럼에도 모든 가치의 중심이 획일화되
어 있기에 이 일련의 과정이 아주 특별해 보인다. 한 세계를 창조하고 나
를 앙양해 가는 모습은 개인의 독특한 삶의 방향을 섬세하게 인지하는
과정이기도 하리라. 화자 안에 내재된 음악에 대한 예술적 감각들이 깨
어나고 자라는 모습이 강렬하면서도 섬세하다.

고즈넉한 일몰이 아름답다. 죽어가는 시간이 아니라 다시 태어남의 일
몰이라면 얼마나 더 아름다울 것인가. 《『남아있는 나날』 가즈오 이시구
로 》에서는 화자의 풍성한 삶의 원천이 어디에 있는지를 보여주는 중요
한 단서가 된다.

하루의 끝무렵인 '저녁'은 가즈오 이시구로의 '남아있는 나날'과는 어떤 연관을 가지는 것일까. 정작 화자는 '남아있는 나날'의 주인공 스티븐슨에게 어떤 말을 하고 싶은 걸까.

자신의 일에 대단한 자부심을 가진 스티븐슨은 아버지의 임종이나 연애보다 저택을 관리하는 일이 더 중요하다. '남아있는 나날'이 살아왔던 나날이어야 하는가.

> "사람은 때가 되면 쉬어야 하는 법이오. 또 즐기며 살아야 합니다. 저녁은 하루 중에 가장 좋은 때요. 당신은 하루 일을 끝냈어요." …
> 누군가 '저녁은 하루의 끝이 아니다'라고 한다. 낮의 바쁜 일상을 끝냈지만, 어둠이 깃든 저녁이 나에게 중요한 일의 모태가 이루어지는 바로 그때일지도 모른다. … 하루를 마무리하고 자신만의 즐거움을 찾을 수 있는 가장 활기찬 시간이기 때문이리라. … 저녁은 하루의 끝이 아니다. 꿈의 시작이다. 안식과 새로운 꿈을 가져다주는 포근한 꿈 말이다.

쳇바퀴 도는 삶을 끊어내는 일은 오늘의 태양이 어제의 태양이 아니라는 인식에서만 가능하다. '저녁'은 삶이 영원하지 않다는 지각을 가져다 준다. 그 지각에서 누림은 풍성해지며 충분히 내일을 준비하게 한다. 즉 화자가 누리는 저녁의 풍성함은 하루 일과를 끝낸 후의 쉼이며 그 쉼은 곧 내일을 위한 모태로서 기능하는 것이다. 우리는 자신이 한계를 가진 존재라는 것 '남아 있는 나날'을 온전히 자각할 때만이 이 주어진 일상을 감사하게 여기며 삶의 '본질'에 집중하게 될 것이다.

살아감의 은은한 향이 붉은 석양빛에 배어들고 있다.

〈어머니의 강으로〉와 〈황태국을 끓이면서〉는 송대수 님의 자연에 대한 관심이 얼마나 넓은지, 작가의 밀착된 삶의 지평을 바라다보게 하는 작품이다.

차가운 남대천에서 부화한 치어는 남대천 얼음 밑을 더듬어 설악산과 오대산 계곡의 나무뿌리가 뿜어내는 향기와 흙냄새를 맡아가며 동해로 빠져나간다. 그리고 북태평양에서 앞선 연어들의 자취를 따라가며 그 물길을 기억한다. …1만 8천 킬로미터 정도 일주하며 살아남은 연어들이 3~5년 만에 다시 동해를 통해서 어머니의 강 남대천으로 돌아오게 된다.

〈어머니의 강으로〉는 T.V를 지켜보았던 연어의 회귀를 직접 눈으로 확인하기 위하여 화자는 길을 나섰다. 피상적인 삶의 반경을 화자의 영역 내로 끌어당기는 소소한 도전이 삶의 강한 긍정으로 와 닿는다. 연어의 회귀에 매개한 아바이 순대에서 얽힌 실향민의 고향에 대한 그리움이 자연스럽게 도출되어 더욱 애틋함이 묻어나면서도, 연어의 회귀와 같은 생의 역동성이 느껴진다.

반면 〈황태국을 끓이면서〉에서는 '아낌 없이 주는 나무'가 생각나는 글이다. 일상적으로 먹는 생선 '명태'에 대한 놀라운 발견이다. 명태의 갖가지 이름에서 명태의 다양한 형태와 요리방법을 들여다 볼 수 있는, 이 서민적 생선이 남획되어 우리의 해역에서 사라졌다니 안타까운 마음을 토로한다.

하지만 아내를 위해 황태국을 끓이는 화자의 따뜻함이 물고기처럼 팔딱거리며 독자에게 전해온다.

석양을 등지고 묵묵히 걸어가고 있는 한 마리의 소가 보인다. 그의 수레에는 온갖 무거운 짐을 날랐던 묵직함이 느껴진다. 하지만 어깨를 짓눌렀던 무거웠던 기억은 저만치 있고 들판에서 한들거렸던 무더기 무더기 꽃들이 옮겨와 그의 수레에 실려있다. 꽃향기는 앞서 걷는 그에게까지 향그럽고 아늑히 편안하다. 소의 끔벅이는 눈빛이 빛나고 있다. 저 석양 너머에 무엇이 기다리고 있을까. 떠오를 새 해에 대한 기대에 가슴이 벅차오른다. 해는 전연 새로운 소망를 안고 새로운 지평 위에 선 그의 머리 위로 찬연히 떠오르리라.